S. QUINN

Passion
Leidenschaftlich verliebt

W0338150

GOLDMANN
Lesen erleben

Buch

Seraphina Harper hat noch nie so sehr geliebt. Erst vor kurzem kam sie als Kindermädchen nach Mansfield Castle. Nie hätte sie zu träumen gewagt, dass der jung verwitwete Lord Patrick Mansfield sich für sie interessieren könnte. Doch schon bald begannen sie eine verbotene leidenschaftliche Beziehung gegen alle Regeln. Und jetzt will Patrick sie zur Herrin von Mansfield Castle machen. Doch Seraphina weiß nichts über Ballkleider, Zeremonien und königlichen Besuch. Um eine perfekte Braut zu sein, muss sie zunächst eine perfekte Lady werden. Während Seraphina eine völlig neue Welt betritt, reist ihre besorgte Familie an. Und Seraphina beginnt plötzlich alles infrage zu stellen. Ist sie wirklich die richtige Ehefrau für Lord Mansfield?

Informationen zu S. Quinn
sowie zu weiteren Titeln der Autorin
finden Sie am Ende des Buches.

S. Quinn

PASSION
Leidenschaftlich verliebt

Band 3

Roman

Aus dem Englischen
von Andrea Brandl

GOLDMANN

Die Originalausgabe erschien 2015
unter dem Titel »Heart of Ice«.

Dieser Titel ist auch als E-Book erhältlich.

MIX
Papier aus verantwortungsvollen Quellen
FSC® C014496

Verlagsgruppe Random House FSC® N001967
Das FSC®-zertifizierte Papier *Pamo House* für dieses Buch
liefert Arctic Paper Mochenwangen GmbH.

1. Auflage
Deutsche Erstveröffentlichung Oktober 2015
Copyright © der Originalausgabe 2015 by S. Quinn
Copyright © der deutschsprachigen Ausgabe 2015 by
Wilhelm Goldmann Verlag, München,
in der Verlagsgruppe Random House GmbH
Umschlaggestaltung: UNO Werbeagentur München
Umschlagfoto: Fotosearch/getty images
Redaktion: Kerstin von Dobschütz
BH · Herstellung: Str.
Satz: omnisatz GmbH, Berlin
Druck und Bindung: GGP Media GmbH, Pößneck
Printed in Germany
ISBN: 978-3-442-48248-1
www.goldmann-verlag.de

Besuchen Sie den Goldmann Verlag im Netz:

1

So einen schönen Ring habe ich in meinem ganzen Leben noch nicht gesehen.

Der Saphir funkelt in leuchtendem Blau.

Ich drehe ihn im Licht hin und her, kann mich nicht daran sattsehen.

Mein Verlobungsring. Mein *Verlobungs*ring.

Ich habe nie zu den Mädchen gehört, die pausenlos von ihrer Hochzeit träumen. Ich wusste noch nicht einmal, ob ich überhaupt heiraten wollte. Ich hatte sogar gedacht, dass ich mich vielleicht nie verlieben würde. Dass ich viel zu dickköpfig sei, um mit jemandem verheiratet zu sein.

Tja, aber hier bin ich. Ich stehe in Patricks langem Schatten und kichere wie ein Schulmädchen, während ich den Riesenbrillanten an meinem Finger wieder und wieder betrachte.

Patrick ergreift meine Hand und mustert lächelnd den Ring. »Er steht dir prima.« Sein Lächeln wird noch breiter. »Und das Hochzeitskleid erst …«

»Was du nicht sagst.«

»Und zwar perfekt.« Er blickt immer noch auf meine Finger, strahlt über das ganze Gesicht. »Und dann bist du meine Frau.« Er lacht auf. »Meine *Frau*.«

»Schön, dass es dich so glücklich macht.«

»Glücklich ist nicht das richtige Wort. Ich bin entzückt. Außer mir vor Freude. Endlich bin ich ein … ein … ein *ganzer* Mensch.«

»Wie? Du ringst nach Worten? Das ist ja mal etwas ganz Neues.«

»Nach einem Heiratsantrag kann so was schon mal passieren.«

»Machst du das etwa öfter?«, necke ich ihn.

»Nein.« Seine Miene wird ernst. »Nur ein einziges Mal. Und wenn du Nein gesagt hättest …«

»Hätte ich aber nicht.«

»Nur mal angenommen.« Stirnrunzelnd blickt er zu Boden.

»Ich dachte, du wüsstest alles über mich, Patrick. Und dann war dir ja wohl auch klar, dass ich Ja sagen würde.«

Ein Lächeln breitet sich auf Patricks Gesicht aus. »Na ja, ich hatte schon so eine Ahnung.«

»Aber du warst dir nicht *sicher*?«

»Ich war … ziemlich sicher. Aber so stur, wie du manchmal bist, hätte es mich nicht gewundert, wenn du …«

»Nein, Patrick. Diesmal habe ich auf mein Herz gehört.«

»Und es hat dir die richtige Antwort gegeben.«

Unwillkürlich fange ich wieder an zu kichern.

»Ich hoffe, das ist ein freudiges Lachen, Miss Harper.«

»Aber ja.«

»Und was findet die Dame so lustig?«

»Keine Ahnung. Es ist bloß alles so total verrückt.«

Patrick zieht eine Augenbraue hoch. »Dass wir heiraten, ist total verrückt?«

»Ein bisschen.«

»Aber dir ist klar, dass ich es ernst gemeint habe.«

Ich höre auf zu kichern und ziehe die Stirn in Falten. »Ja. Aber … Patrick, du kennst meine Familie doch gar nicht richtig. Vielleicht überlegst du es dir im letzten Moment noch anders, wenn …«

Patrick legt mir einen Finger auf die Lippen. »Ich überlege mir gar nichts anders. Du wirst meine Lady Mansfield sein. Und ich der beste Ehemann, den du dir vorstellen kannst.«

Urplötzlich wird mir heiß und kalt. »*Lady* Mansfield?«

»Ich bin ein Lord. Also wirst du Lady Mansfield sein.«

»Meinst du das ernst?« Mein Mund ist staubtrocken.

»Ja, natürlich.«

»O nein, nein, nein. Das funktioniert nie im Leben, Patrick. Ich bin nicht zur Schlossherrin geboren. Können wir das mit dem Titel nicht einfach sein lassen?«

»Das wird leider nicht gehen«, erwidert er. »Wenn du einen Lord heiratest, wirst du automatisch zur Lady.«

Ich schlucke. »O Mann.«

»Keine Sorge.« Patrick küsst mich auf die Stirn. »Du kriegst jede Menge Unterstützung. Auch beim Anziehen.«

»Beim Anziehen? Das habe ich schon vor langer Zeit gelernt.«

»Glaub mir. So einfach ist das nicht. Als Lady Mansfield wirst du jedes Jahr zu Dutzenden von Veranstaltungen eingeladen. Zum Robert-Burns-Gedenktag zum Beispiel, zum Royal Edinburgh Military Tattoo, nach Ascot … Und überall musst du dem Anlass entsprechend gekleidet sein. All die Dresscodes zu kennen ist eine Wissenschaft für sich.«

»Patrick, ich denke nicht, dass ich …«

»Genau.« Er schließt mich in die Arme. »Gar nicht erst nachdenken.«

Ich lache an seiner Brust. »Ich soll nicht nachdenken?«

»Jedenfalls nicht über deine Verpflichtungen als Adelige. Das können andere für dich übernehmen.«

Ich beiße mir auf die Unterlippe. »Wahrscheinlich werde ich dich trotzdem enttäuschen. Was, wenn ich mich einfach nicht zur Lady eigne?«

»Vielleicht hast du es noch nicht bemerkt, aber ich bin auch nicht gerade ein Lord aus dem Bilderbuch. Der ganze königliche Schnickschnack kann mir gestohlen bleiben, wenn ich dafür ein paar Stunden im Wald verbringen kann.«

»Königlich? Bist du etwa mit der Queen befreundet oder so?«

»Selbstverständlich«, gibt Patrick zurück. »Sie ist eine wunderbare Frau.«

Erst jetzt geht mir auf, dass er es ernst meint. »Du bist der Queen schon mal persönlich begegnet?«

»Mehrmals. Bei königlichen Hochzeiten bin ich ja immer eingeladen.«

»Und das heißt, dass ich in Zukunft auch hingehen muss?«, presse ich hervor.

»Natürlich.«

»Und du hast die Queen wirklich schon mal …« Mir ist leicht schwindlig, und ich hole tief Luft.

»Ich stelle sie dir bei Gelegenheit vor«, sagt Patrick. »Wart's ab.«

»O nein, nein, nein.« Vor Nervosität fehlen mir die Worte. »Ich … ich wüsste doch gar nicht, was ich sagen sollte. Patrick, ich … Glaubst du wirklich, das ist eine gute Idee?«

»Die beste, die ich je hatte«, erwidert Patrick. »Komm, lass uns reingehen. Schließlich musst du deine Hochzeit vorbereiten.«

»Wie? Etwa jetzt *gleich*?«

»Seraphina.« Patrick senkt die Stimme. »Meine Großmutter wird nicht mehr lange leben.«

»Das darfst du nicht sagen. Sie könnte noch ewig …«

Patrick schüttelt den Kopf. »Nein. Sie hat nur noch ein paar Wochen. Ich weiß es, und sie weiß es auch.«

»Oh, Patrick.« Ich spüre, wie mir Tränen in die Augen steigen. »Ich liebe May. Ich kann die Vorstellung nicht ertragen.«

»Sie ist bereit. Aber zuerst will sie noch bei unserer Hochzeit dabei sein. Also sollten wir uns vielleicht lieber beeilen.«

»Du hast recht. Dann sollten wir wirklich so schnell wie möglich heiraten.«

»Wenn es möglich wäre, würde ich noch heute mit dir vor den Traualtar treten«, erklärt Patrick.

»Wirklich?«

»Ja. Ich möchte, dass du so bald wie möglich meine Frau wirst.«

Bei dem Wörtchen »Frau« überläuft mich ein sanfter Schauder.

»Und jetzt folgen Sie mir bitte, Miss Harper«, sagt Patrick. »Wie gesagt, du musst dich um die Hochzeitsvorbereitungen kümmern.«

»Ich? Du meintest wohl eher *wir*.«

»Auf die Gefahr hin, dass du einen deiner Wutanfälle kriegst, aber ich fand schon immer, dass Hochzeiten eigentlich eher Frauensache sind. Was verstehe ich schon von Brautjungfern und Blumenschmuck?«

»Wahrscheinlich genauso viel wie ich«, gebe ich zurück. »Vielleicht lernen wir beide etwas dabei.«

»Abgemacht.« Patrick ergreift meine Hand. »Hm. Und jetzt könnten wir schon mal für die Hochzeitsnacht üben.«

»Oh.« Ich verpasse ihm einen Klaps auf den Arm.

Er lacht.

Wir schlendern über den Rasen zum Schloss zurück.

»Ich muss erst mal ein paar Anrufe erledigen«, sagt Patrick. Mit den Leuten reden, die sich um unsere offiziellen Verpflichtungen kümmern. Eine standesgemäße Hochzeit will schließlich gut geplant sein.«

»Und damit willst du jetzt schon anfangen?«

»Wir Mansfields leben seit Generationen in Schottland. Unsere Hochzeiten sind Riesenereignisse hier, deshalb gibt es einiges dabei zu beachten.«

»Was meinst du damit?«

»Dass wir nicht auf dem Standesamt heiraten. Die Leute erwarten eine unvergessliche Feier – eine denkwürdige Hochzeit, wie sie einer neuen Lady Mansfield gebührt. Und wir werden sie nicht enttäuschen.«

Du lieber Gott. Meine Knie werden weich. Was habe ich mir da bloß eingebrockt?

2

Patrick.« Ich hole tief Luft. »Dir ist aber klar, wen du heiratest, oder?«

Er lächelt mich an. »Nichts könnte mir klarer sein.«

Ich werfe einen Blick auf meinen wunderschönen Verlobungsring. »Das ist alles völlig neu für mich. Eine *denkwürdige* Hochzeit – allein bei der Formulierung kriege ich schon Angst. Na ja, wenn ich ehrlich bin, wäre es mir lieber, wir könnten auf dem Standesamt heiraten. Einfach in Jeans und T-Shirt oder so.«

Patrick lacht. »In Jeans und T-Shirt? Nette Vorstellung, aber damit würdest du in der St. Mary's Kathedrale wohl ziemlich fehl am Platz wirken.«

»*Kathedrale?*«

»Die größte Kathedrale von Edinburgh, um genau zu sein. Dort heiraten wir Mansfields seit ehedem.«

»Warum können wir nicht einfach im Pub über den Besen springen?« Klar, das soll bloß ein Witz sein, aber irgendwie meine ich es auch ernst. Ich würde lieber ganz schlicht und zwanglos heiraten.

»Die Mansfields sind eine mächtige Familie«, sagt Patrick. »Und wer Macht hat, der trägt auch Verantwortung. Wer Macht besitzt, ist zum Geben verpflichtet. Und dazu gehört eben auch eine Hochzeit, von der die Leute noch ihren Enkeln erzählen werden.« Er legt mir den Arm um die Schultern. »Aber du musst dir nicht die geringsten Sorgen machen, okay? Ich habe für alles Profis, die so etwas mit links erledigen. Hugo war auch schon für das Styling der königlichen Familie zuständig. Er weiß genau, was er tut.«

»Hugo? Wer ist das denn?«

»Unser Experte für offizielle Feierlichkeiten. Er wird dich auch bei der Wahl deines Hochzeitskleids beraten.«

O Gott. Wenn das so weitergeht, werde ich gleich ohnmächtig.

»Komm.« Patrick ergreift meine Hand. »Das ganze Schloss brennt garantiert schon darauf, die freudige Nachricht zu erfahren. Du wirst die schönste Braut Schottlands. Und nach der Hochzeit werden wir das glücklichste Paar sein, das die Welt je gesehen hat. Einverstanden?«

Die Wärme seiner Hand beruhigt mich ein wenig. Aber nur ein ganz klein wenig.

»Okay.« Ich schlucke. »Aber dann lass mich nicht mehr los. Von jetzt an bis zu unserer Hochzeit.«

Doch Patrick lässt mich wieder los. Als wir das Schloss betreten, erklärt er mir, dass er kurz bei Rab im Büro vorbeischauen muss, und verschwindet.

Ich mache mich auf die Suche nach Bertie. Und finde ihn im großen Saal, wo er mit einem Becher warmer Milch auf der Bank sitzt.

»Hey, Bertie«, sage ich, während ich neben ihm Platz nehme.

Bertie gibt keinen Ton von sich.

Ein kalter Schauder läuft mir über den Rücken. Weil ich ihn so noch nie erlebt habe. Als wir uns zum ersten Mal begegnet sind, war Bertie voll aufgestauter Aggression. Aber das war wenigstens *etwas*. Nun wirkt er, als wäre er … einfach nur leer.

Sein Blick ist so trüb und glasig, als hätte ihm jemand seine Seele geraubt.

Mit jeder Faser meines Körpers sehne ich mich danach, ihn in die Arme zu schließen. Aber ich tue es nicht. Stattdessen starre ich zusammen mit ihm die gegenüberliegende Wand an.

Vicky bringt mir einen großen Becher mit heißer Schokolade und Schlagsahne, und wir lächeln uns traurig an.

Als Bertie seine Milch ausgetrunken hat, fängt er an, rhythmisch mit den Füßen gegen den Tisch zu schlagen.

Unter normalen Umständen würde ich so etwas unterbinden.

Aber heute nicht. Bertie hat so viel Schreckliches durchgemacht. So unendlich viel Schreckliches. Genau wie Anise.

O Gott, was für ein Schlamassel.

Und im Augenblick habe ich nicht die geringste Ahnung, wie ich ihm helfen soll. Also werde ich erst einmal einfach für ihn da sein. Und darauf hoffen, dass mir irgendwann eine zündende Idee kommt.

3

Den Rest des Tages verbringe ich damit, Bertie im Auge zu behalten; ich folge ihm in sein Zimmer und später in den Garten hinunter.

Als er zwischendurch in den nahe gelegenen Wald geht, schöpfe ich doch ein wenig Hoffnung. Aber er scheint die Schönheit der Bäume und der Berge gar nicht zu bemerken – es ist, als würde er geradewegs durch alles hindurchsehen.

Schließlich wird es dunkel, und Bertie macht sich auf in den großen Saal.

Er marschiert zu Vicky, die gerade Teig ausrollt, und sagt: »Eine Milch, bitte.«

Mein Herz macht einen kleinen Satz. Er redet also doch noch.

»Bertie«, sage ich. »Magst du Lakritze dazu?«

Er würdigt mich keines Blickes, sondern schüttelt nur den Kopf.

Okay. Er spricht also wieder, bloß nicht mit mir.

Ich sehe zu, wie er langsam seine Milch schlürft.

Als er fertig ist, bringe ich ihn auf sein Zimmer. Er geht ins Bad, zieht seinen Schlafanzug an und kriecht unter die Decke.

»Willst du wirklich schon ins Bett?«, frage ich. »Es ist doch noch gar nicht so spät. Du kannst gern noch aufbleiben, wenn du magst.«

Er wendet sich ab und knipst die Nachttischlampe aus.

»Hast du vielleicht Lust auf eine Geschichte?«, frage ich. »Wie wär's mit *Just William*?«

Bertie starrt wortlos an die Zimmerdecke.

Ich nehme *Just William* zur Hand und beginne zu lesen.

Ich lese ihm das ganze Buch vor.

Bertie schweigt die ganze Zeit. Er bewegt sich nicht mal. Er liegt einfach nur da und starrt an die Decke.

Schließlich schlage ich das Buch zu und sage gute Nacht.

Bertie antwortet nicht.

Seine Augen sind kälter denn je.

Ich habe Kopfschmerzen, als ich Berties Zimmer verlasse.

Du liebe Güte. Wie mich das alles belastet.

Bitte, *bitte*, lieber Gott. Mach, dass ich ihn nicht verliere.

Während ich den Korridor entlanggehe, kommt mir plötzlich May in den Sinn. Heute Morgen hat sie gesagt, sie würde sich nicht wohlfühlen. Vielleicht sollte ich lieber nach ihr sehen.

Ich eile die Treppe zum Turmzimmer hinauf und klopfe an ihre Tür.

»Sera, meine Liebe«, antwortet May. »Komm herein.«

Lächelnd öffne ich die Tür. »Woher hast du gewusst, dass ich es bin?«

»Ach, ich sperre einfach die Ohren auf.« May rückt das Kissen in ihrem Rücken zurecht. »Du wärst erstaunt, was man so alles mitbekommt, wenn man nur ein bisschen aufmerksam ist.«

»Macht Patrick das auch so?«, frage ich. »Er scheint ja auch immer alles zu wissen.«

»Nun ja.« Ein leises Lächeln umspielt Mays Lippen. »Patrick ist ein Instinktmensch. Er hört auf sein Herz. Und wenn man das tut, liegt man meistens richtig.« Ihr Lächeln wird breiter, als sie den funkelnden Ring an meinem Finger sieht. »Ich bin froh, dass du Ja gesagt hast. Du wirst eine wunderschöne Braut sein.«

Ich betrachte den Ring. »Ich liebe Patrick. Ich hätte gar keine andere Antwort geben können.«

»Aber?«

Ich lache und setze mich auf die Bettkante. »Du kannst wirklich Gedanken lesen, nicht wahr? Wie ähnlich ihr euch seid, Patrick und du.« Ich stoße einen leisen Seufzer aus. »Na ja, ich habe nicht bedacht, was es bedeutet, Lady Mansfield zu sein. Schlimm genug, dass ich plötzlich mitten in einer Welt bin, die ich nicht verstehe. Aber jetzt soll ich auch noch eine offizielle Rolle darin spielen. Ehrlich, ich weiß nicht, ob ich all dem gewachsen bin. Und dazu diese Riesenhochzeit – was, wenn ich nicht die Braut bin, die sich die Leute erwarten?«

»Nebensächlichkeiten.« May winkt müde ab. »Die keine Rolle spielen, wenn man sich wirklich liebt.«

»Für mich schon. Ich will Patrick heiraten, nicht die gesamte schottische Nation. O Gott – so hatte ich das nicht gemeint. Na ja, ich habe einfach Angst, am Ende nichts als eine Riesenenttäuschung zu sein. Die Leute wollen eine Lady sehen. Und ich bin bloß irgendein Mädchen in selbst genähten Klamotten, das dauernd flucht und keine Ahnung hat, in welcher Reihenfolge man Messer und Gabeln benutzt.«

»Du bist eine Lady«, erwidert May. »Und zwar durch und durch. Außerdem bist du ein guter Mensch. Das habe ich gleich gesehen. Und in Sachen Garderobe und Stil … keine Sorge, das lässt sich alles lernen.«

»Lernen?«

»Patrick wird dich sicher nicht den Wölfen zum Fraß vorwerfen. Glaub mir, die Hochzeitsvorbereitungen sind ein Klacks – Patrick hat reichlich Leute an seiner Seite, die dir dabei helfen werden.«

»Wahrscheinlich brauche ich eine ganze Armee.«

May lacht. »Unfug. Du brauchst nur einen. Hugo Paul. Und ich gehe jede Wette ein, dass Patrick ihn noch heute Abend anrufen wird. Wenn er es nicht längst getan hat.«

»Stimmt, er hat einen Hugo erwähnt. Der mir bei der Suche des Brautkleids helfen soll.«

»Ja, genau. Er ist ein hervorragender Stylist. Königliche Hochzeiten, Benefiz-Bälle … für die Ehrengäste ist er so gut wie immer zuständig. Wir sind schon seit Ewigkeiten mit ihm befreundet. Und vertrauen ihm blind.« Sie legt ihre Hand auf die meine; wie dünnes Pergament fühlt sie sich an. »Er hat mir bei den Vorbereitungen für meine Rubinhochzeit geholfen. Was für ein Fest! Sogar Prinzessin Geraldine war da.«

Ich nicke mit einem leicht flauen Gefühl im Magen.

»Ach was.« May drückt meine Hand. »Kein Grund, nervös zu sein. Du bist zur Lady geboren, ganz im Ernst.«

»Aber genau darum geht es doch. Ich war noch nie eine Lady.«

»Und ob«, beharrt May. »Du wirst schon sehen. Alles wird gut.«

»Was, wenn ich etwas Falsches sage und Patrick vor irgendjemandem in Verlegenheit bringe? Oder die falschen Sachen anziehe?«

»Und genau dafür ist Hugo da«, erwidert May. »Er wird dich für jeden Anlass perfekt ausstaffieren.«

»Ich bin einfach nur *so nervös*. Patrick meinte, die Hochzeit würde in einer großen Kathedrale stattfinden …«

»Ja, natürlich«, sagt May. »In St. Mary's. Etwas anderes kommt gar nicht infrage. Alle Mansfields heiraten dort. Das erwarten die Leute von uns, und wir sollten sie nicht enttäuschen.«

»Aber genau deshalb mache ich mir ja Sorgen.«

»Du liebst Patrick. Und das ist die beste Voraussetzung, um vor den Traualtar zu treten. Zu meiner Zeit war das alles andere als eine Selbstverständlichkeit.«

»Wirklich?«

»Aber ja. Als mein Mann und ich heirateten, war ich ihm zuvor nur ein paarmal begegnet. Er wirkte ziemlich steif auf mich. Sehr akkurat und ernst. Er trug immer einen makellosen braunen Anzug und einen dazu passenden Hut. Und wenn er uns alberne Hühner schwatzen sah, hat er bloß den Kopf geschüttelt.«

Ich lächle. »Und wieso hast du ihn dann geheiratet?«

»Unsere Eltern haben die Ehe arrangiert«, antwortet May. »Das war damals gang und gäbe. Außerdem waren wir lange nicht so romantisch wie ihr Mädchen heute. Wenn ein Mann einen guten Namen hatte und man einigermaßen mit ihm auskommen konnte, reichte das schon. Zugegeben, ich hatte keine Ahnung, ob Duncan und ich es miteinander aushalten würden. Wenn ich ehrlich bin, hatte ich sogar ein bisschen Angst vor ihm. Aber er hatte auch einen weichen Kern. Ich konnte ihn jederzeit um den kleinen Finger wickeln. Und er liebte mich über alles. Und ich habe ihn ebenfalls geliebt, wenn auch nicht sofort. Das hat gedauert.«

»Dann musst du vor deiner Hochzeit aber auch ziemlich nervös gewesen sein«, sage ich.

»Ich war halb verrückt vor Angst.« May lacht. »Ich habe so gezittert, dass sie die Knöpfe meines Hochzeitskleids kaum zumachen konnten. Und hinterher hat Duncan sie um ein Haar nicht aufgekriegt, weil *er* so aufgeregt war. Für ihn war es ebenfalls das erste Mal. Wir waren ja beide gerade mal achtzehn.« Versonnen blickt sie aus dem Fenster. »Die Leute sagen immer, man müsste noch mal achtzehn sein. Ich verzichte gern darauf. Ich bin froh, dass mein Leben hinter mir liegt. Nur eines möchte ich noch erleben. Die Hochzeit meines Lieblingsenkels. Dann bin ich bereit zu gehen.«

Ich schüttle den Kopf. »Bitte sag das nicht. Du hast vielleicht noch viele Jahre vor dir.«

»Nein«, erwidert May mit fester Stimme. »Das habe ich

nicht. Und ich mag auch nicht mehr. Mein Leben liegt hinter mir.« Sie klatscht in die Hände. »Eine Hochzeit. Eine *Hochzeit*. Endlich kommt mal wieder ein bisschen Leben in die Bude!«

»Hm.«

»Du kannst unbesorgt sein, meine Liebe«, fährt May fort. »Als ich damals geheiratet habe, sind die Deutschen mit ihren Bombern über unser Land geflogen. Solange du dir bloß Sorgen um die richtigen Kleider und deine Manieren machen musst, ist das alles ein Kinderspiel.«

Ich muss lachen. »Ja, du hast recht. Aber ich muss auch an Bertie denken. Er braucht mich, und bei all dem, was jetzt auf mich zukommt ...«

»Alles halb so wild«, wiegelt May ab. »Du kriegst von allen Seiten Unterstützung. Und was Bertie angeht ... Nun ja, vielleicht wäre es am besten, wenn wir professionelle Hilfe in Anspruch nehmen. Damit er über all diese schrecklichen Erlebnisse hinwegkommt.«

»Nein.« Nachdrücklich schüttle ich den Kopf. »Glaub mir, damit würden wir ihn nur überfordern. Er braucht jetzt vor allem Patrick und mich. Menschen, denen er vertrauen kann. Wir können ihm helfen. Jedenfalls besser als irgendein Fremder mit einem Abschluss in Kinderpsychologie. Wir kennen ihn. Wir lieben ihn. Mit unserer Hilfe kommt er schon wieder auf die Beine.« Ich gebe einen tiefen Seufzer von mir. »Ich fürchte bloß, dass es lange dauern wird.«

4

Ich finde Patrick im Salon im Westflügel. Mit dem Rücken zu mir steht er vor dem Kamin, die Hände in die Hüften gestemmt.

Unwillkürlich denke ich daran, wie ich damals hier angekommen bin. Er wusste, dass ich es war, noch bevor er sich umdrehte, und bei der Erinnerung daran muss ich lächeln.

»Seraphina?«

Mein Lächeln wird breiter. Der Zauber wirkt immer noch.

»Woher du jetzt wieder wusstest, dass ich es bin, brauche ich wohl nicht zu fragen.« Ich schließe die Tür hinter mir.

Der Anflug eines Lächelns umspielt seine Lippen. »Haben Sie sich wieder mal verlaufen, Miss Harper?«

»Nein, Mr Mansfield. Inzwischen kenne ich mich hier ja aus. Ich weiß genau, wo ich bin.«

»Setzen Sie sich doch.«

»Hierher, Mr Mansfield?«, frage ich unschuldig, während ich auf dem reich bestickten Sofa Platz nehme.

»Sehr schön. Vielleicht sollten Sie doch wieder für mich tätig werden. Mittlerweile scheinen Sie ja alles im Griff zu haben.«

»Na ja, nicht immer«, murmle ich, während ich ihm tief in die Augen blicke.

»Schauen wir doch mal, welche Fortschritte Sie gemacht haben«, sagt Patrick.

Er beugt sich zu mir herunter und streicht mit fester Hand über meinen Oberschenkel.

»Ja, Sir«, hauche ich.

»Da würde ich aber gern noch ein bisschen mehr sehen.« Er packt meinen Knöchel und zieht mir den Cowboystiefel aus.

»War das noch nicht genug?« Ich sinke in die Sofakissen zurück.

»Keineswegs.« Er zieht mir den anderen Stiefel aus und legt meinen linken Fuß an seine Schulter, sodass mein Hinterteil in der Luft hängt.

»Und jetzt?«, frage ich.

»Jetzt wollen wir mal sehen, ob Sie auch besonderen Aufgaben gewachsen sind.« Patrick öffnet meine Jeans und zieht sie mir zusammen mit dem Slip herunter.

Das Kaminfeuer wärmt meinen nackten Po.

»Was für besondere Aufgaben?«

»Ich stelle hier die Fragen, Miss Harper.« Patrick drückt meine Knie gegen meine Schultern. »Und ab jetzt wird gehorcht, verstanden? Halt den Mund und mach die Beine breit.«

»Und das gehört neuerdings zu meinen Pflichten, Mr Mansfield?«

»Definitiv.« Seine kräftigen Finger graben sich in meine Hinterbacken.

Ich stöhne leise auf. »Ich bin mir da nicht so sicher.«

»Halt die Klappe, oder ich kürze dir das Gehalt.« Patrick spreizt meine Schenkel.

»Ich wusste gar nicht, dass ich noch auf deiner Gehaltsliste stehe.«

»Kommt drauf an, wie du dich jetzt anstellst.«

Lachend lasse ich mich zurücksinken. Dann aber stöhne ich unwillkürlich laut auf, als Patrick in mich eindringt.

Er hält mich an den Schultern fest.

Wir sehen einander in die Augen, während er sich rhythmisch bewegt.

Seine Hände streichen über meine Schenkel, nähern sich meinen Hüften.

Sein Rhythmus wird schneller, so schnell, dass er mich mit jedem Stoß in die Polster drückt.

Ein spitzer Schrei dringt aus meiner Kehle, während ich mich an ihn klammere, kaum atmen kann vor Lust.

Seine Hände gleiten unter meinen Pulli, über meine Rippen. Ich keuche, als er meine Brüste knetet; seine Daumen kreisen um meine Warzen, elektrisieren mich am ganzen Körper.

»Du wirst eine wunderschöne Braut sein«, flüstert er mir rau ins Ohr. »O Gott, so wunderschön.« Wieder knetet er meine Brüste, ehe seine Hände zärtlich meinen Rücken liebkosen.

Sanft hält er mich, während er sich in mir bewegt. Ich werfe den Kopf in den Nacken und genieße stöhnend seine Männlichkeit.

»Ich komme«, stoße ich hervor. »O Gott, Patrick, ich komme.«

Patrick zieht mich auf seinen Schoß.

Er ist immer noch in mir, und als ich auf ihn sinke, spüre ich ihn so tief wie nie zuvor.

»Oh!« Ich kann nicht mehr an mich halten. Eine Woge der Lust spült über mich hinweg, als der Orgasmus mich mit sich reißt. Eine wunderbare Wärme ergreift Besitz von meinem Körper; ich schließe die Augen und höre, wie ich Patricks Namen seufze.

Patrick schlingt die Arme um mich, zieht mich fest an seine Brust.

Wir sind uns ganz nahe, blicken uns tief in die Augen.

»Ich liebe dich«, sagt er. Fest umschließen seine Hände meine Pobacken. »Ich habe dich vom ersten Moment an geliebt.«

»Ich liebe dich auch.«

Ekstase spiegelt sich in seinen Zügen, und ich sehe, dass er ebenfalls kommen muss. Ich spüre, wie er in mir pulsiert.

»O Gott«, murmelt er und vergräbt sein Gesicht an meinem Hals.

Eine Weile sitzen wir eng umschlungen vor dem Kaminfeuer.

Dann beginnt er, mich sanft zwischen den Beinen zu streicheln.

Es braucht nicht viel. Ein paar zarte Berührungen an den richtigen Punkten, und schon komme ich ein zweites Mal; es ist, als würde ich komplett mit ihm verschmelzen.

Unglaublich schön fühlt es sich an, und ich höre ihn selbst heiser aufstöhnen, sehe, wie er die Augen schließt, während ich in seinen Armen bebe.

Der Schein des Kaminfeuers fällt über unsere nackten Beine, während wir uns aneinander festhalten, als wollten wir uns nie wieder loslassen.

Schließlich trägt mich Patrick durch die Korridore zu seinem Schlafzimmer.

»Was, wenn uns jetzt jemand sieht?«, flüstere ich.

»Keine Angst. Hier wird uns niemand begegnen.«

»Woher willst du das wissen?«

»Ich weiß es einfach.«

5

In seinem Schlafzimmer legt Patrick mich auf sein Bett.

»Du hast ja gar kein Kondom benutzt«, sage ich.

»Warum auch?«, gibt er zurück.

»Aus den üblichen Gründen. Hauptsächlich, um keine Kinder zu bekommen.«

»Wieso sollte ich das wollen? Wir sind verlobt. Es wäre doch legitim, wenn du einen kleinen Patrick Mansfield erwarten würdest.«

Ich lache. »Wir müssen es ja nicht gleich überstürzen. Es reicht, dass Wila schwanger ist …«

»Entspann dich, Seraphina. Du bist nicht schwanger.«

»Woher willst du das wissen?«

»Glaub mir, Süße. In ungefähr einer Woche kriegst du deine Periode. Hundertprozentig. Kennst du deinen eigenen Zyklus nicht?«

»Na ja, schon, aber … Woher kennst du ihn so genau?«

»Weil ich im Einklang mit der Natur lebe. Den Mond beobachte. So kriegt man eine Menge mit.«

Ich überlege kurz, wann ich zuletzt meine Tage hatte.

Ja, Patrick hat recht.

Wahrscheinlich jedenfalls.

»Und es würde dir nichts ausmachen, wenn ich schwanger wäre?«, frage ich.

»Selbstverständlich nicht. Ich habe nur verhütet, weil ich dich nicht in Verruf bringen wollte.«

Ich lache. »Auch unverheiratete Paare haben heutzutage Kinder, Patrick. Das ist die normalste Sache von der Welt.«

»Mag sein, dass ich ein wenig altmodisch bin. Aber ich möchte deinem guten Ruf nicht schaden, ob du's glaubst oder nicht.«

»Danke. Aber kaum sind wir verlobt, hast du kein Problem mehr damit, mich zu schwängern?«

»Nicht das geringste.«

»Aber Kondome dienen ja nicht nur der Empfängnisverhütung.«

»Das weiß ich. Außerdem lasse ich mich regelmäßig testen.«

»Wirklich?«

»Ja, klar. Bei der Armee war das ohnehin Routine. Und ich habe es mir zur Gewohnheit gemacht. Schon aus Achtung vor dem anderen Geschlecht. Ich möchte dich auf keinen Fall mit irgendeiner Krankheit anstecken.«

»Oh, gut.«

»Dem letzten Test habe ich mich einen Monat vor unserer ersten Begegnung unterzogen.«

»Freut mich zu hören.«

Ich ziehe meine restlichen Sachen aus und kuschle mich unter die Decke.

»Patrick?«

»Ja, Seraphina?«

»Ich liebe dich.«

»Ich liebe dich auch.« Er lässt sich aufs Bett fallen und dreht sich zu mir. »Was ich dir noch sagen wollte … Das Schloss gehört jetzt dir.«

»Patrick, wir sind doch noch nicht mal verheiratet.«

»Das spielt keine Rolle. Das Schloss hat dir bereits gehört, als du zum ersten Mal deinen Fuß hineingesetzt hast.«

»Wieso hast du gerade die Stirn gerunzelt?«

»Ich musste an meinen Vater denken.«

»Was ist mit ihm?«

»Er hat immer noch Macht über diesen Ort. Und ich wünschte, das wäre endlich vorbei.«

»Macht? Wohl kaum, solange er im Gefängnis sitzt.«

»Nein. Aber wer weiß, wie schnell er wieder draußen ist.«

Ich versuche, seine Stimmung ein wenig aufzuhellen. »Dann gehört mir jetzt also auch dein Schlafzimmer?«

»Ganz und gar.«

»Seltsam. Die ganzen Armeeklamotten und das Waffenarsenal im Schrank sagen mir nämlich irgendwie, dass es definitiv *dein* Zimmer ist.«

»Dann richte es einfach neu ein«, erwidert Patrick. »Und wenn du schon dabei bist, kannst du dir eigentlich auch gleich den Rest des Schlosses vornehmen. Ich möchte, dass du dich in diesen alten Mauern wohlfühlst.«

»Meinst du das ernst?«, frage ich. »Das würdest du mich wirklich machen lassen?«

»Liebend gern«, sagt Patrick. »Der Westflügel ist gar nicht so übel. Aber der Rest des Schlosses erinnert mich jeden Tag aufs Neue an meinen Vater. Es wird Zeit, dass wir Mansfields uns hier wieder zu Hause fühlen. Wir und unsere potenziellen Nachkommen.«

»In seinem momentanen Zustand wird sich Bertie mit Veränderungen wohl ziemlich schwertun«, sage ich.

»Keine Sorge, wir bringen Bertie schon wieder auf die Beine.« Patrick nimmt mich in die Arme. »Das verspreche ich dir.«

»May glaubt nicht, dass es so einfach sein wird.«

»May weiß ja auch nicht, dass du Zauberkräfte besitzt.«

»Mag sein, dass *du* das denkst, aber da muss ich dich leider enttäuschen.«

Ich warte auf eine Antwort.

Aber Patrick ist eingeschlafen.

6

Am nächsten Tag beschließe ich, mit Bertie einen kleinen Waldspaziergang zu machen.

Nur wir beide.

Ich bitte Vicky, uns ein Picknickkörbchen zu packen – mit Croissants, Marmelade, einer Thermoskanne Kakao und natürlich Milch und Lakritze für Bertie.

Dann wecke ich Bertie und suche ihm warme Sachen heraus.

Er zieht sich an und folgt mir nach draußen. Mit leerem, traurigem Blick starrt er vor sich hin – wie ein Welpe, der sich verlaufen hat.

Ich will den alten Bertie zurück. Den Bertie, der vor Wut fast geplatzt wäre. Den Bertie, der seine Xbox zertrümmert hat. Den Bertie, dem ich helfen konnte.

Aber ich habe einen Plan.

Die Luft ist mild und frisch, und die Sonne scheint, als Bertie und ich losmarschieren.

Und schließlich erreichen wir eine kleine Lichtung. Genau hier wollte ich hin.

»Jetzt haben wir uns aber ein schönes Frühstück verdient, Bertie«, sage ich.

Ich breite die karierte Picknickdecke über Laub und Zweigen aus.

Zögernd hockt er sich auf die Decke.

Gütiger Gott, wie sehr ich den alten Bertie vermisse. Den widerspenstigen kleinen Jungen, der mir nicht gehorchen wollte. Ich mochte ihn tausendmal lieber als den willenlosen Zombie, in den er sich verwandelt hat.

Aber ich habe die Hoffnung nicht aufgegeben. Ich bin fest davon überzeugt, dass der alte Bertie immer noch da ist.

Nachdem ich unser Körbchen ausgepackt habe, reiche ich ihm einen Becher Milch.

Er trinkt ein wenig davon, rührt aber sonst nichts an.

»Bist du sicher, dass du kein Croissant willst?«, versuche ich, ihn zu beschwatzen. »Vicky hat sie selbst gebacken. Das hat sie in Paris gelernt. Hast du überhaupt schon mal eins probiert?«

Er wendet den Kopf ab.

»Also, ich esse jetzt jedenfalls eins«, erkläre ich und beiße herzhaft in ein Croissant. »Wow! Das ist ja superlecker.«

Bertie trinkt seine Milch aus, verschmäht aber weiterhin alles andere – sogar das Lakritz.

Und so sitzen wir eine Weile unter den Bäumen. An den Ästen sind schon kleine grüne Triebe zu erkennen, und die Luft duftet nach feuchtem Laub und wilden Blumen.

Wunderschön ist es hier. Ich finde, dass Kinder so viel Zeit wie möglich in der freien Natur verbringen sollten. Die Natur besitzt heilende Kräfte – insbesondere hier, wo sie noch recht unberührt ist.

Ich erzähle einfach, was mir gerade so in den Sinn kommt – dass die Frühlingsblumen bereits ihre Köpfe aus der Erde stecken, wie kalt es hier in Schottland im Vergleich zu London ist.

Und dann sage ich plötzlich: »Oh, sieh mal, ein Vogelnest!«

Ich zeige auf einen Baum.

Natürlich wusste ich die ganze Zeit, dass sich dort ein Vogelnest befindet. Genau deshalb habe ich diese Stelle ja ausgesucht.

Fast unmerklich bewegt er den Kopf. Nur einen Millimeter oder so, aber jetzt weiß ich, dass er mir zugehört hat.

Auch wenn er nicht aufsieht.

»In dem Nest sind bestimmt ein paar hübsche Eier«, sage ich. »Ich würde echt gern mal nachschauen. Na ja, eigentlich soll man Vogelnester ja in Ruhe lassen, aber ein kleiner Blick kann doch nicht schaden, oder?«

Ich bemerke, dass sich seine Augen leicht weiten. Langsam dreht er den Kopf in Richtung des Vogelnests.

»Dann mal los«, sage ich fröhlich, gehe zu dem Baum und tue so, als würde ich hinaufklettern.

Ein zaghafter Laut ertönt hinter mir, ein ganz leises, kaum hörbares »Nein«.

»Hast du irgendwas gesagt, Bertie?«, frage ich.

Doch er presst wieder die Lippen aufeinander.

»Also, ich schaue mal nach.« Ich ziehe mich am untersten Ast hinauf.

Kurz darauf bin ich weit genug oben, um in das Vogelnest spähen zu können. Es ist natürlich leer – um diese Jahreszeit nisten die Vögel noch gar nicht.

Aber davon weiß Bertie ja nichts.

»He, da liegen zwei Eier drin!«, flüstere ich aufgeregt. »Kleine blaue Eier. Soll ich dir mal eins zeigen?«

Bertie reißt die Augen weit auf, und im nächsten Moment steht er auch schon neben dem Baum, greift nach einem Ast und klettert zu mir hinauf.

Sekunden später hat er mich erreicht, packt mich am Knöchel und zerrt an meinem Bein.

»Was ist denn los, Bertie?«, frage ich unschuldig. »Soll ich etwa wieder herunterkommen?«

Er nickt.

»Ich kann dich nicht hören, Bertie«, rufe ich. »Komm, lass uns ein bisschen mit den Eiern spielen.«

»Nein«, stößt Bertie hervor, während er noch heftiger an meinem Bein zerrt. »Nicht anfassen. Lass das, sonst sterben die Vogelbabys!«

Ich lächle ihn an. »Oh, das hatte ich ganz vergessen. Okay, Bertie. Komm, lass uns wieder runterklettern.«

Wir hocken uns wieder auf die Picknickdecke.

»Na also, da ist ja endlich wieder der Bertie, den ich kenne. Ich hatte die Hoffnung fast schon aufgegeben.«

Bertie schweigt, aber dann nimmt er sich ein Lakritzstäbchen.

Leise lächle ich in mich hinein.

Ja, vor uns liegt eine Menge Arbeit. Aber ich glaube nicht, dass Bertie ein hoffnungsloser Fall ist. Ich werde ihn nicht im Stich lassen.

»Bertie, May meinte … Na ja, sie hatte eine Idee. Dass es vielleicht gut wäre, wenn wir einen Spezialisten zurate ziehen. Einen, mit dem du über all diese schrecklichen Dinge reden kannst.«

Bertie schüttelt den Kopf.

»Ja, ich verstehe dich. Und wir kriegen das auch so hin.

Ich kann dir helfen. Und Patrick auch. Vielleicht sogar deine Mutter. Aber keine fremden Leute, okay?«

»Nur du, Sera«, erwidert Bertie. »Nur ich und du.«

7

Zum Mittagessen sind wir zurück. Als wir den großen Saal betreten, erblicke ich Wila.

Zusammen mit Grey.

Sie lachen ausgelassen, während Grey gerade mit seiner Gabel irgendetwas auf Wilas Teller aufspießt.

Ich stemme die Hände in die Hüften.

»Na, amüsiert ihr euch gut?« Ich werfe Grey einen finsteren Blick zu.

»Und wie!« Wila lächelt mich an. Sie ist so unschuldig, ganz große blaue Augen und Elfengesicht. Und sie hat nicht die geringste Ahnung, was Grey für ein Mistkerl ist.

»Und du?«, frage ich Grey. »Macht's dir Spaß mit meiner kleinen, *sechzehn*jährigen Schwester?«

»Ah, da ist ja das große Schwesterlein.« Grey dreht sich um. »Dass du mir gleich die niedrigsten Motive unterstellen musst, Seraphina. Wila und ich haben uns bloß unterhalten. Rein freundschaftlich. Im Übrigen ist sie viel zu jung für mich, falls du dir in anderer Hinsicht Sorgen machen solltest.«

»Wir haben nur ein bisschen gequatscht«, sagt Wila.

»Kein Grund, gleich panisch zu werden«, fügt Grey hinzu.

»*Bloß unterhalten?*«, schnauze ich ihn an. »Das hast du

damals auch zu Patrick gesagt. Nachdem du mir nachts bis zu meinem Zimmer gefolgt bist.«

»Na ja, aber ich habe nichts weiter versucht, oder?«

»Kommt drauf an, was man unter *versuchen* versteht.«

»Na schön, ich geb's zu. Ich flirte eben gern.« Sein Blick schweift zur Durchreiche, hinter der Vicky gerade vorbeigeht. »Reg dich ab. Ich habe jemand ganz anderen im Blick.«

Anscheinend hat Vicky mitbekommen, dass Grey hier ist; sonst würde sie wohl nicht so auffallend die Hüften schwingen.

»Hey, Victoria«, ruft Grey.

Vicky strahlt ihn an. »Hallo, Grey.«

»Lass verdammt noch mal die Finger von meiner Schwester«, zische ich Grey an.

»Pheeny!« Wilas Augen weiten sich. »Er hat doch gar nichts getan. Außerdem kann ich sehr gut auf mich selbst aufpassen. Grey und ich sind bloß Freunde.«

»Wir sind ohnehin bald miteinander verschwägert.« Grey grinst mich an. »Schließlich heiratest du ja meinen Halbbruder. Und damit ist deine süße kleine Schwester meine angeheiratete Halbschwester.«

»Noch ein Grund mehr für dich, deine Finger bei dir zu behalten.«

»Das trifft mich jetzt aber hart. Traust du mir denn überhaupt nicht?«

»Kein bisschen. Aber Patrick ja offenbar schon. Also bleibt mir wohl keine große Wahl.«

»Du wirst dich sicher noch mit mir anfreunden«, erwidert Grey. »So wie deine süße Schwester auch. Na, was meinst du?« Er zwinkert Wila zu.

Wila kichert. »Du bist total witzig.«

»Grey!« Ich funkle ihn an.

»Er ist echt nett, Pheeny«, sagt Wila. »Na gut, große Menschenkenntnis habe ich in letzter Zeit nicht gerade bewiesen. Aber Grey ist in Ordnung, glaube ich.« Sie gähnt. »Ich glaube, ich lege mich eine Weile aufs Ohr. Ich bin hundemüde.«

So ist das eben, wenn neues Leben in einem heranwächst, würde ich ihr am liebsten antworten. Aber Grey braucht nicht zu wissen, dass Wila schwanger ist. Auch wenn er es über kurz oder lang ohnehin mitbekommen wird. Aber je später, desto besser.

»Ich muss auch los.« Grey legt sein Besteck beiseite. »Aber vorher bringe ich noch das Geschirr in die Küche. Man kann ja ruhig mal ein bisschen höflich sein.«

»Seit wann legst du denn Wert auf Höflichkeit, wenn's um deine dreckigen Teller geht?«, fragte ich.

»Oh, lass mich überlegen. Na ja, seit …« Grey grinst. »Seit gestern Nacht, glaube ich.«

Ich schüttle den Kopf. »Komm, Bertie. Lass uns essen.«

8

Nach dem Mittagessen bringe ich Bertie in sein Zimmer, damit er sich ein bisschen hinlegt. Blass und erschöpft sieht er aus.

Anscheinend hat er bei den Thornburns kein Auge zugetan.

Er muss sich zu Tode geängstigt haben.

Als Bertie tief und fest schläft, verlasse ich auf Zehenspitzen das Zimmer und gehe wieder hinunter in den großen Saal, um einen Becher Kaffee zu trinken. May hat recht – Bertie ist völlig durcheinander. Aber seit heute Morgen habe ich das Gefühl, dass ich ihm helfen kann.

Nur, wie?

Klar, da ist auch noch Berties Mutter. Und es wäre sicher hilfreich, wenn Anise endlich wieder zu Sinnen kommen würde. Aber leider hat sich ihr Zustand nicht sonderlich gebessert. Sie quasselt nach wie vor unentwegt davon, dass Regan Thornburn ihre große Liebe und Dirk Mansfield unschuldig sei.

Momentan hält man sie am besten von Bertie fern. Bei all dem irren Zeug, das sie von sich gibt, würde sie ihn nur noch mehr verwirren. Aber irgendwann müssen wir sie und Bertie wieder zusammenbringen, daran führt kein Weg vorbei.

Zwei kräftige Hände legen sich von hinten auf meine Schultern.

»Patrick.«

»Ach – du wusstest also, dass ich es bin? Vielleicht wird eines Tages noch eine richtige Jägerin aus dir.«

»Ich habe dich an deinen Händen erkannt, das ist alles. Wo warst du beim Mittagessen? Ich habe dich vermisst.«

»Ich habe im Büro gegessen. Nur ein paar Sandwiches. Wir mussten einiges wegarbeiten.«

»Ein paar Sandwiches? So fünf, sechs Stück, meinst du?«

»Und woher weißt du das?«

»Deinen Appetit kenne ich mittlerweile.«

»Du denkst über Bertie nach.«

»Ja«, gebe ich zu.

»Wie war es denn heute Morgen mit ihm?«

»Ganz okay. Für ein paar Momente war er sogar fast wieder der Alte. Aber trotzdem ist er irgendwie … so leer. Als wäre irgendetwas verloren gegangen.«

»Versuch, nicht zu viel darüber nachzudenken«, sagt Patrick. »Damit hilfst du ihm auch nicht weiter.«

»Was würdest du denn vorschlagen?«

»Sei einfach für ihn da.«

»Du hast recht. Aber wir müssen uns auch um Anise kümmern. Ich glaube nicht, dass er sein Trauma ohne seine Mutter überwinden wird.«

»Hab Geduld. Bertie findet schon wieder zu sich selbst. Und Anise auch.«

»Ich weiß nicht. So wie sich Anise momentan benimmt, ist sie als Mutter doch völlig ungeeignet. Richtig oder nicht?«

»Ja, das sehe ich genauso.«

»Hm. Sollten wir vielleicht lieber das Jugendamt einschalten? Anise hat schließlich das Sorgerecht für Bertie – was machen wir, wenn sie plötzlich auf die Idee kommt, mit ihm abzuhauen?«

»Anise hat nicht das Sorgerecht für Bertie«, erwidert Patrick. »Sondern ich.«

»Du? Aber wieso das?«

»Als Anise unter der Fuchtel meines Vaters stand, habe ich nachgedacht. Ich habe meinem Vater nie über den Weg getraut. Deshalb habe ich die Vormundschaft für Bertie beantragt. Und auch bekommen. Anise war einverstanden. Ihr war klar, dass ich meine Gründe hatte.«

»Oh, das ist ja schon mal eine positive Neuigkeit.«

»Heute Nachmittag nehme ich Bertie mit runter zum Fluss. Zum Angeln. Gregory kommt auch mit. Mal sehen, ob wir Bertie ein bisschen aus seinem Schneckenhaus locken können.«

»Dann musst du mir aber zeigen, wie das geht. Ich habe noch nie geangelt.«

»Du kommst nicht mit. Du bleibst hier im Schloss.«

»Was? Warum?«

»Du hast heute Nachmittag einen Termin. Mit Hugo Paul. Deinem Hochzeitsplaner und Stylisten.«

9

Mir wird ganz elend. »Du meinst den Stylisten, der auch schon die Königsfamilie eingekleidet hat?«

»Genau. Glaub mir, du wirst dich bestens mit ihm verstehen. Er ist die Nummer eins. Komm, alles halb so schlimm.«

»Und wo soll das Treffen stattfinden?«

»Unten im Salon. Er wartet schon.«

Patrick bringt mich zum Salon – ein Zimmer, das ich bis jetzt nicht kannte.

Die weiß getünchten Wände sind mit wunderschönen Gobelins geschmückt; antike Tischchen und Stühle vervollständigen das edle Ambiente. Ich komme mir vor wie im Empfangszimmer einer Prinzessin.

Die Fenster gehen auf den Wald hinaus. Das Zimmer ist lichtdurchflutet und behaglich.

Ein Mann mit kahlem Kopf sitzt auf einem antiken Holzstuhl; seine roten Stiefel liegen auf der Tischplatte, und er strahlt uns mit breitem Grinsen an.

Er trägt eine schmale Brille mit pinkfarbenen Gläsern, hat eine knollige Zwergennase und einen Bart mit ausrasierten Streifen.

Ich würde sagen, er ist um die sechzig. Aber eigentlich ist es unmöglich, sein Alter zu schätzen. Er sprüht vor jugendlicher Energie.

Er klatscht in die Hände, als er mich erblickt.

»Seraphina! Sie übertreffen meine kühnsten Vorstellungen. Patrick, mit deiner Braut hast du mir einen Traum erfüllt!«

Hugo springt auf und küsst mich auf beide Wangen, ehe er meine Hand ergreift und herzlich schüttelt.

Dann umarmt er Patrick, begrüßt auch ihn mit Wangenkuss.

Zu meiner Überraschung scheint Patrick nichts dagegen zu haben. Er lacht und klopft Hugo freundschaftlich den Rücken.

»Schön, dich zu sehen, alter Junge«, sagt Patrick. »Ich kann mir keinen besseren Stilberater für Seraphina vorstellen. Und ja – sie ist hinreißend, nicht wahr?«

»In jeder Hinsicht«, erwidert Hugo. »Sie ist perfekt, perfekt, perfekt! Bis hin zu ihrer Haarfarbe. Die ideale schottische Braut.«

»Aber ich bin Engländerin«, halte ich dagegen.

»Wen juckt's?« Hugo winkt ab. »Sie werden eine Mansfield, Seraphina, und schottischer geht's nun wirklich nicht.« Er klatscht abermals in die Hände. »Also, Patrick, du gehst jetzt am besten. Wir beide müssen in aller Ruhe über Mode reden. Kleider, Farben, Schmuck. Und das wird dich ja wohl kaum interessieren. Also.« Er scheucht Patrick zur Tür. »Mach schon.«

Ich halte die Hand vor den Mund, um nicht laut loszuprusten.

Es ist zum Totlachen, wie Patrick von diesem kleinen Kerl herumkommandiert wird.

Schon halb aus der Tür zieht Patrick eine Augenbraue hoch. »Was gibt's da zu lachen?«

»Nichts«, presse ich quiekend hervor.

»Raus jetzt!« Hugo drängt Patrick über die Schwelle.

Prompt breche ich in schallendes Gelächter aus.

»Vorsicht, Miss Harper«, warnt Patrick augenzwinkernd. »Man lacht nicht über seinen künftigen Ehemann. Oder bist du schon scharf auf das nächste Beurteilungsgespräch? Also, wir sehen uns zum Abendessen.«

»Ja, ja, Schluss jetzt.« Hugo schlägt die Tür hinter ihm zu.

»Das würden sich aber nicht viele trauen, so mit Patrick umzuspringen«, sage ich.

»Wirklich wichtige Leute haben kein Problem damit«, sagt Hugo grinsend. »Nur die kleinen Lichter regen sich über so etwas auf. Und jetzt unterhalten wir uns erst mal über Hochzeitskleider.«

»Ähm, eigentlich habe ich noch gar nicht richtig … Also, ein rotes Kleid wäre vielleicht …«

»Rot?« Hugo stemmt die Hände in die Hüften. »Nein, nein, nein. Das geht gar nicht! Eine Hochzeit ist keine Faschingsparty. Sie heiraten Lord Patrick Mansfield! Das ist ein Ereignis!« Er hält einen Augenblick inne. »Alle Maga-

zine und Zeitungen werden darüber berichten. Wollen Sie, dass alle von der Braut des Teufels schreiben? Also noch mal von vorn. Ich kenne einige ausgezeichnete lokale Modedesigner. Wahre Künstler. Mit den Langweilern, deren Namen sowieso in aller Munde sind, geben wir uns gar nicht erst ab. Okay?«

»Ähm …«

»Und dass Sie einen erstklassigen Geschmack haben, sehe ich auf den ersten Blick.« Er zupft an meinem Pulli herum, beäugt die aufgenähten Pailletten. »Entzückend! Einzelanfertigung?«

»Ja. Hm, also, na ja, das habe ich selbst gemacht.«

»Sie sind also selbst Designerin?«

»Oh, das kann man nun wirklich nicht sagen. Ich bin nur gern kreativ. Aber das heißt nicht, dass …«

»Ausgezeichnet, ausgezeichnet!« Hugo klatscht wieder in die Hände. »Dann wissen Sie ja genau, was Ihnen steht. Vielleicht können Sie sogar ein paar eigene Ideen einbringen. Aber – und hören Sie mir gut zu, meine Liebe – es wird geklotzt und nicht gekleckert, okay? Bescheidenheit ist eine Zier, doch weiter kommt man ohne ihr.«

»Aber …«

»Oh, Ihre Figur ist bezaubernd, einfach bezaubernd.« Hugo wirbelt mich herum. »Das nenne ich Kurven! Und dabei gertenschlank! Wie auch immer, ich habe ein wenig Anschauungsmaterial mitgebracht.«

Er hebt eine knallgelbe Tasche vom Boden, pfeffert sie auf den Tisch und zieht eine Ladung schicker Designerkataloge mit Hochzeitskleidern heraus. Tatsächlich handelt es sich nicht bloß um gewöhnliche Kataloge, sondern um liebevoll aufgemachte Bücher mit Bändern, Spitzen und Stoffmustern.

Er blättert, deutet auf das eine oder andere Kleid und redet ohne Unterlass auf mich ein.

»Und das hier? Das ist doch zum Sterben schön! Oh, und dieses hier? Ein *Hauch* von Vivienne Westwood, aber nicht zu viel. Trotzdem immer noch klassisch. Und die Spitze – in Nottingham handgefertigt. Ein Traum!«

Während ich die Hochzeitskleider betrachte, fühle ich mich wie im Märchen.

Im falschen Märchen.

Ja, Hugo hat recht. Die Kleider sind außergewöhnlich schön. Wunderschön. Aber die Mädchen, die sie tragen, sehen kein bisschen aus wie ich – durch die Bank eingebildet dreinblickende, blonde Models mit Schmollmund.

»Sind Sie sicher, dass mir so was stehen würde?«, sage ich. »Na ja, ich bin nur ein ganz normales Mädchen aus Camden. Ich bin nichts Besonderes.«

»Sogar etwas *ganz* Besonderes«, entgegnet Hugo. »Diese Mädels stecken Sie allesamt locker in die Tasche.« Er klatscht mit der flachen Hand auf einen der Kataloge. »Weil Sie einzigartig sind. Unverwechselbar. Und dieses wundervolle rote Haar …«

Vorsichtig nimmt er eine Strähne zwischen zwei Finger und betrachtet sie mit geradezu schmachtendem Blick.

Dann lässt er sie urplötzlich los, und seine Miene hellt sich auf. »Da kommt mir eine Idee! Ihre Schwester ist doch Tänzerin, richtig?«

»Ja, sie …«

»Wie wär's mit *Schwanensee*? Sie sind die schöne Odette –

in einem langen, fließenden Hochzeitskleid, Federn hinter den Ohren. Und die Ballerinas sind Ihre Schwanenschwestern, alle in herrlichen weißen Tutus und Ballettschuhen.«

»Stirbt Odette nicht in *Schwanensee*?«, frage ich.

»Ja, aber *hinreißend schön.*«

»Ich weiß nicht, Hugo. Das kommt jetzt alles so überraschend. Ich stamme aus einer ganz anderen Welt. Ganz ehrlich, allmählich macht mir das Ganze echt Angst.«

»Mein vollstes Verständnis.« Hugo tätschelt mir die Hand. »Also, eins nach dem anderen. Als Erstes stellen wir Ihnen eine neue Garderobe zusammen. Schließlich müssen wir Sie in die Gesellschaft einführen, Sie als die künftige Lady Mansfield vorstellen. Und wenn Sie sich dann ein bisschen wohler in Ihrer Haut fühlen, können wir uns um das Hochzeitskleid kümmern.«

»*Gesellschaft?*«

Hugo breitet die Arme aus. »Aber ja. Galadinner, offizielle Anlässe und so weiter. Patrick hat Ihnen sicher erzählt, welche Verpflichtungen auf Sie zukommen, wenn Sie erst Lady Mansfield sind.«

»Ja, das stimmt. Aber noch bin ich das ja nicht.«

»Dann wird es Zeit, schleunigst mit dem Üben anzufangen. Am besten noch heute. Okay, meine Liebe?«

Ich öffne den Mund, schließe ihn aber gleich wieder.

»Also, das Brautkleid stellen wir jetzt erst mal zurück. Heute besorgen wir Ihnen zunächst ein paar Sachen für den Alltagsgebrauch. Was Sie tragen, ist wirklich hübsch, aber das kriegen wir noch besser hin. Los, gehen wir shoppen.«

10

Eine Stunde später sind wir im Stadtzentrum von Edinburgh.

Und ich finde es auf Anhieb toll. All die prachtvollen Schaufenster, die hell erleuchteten Restaurants, die majestätische Burg und die dicht gedrängten Backsteinhäuser.

Hugo führt mich direkt zu Taylor & Cursy, wo uns bereits eine persönliche Einkaufsberaterin erwartet. Alice heißt sie.

Sie trägt ein Miss-Moneypenny-Kostüm, hat lockiges blondes Haar, rote Wangen und ist schrecklich nett. Offensichtlich hat sie eine Tochter in meinem Alter, da sie sofort weiß, welche Größe ich brauche. Sie legt ihre Hände auf meine Hüften: »Gott, sind Sie schmal.«

Sie bringt uns in die oberste Etage, und wir nehmen vor einem kleinen Laufsteg Platz, der von oben angestrahlt wird, genau wie ein richtiger Catwalk.

Außerdem steht ein Servierwagen mit Kaffee, Gebäck, Kuchen und – ich traue meinen Augen nicht – Whisky bereit.

Ich komme mir völlig deplatziert vor.

Hugo nimmt sich ein Stückchen Gebäck vom Teewagen.

»Einfach göttlich, diese Teilchen.« Er beißt in das Hörnchen und schiebt den Wagen zu mir. »Essen Sie, meine Liebe. Nicht, dass Sie noch vom Fleisch fallen. Den Kaffee mit Milch?«

»Nur ganz wenig«, sage ich.

»Und einen Schuss Whisky?«

»Warum eigentlich nicht?« Es kann ja nicht schaden, meine Nerven ein wenig zu beruhigen.

Ich war zwar durchaus schon in exklusiven Modeläden, aber nie, um etwas zu kaufen – schon gar nicht in Läden wie Taylor & Cursy; dafür fehlt mir das nötige Kleingeld.

Ich werde ganz aufgeregt bei der Vorstellung, hier einkaufen zu können.

Ich nippe an meinem Kaffee, und der Schuss Whisky wärmt mir wunderbar die Kehle.

»Dann mal los.« Hugo klatscht in die Hände. »Alice? Die Frühjahrskollektion?«

»Wir sind bereit!« Alice strahlt. »Bitte, meine Damen!«

Am Ende des Laufstegs öffnet sich eine große Doppeltür, und drei langbeinige Modelle treten heraus.

Sie tragen die abgefahrensten Designerklamotten. Lange pastellfarbene Kleider. Lederstiefel mit geschlitztem Schaft. Ellbogenlange Seidenhandschuhe. Große, federleichte Hüte.

Wow, wow, wow!

Ich kann mich nicht sattsehen an all der Pracht.

Und die Models sind kein bisschen hochnäsig – sie kommen zu mir, und wir unterhalten uns locker und ungezwungen.

Eine fragt mich, ob Patrick im wirklichen Leben genauso gut aussieht wie auf Fotos.

Ich lächle. »Viel besser«, antworte ich.

Wir lachen zusammen.

Hugo erteilt lautstark Anweisungen, während die Mädchen auf dem Laufsteg paradieren. »Alice, *das* Kleid ist hinreißend! Die perfekte Farbe für Seraphina. Nein, nein, das kommt überhaupt nicht infrage, darin würde Seraphina völlig untergehen. Aber den Hut könnte sie mal anprobieren.«

Während er seine Instruktionen bellt, machen sich die

Verkaufsassistentinnen daran, die für gut befundenen Sachen zur Anprobe herbeizuschaffen.

Ich schaue einfach nur zu und bin völlig hin und weg. Ich kann das alles immer noch gar nicht richtig glauben.

Als wir schließlich die ganze Kollektion gesehen haben, sagt Hugo: »So, meine Liebe. Ich habe alles Passende herausgepickt. Und nun bitte zur Anprobe.«

Wow, wow, wow!

Das Leben ist manchmal echt der nackte Wahnsinn. Hier bin ich bei Taylor & Cursy und kann mir kaufen, was immer ich will. Schuhe, Hüte, Accessoires – alles, was das Herz begehrt.

Hugo führt mich zu einem riesigen Ankleideraum.

Überall hängen Kleider, stehen Hüte und Schuhe. Ich bin schlicht überwältigt.

»Du lieber Himmel«, platze ich heraus. »Wer soll denn das alles anziehen?«

»Wenn es Ihnen lieber ist, können wir auch gleich alles kaufen und ins Schloss bringen lassen«, meint Hugo.

»Nein! Ich möchte nur Sachen kaufen, die ich auch tatsächlich trage. Man muss es nicht gleich übertreiben.«

»Wie bescheiden. Also, was möchten Sie zuerst anprobieren?«

»Ich glaube, das hellgrüne Kleid da. Und diese Stiefel und die weißen Handschuhe da drüben. Ach ja, und den Hut da würde ich auch noch nehmen.«

»Eine *hervorragende* Wahl, Seraphina. Aber langsam, sonst machen Sie mich noch arbeitslos.«

»Ganz bestimmt nicht. Ohne Sie wäre ich völlig verloren.«

Hugo lächelt. »Danke, meine Liebe. Ich kann es gar nicht

erwarten, Sie in diesen Sachen zu sehen. Sie werden *umwerfend* aussehen.«

Schließlich kaufen wir mehr Klamotten ein, als ich in meinem ganzen Leben besessen habe. Und daran ist Hugo schuld. Wann immer ich mich nicht zwischen zwei Kleidern entscheiden kann, lautet seine Antwort: »Dann nehmen Sie beide! Keine Zurückhaltung bitte – Sie nehmen einfach alles, was Ihnen gefällt!«

Ich erwähne, dass ich das eine oder andere gerne ändern würde. Und Hugo klatscht in die Hände und weist Alice an, sich umgehend darum zu kümmern.

»Nein, nein, das kann ich schon selbst übernehmen«, sage ich.

»Ich bitte Sie«, erwidert er. »Bald sind Sie Lady Mansfield. Eine Schlossherrin gibt sich nicht mit Näharbeiten ab.«

»Aber ich mache das doch gerne.«

»Das mag ja sein. Aber bei all den Partys und Benefiz-Galas wird Ihnen dafür keine Zeit mehr bleiben. Genießen Sie Ihr neues Leben – Sie haben jetzt Personal, das für solche Dinge zuständig ist.«

»Oh, das wird wohl dauern, bis ich mich daran gewöhnt habe.«

11

Die Schachteln und Taschen von Taylor & Cursy stapeln sich bis unters Dach der Limousine.

Ich kann es kaum erwarten, meine neuen Sachen zu tragen. Die Vorstellung ist einfach himmlisch.

Und ich bin heilfroh, dass Hugo mir Beistand geleistet hat. Nie im Leben hätte ich es allein hinbekommen, die repräsentativeren Teile auszusuchen. Aber er hat jedes Mal darauf bestanden, dass ich alles anprobiere, und dabei habe ich ganz neue Facetten an mir entdeckt. Mein neues Ich.

Zugegeben, noch bin ich nicht Lady Mansfield.

Aber eines Tages werde ich es ja vielleicht sein.

Patrick erwartet mich bereits.

»Wie geht es Bertie?«, frage ich.

»Alles okay. Selber angeln wollte er nicht. Er hat uns nur zugesehen. Wenigstens hat er welche von Gregorys Keksen gegessen.«

»Immerhin«, sage ich. »Und wo ist er jetzt?«

»Im Musikzimmer. Gregory spielt ihm etwas auf seiner Geige vor.« Patrick sieht zu unserem Chauffeur hinüber, der alle Hände voll damit zu tun hat, Schachteln, Taschen und Tüten auszuladen. »Na, hast du dich gut amüsiert?«

»Und wie. Ich glaube, Hugo hat recht. Mit diesen Sachen bin ich schon mal auf dem richtigen Weg.«

»Wohin?«

»Lady Mansfield zu werden.«

»Du musst überhaupt nichts werden. Du bist so schon perfekt.«

»Aber du hast es doch selbst gesagt. Die Menschen, die hier leben, erwarten etwas – nicht nur von der Hochzeit, sondern auch von mir. Und ich will sie nicht enttäuschen.«

»Die Worte einer wahren Lady. Was hältst du davon, wenn du dich mit deinen neuen Sachen in Schale wirfst und wir ein bisschen unter die Leute gehen? Komm, ich lade dich heute Abend zum Essen ein.«

»Meinst du? Ich will Bertie nicht allein lassen. Und Wila …«

»Um die Uhrzeit schläft Bertie längst. Und Wila geht heute Abend mit Grey zum Bowling.«

»*Wie bitte?*«

»Kleine Party auf der Bowlingbahn. Vicky und Rab gehen auch mit. Es war Greys Idee. Er meinte, eine kleine Aufmunterung könnte nicht schaden.«

»Hm, bist du sicher?«

»Wieso denn nicht?«

»Grey. Willst du zulassen, dass er sich an meine kleine Schwester heranmacht?«

Patrick lacht. »Ich bitte dich. Wila ist gerade mal sechzehn. Grey mag ein notorischer Schürzenjäger sein, aber er steht nicht auf kleine Mädchen. Ich garantiere dir, dass er ihr nicht zu nahekommt.« Er senkt die Stimme. »Ehrlich gesagt glaube ich, dass er ein Auge auf Vicky geworfen hat. Ihren Freund hat er jedenfalls nicht eingeladen.«

»Oh.«

Er hat recht. Es wird Zeit, dass Wila auf andere Gedanken kommt. Sie ist so niedergeschlagen, verschläft den halben Tag. Ein lockerer Abend muntert sie bestimmt ein bisschen auf. Außerdem gehe ich davon aus, dass Patrick mir die Wahrheit sagt; schließlich kennt er Grey schon sein ganzes Leben.

»Und was machen wir mit Bertie?«, frage ich.

»Gregory kann sich um ihn kümmern.«

»Okay, wenn wir nicht zu lange wegbleiben …«

Patrick lacht. »Muss ich dich etwa zu deinem Glück zwingen?«

»Nein, überhaupt nicht. Ich gehe liebend gern mit dir aus. Aber Bertie macht eine wirklich schwere Zeit durch. Und er soll wissen, dass ich für ihn da bin.«

»Das weiß er.« Patrick legt seine Hand auf meine Schulter. »Glaub mir, das weiß er ganz genau.«

12

Als ich Bertie zu Bett bringe, frage ich mich, ob ich ihm erzählen soll, dass ich noch mit Patrick ausgehe.

Aber dann entscheide ich mich dagegen. Bald schläft er ohnehin tief und fest – kein Grund, ihn zu beunruhigen. Und wenn er aufwacht, bin ich längst wieder da.

Berties Augen sind immer noch leer und glasig. Aber immerhin hat er ein wenig Farbe bekommen; der kleine Angeltrip hat ihm offensichtlich gutgetan.

»Und wie war es unten am Fluss?«, frage ich.

Er schweigt.

»Ich habe gehört, du hast etwas gegessen. Ein paar Kekse. Das freut mich wirklich sehr.«

Keine Reaktion.

»Hm.« Ich ziehe die Decke über ihn. »Ich lese dir noch eine Gutenachtgeschichte vor. Okay?«

Bertie gibt keinen Ton von sich. Aber ich sehe, wie sich seine Lippen ein klein wenig bewegen. Nur ein kleines bisschen.

Nachdem ich Bertie die Geschichte vorgelesen habe, schließe ich leise die Tür hinter mir und gehe zu Patricks Schlafzimmer. Moment – Patricks und *meinem* Schlafzimmer. Wahnsinn! Ich wohne jetzt hier. In Patricks Schloss.

Patrick sitzt auf der Bettkante und zieht gerade ein Paar schwarzer Socken an. Er trägt einen James-Bond-Smoking, der ihm wie angegossen passt.

Ich lächle. »Du siehst toll aus.«

»Und du bist wunderschön.«

»Aber ich habe mich doch noch nicht mal angezogen.«

»Noch besser.«

»Patrick!«

»Ich habe nachgedacht.« Patrick legt seine Manschettenknöpfe an. »Nachdem du jetzt Taylor & Cursy halb leer gekauft hast, brauchst du einen Platz für deine neuen Klamotten.«

»Ich dachte, ich könnte deinen Kleiderschrank mitbenutzen.« Ich grinse. »Dafür müsstest du allerdings dein Waffenarsenal ausräumen.«

»Nicht nötig. Du kannst den Schrank für dich allein haben.«

»Was?«

»Hier.« Patrick führt mich zu seinem begehbaren Kleiderschrank, der innen plötzlich ganz anders aussieht. Im hellen Licht erblicke ich lange Reihen von Kleiderstangen, Schuhregale und diverse Spiegel. Und all die Sachen, die Hugo und ich heute Nachmittag gekauft haben.

Du lieber Himmel, ich hätte nicht gedacht, dass sie so viel Platz brauchen würden.

»Wo sind denn deine Armeeklamotten? Und die Waffen?«

»Ich habe ein bisschen entrümpelt«, erklärt Patrick. »Es wurde auch langsam Zeit, dass das Zeug in eine Extra-Waffenkammer kommt. So gern ich meine Gewehre griffbereit habe.«

»Wow.« Ich muss erst einmal tief Luft holen. »Das ist ja unglaublich, Patrick. Einfach Wahnsinn. Wann hast du das gemacht?«

»Rab hat das übernommen. Heute Nachmittag. Als Schreiner ist er ein echtes Ass. Fast so gut wie im Nahkampf.«

Ich lache.

»Dann sag ihm Danke von mir. Oh, ich freue mich so. Aber was ist mit deinen eigenen Sachen?«

»Die sind hier.« Patrick öffnet einen kleinen antiken Kleiderschrank mit silbernen Türgriffen.

Ein paar Anzüge hängen dort, ein paar Armeehosen und Tarnjacken.

»Mehr brauchst du nicht?«

»Das reicht mir völlig«, sagt Patrick. »Die meisten meiner Sachen befinden sich sowieso im Basislager.«

»Oh, Patrick, was für eine tolle Überraschung! Ich fühle mich, als wäre ich hier zu Hause.«

»Du *bist* hier zu Hause.«

»Ich weiß, aber manchmal habe ich immer noch das Gefühl, als müsste ich mich kneifen … Vergiss nicht, dass ich vorher in Camden gewohnt habe. Auf einem Hausboot.«

»Na und? Dein Boot ist doch prima.«

»Also, mir gefällt es hier um einiges besser.«

»Das freut mich zu hören. Und? Hat sich Lady Mansfield schon überlegt, was sie zum Dinner anziehen möchte?«

Ich entscheide mich für ein eng anliegendes, burgunderrotes Abendkleid mit herzförmigem Ausschnitt.

»Und die Handschuhe da.« Ich greife nach zwei weißen Seidenhandschuhen. »Und diese Stiefel.« Ich deute auf ein Paar kniehoher Stiefel im Schuhregal.

Patrick streicht mir das Haar in den Nacken und haucht einen Kuss auf meinen Hals.

Es überläuft mich heiß und kalt.

»Lass mich dir beim Ausziehen helfen«, flüstert er.

»Äh, okay. Solange du mir auch beim Anziehen hilfst.«

»Das kann ich nicht versprechen.«

Patrick zieht mir den Pullover über den Kopf und lässt ihn zu Boden fallen. Dann streift er mir die Jeans und den Slip ab; ich schlinge die Beine um ihn, als er mich auf seine Hüften hebt.

Er trägt mich zum Spiegel und presst meinen nackten Rücken dagegen.

Ziemlich kalt.

»Oh!«

»Keine Angst, gleich wird dir wieder warm.«

Im gegenüberliegenden Spiegel sehe ich Patricks Rücken, seine breiten Schultern, die sich unter der Smokingjacke abzeichnen.

»Zieh dich auch aus«, sage ich. »Ich will dich im Spiegel sehen, Patrick.«

»Dein Wunsch ist mir Befehl.«

Meine Füße berühren den weichen Teppichboden, als er mich herunterlässt. Dann zieht er seine Klamotten aus und wirft sie auf meine Jeans.

Natürlich ist er steinhart.

Als er mich wieder hochhebt, spüre ich seine Erektion an meinem Oberschenkel.

Langsam gleitet er in mich, presst mich mit seinem durchtrainierten Körper gegen den Spiegel.

Im gegenüberliegenden Spiegel sehe ich seinen sonnengebräunten, muskulösen Rücken. Und dann beginnt er, sich langsam und rhythmisch zu bewegen.

O Gott!

Ihn im Spiegel zu sehen raubt mir den Atem.

Ich spüre ihn in mir, und gleichzeitig sehe ich, wie er mich nimmt.

Ich schlinge die Arme um ihn, verliere mich ganz im Anblick seines makellosen, sehnigen Körpers, im Rhythmus seiner fordernden Stöße.

Doch dann hält er unvermittelt inne und lässt mich zu Boden gleiten.

»Auf die Knie.« Seine Stimme klingt rau. »Ich will dich auch dabei sehen.«

Meine Knie versinken im weichen Teppichboden, als ich auf alle viere gehe. Und dann spüre ich auch schon, wie er erneut in mich eindringt – diesmal hart und ungestüm, mit purer Leidenschaft.

Er packt mich an den Hüften und stöhnt laut auf, während er mich im Spiegel betrachtet.

Und mich selbst sehe ich natürlich auch – die Haare fallen mir ins Gesicht, und mein Blick ist verzerrt vor Lust, während Patrick mich gnadenlos von hinten nimmt.

Seine kräftigen Finger gleiten zwischen meine Schenkel. Er fängt mich zu streicheln an – erst sanft, dann mit mehr Nachdruck.

Oh. *Oh!*

Ich genieße ihn mit jeder Faser, würde mich am liebsten mit meinem ganzen Körper um ihn schließen, während er mich immer härter stößt – seine Miene angespannt, konzentriert, fiebrig. Ein Jäger, der seine Beute zur Strecke bringt.

Und dann kann ich mich nicht länger beherrschen. Keuchend stoße ich hervor, dass ich kommen muss, als mich der Orgasmus auch schon wie eine gigantische Woge mit sich fortreißt.

Nur einen Moment später kommt auch Patrick mit einem lauten Stöhnen, und im Spiegel sehe ich sein Gesicht – weich und verletzlich ist sein Blick, wunderschön.

Während mein Orgasmus langsam abebbt, streichelt Patrick sanft meinen Rücken.

»Willst du wirklich noch ausgehen?«, frage ich. »Wir könnten den Rest des Abends einfach im Bett verbringen.«

Patrick lacht. »Eigentlich keine schlechte Idee. Aber ich habe reserviert, und das Restaurant gehört einem alten Freund von mir. Mal ganz abgesehen davon, dass er vor Neugier platzt, wie meine zukünftige Frau aussieht. Ich kann ihn nicht hängen lassen.«

»Okay.« Ich lächle. »Dann sollten wir uns besser anziehen.«

13

Unsere Limousine wird von einer Chauffeurin gesteuert – einer korpulenten, freundlichen Frau mit weißem Haar und ausgeprägtem schottischem Akzent. Minnie heißt sie.

Patrick erzählt mir, dass er sich von ihr am liebsten fahren lässt.

»Kaum zu glauben, Mr Mansfield«, necke ich ihn, während wir in die Stadt fahren. »Ein weiblicher Chauffeur. Und ich habe Sie für einen sexistischen Neandertaler gehalten.«

»Zu dem werde ich nur bei dir.«

Ich verdrehe die Augen. »Du hast also nichts gegen Gleichberechtigung, solange es um Frauen geht, auf die du nicht scharf bist.«

»So könnte man es ausdrücken, ja.«

»Du machst dir bestimmt Sorgen«, sage ich. »Wegen Anise.«

»Allerdings.«

Anise hat ihr Zimmer nicht mehr verlassen, seit wir sie aus Regan Thornburns Fängen befreit haben. Nur dass sie es gar nicht als Befreiung ansieht.

Sie lässt sich Essen aus der Küche in ihr Zimmer bringen und liest den ganzen Tag. Aber sie weigert sich nach wie vor, mit irgendjemandem zu sprechen. Wir alle hoffen, dass sie irgendwann wieder am Leben teilnimmt, wenn wir nur lange genug Geduld haben, aber bisher gibt es keinerlei Anzeichen dafür.

Ich drücke seine Hand. »Es tut mir so leid, Patrick.«

»Was?«

»Dass Anise so wenig Halt hat.«

»Vielleicht war das schon immer so.« Patrick blickt aus dem Fenster auf die hell erleuchteten Straßen Edinburghs. »Und ich hätte es merken müssen. Aber ich habe einfach nichts mitbekommen.«

Das Restaurant heißt Fiennes und befindet sich in der obersten Etage eines braunen Backsteingebäudes, dessen Schieferdach lauter Türmchen zieren.

In meinem burgunderroten Abendkleid, den Handschuhen und den hohen Stiefeln schwebe ich förmlich in das Restaurant.

Patrick hält mich im Arm. »Du siehst hinreißend aus«, flüstert er mir ins Ohr. »Absolut hinreißend.«

Alle wenden die Köpfe, als wir eintreten. Einige lächeln, andere beäugen mich neugierig, aber keineswegs unfreundlich.

Ein großes Panoramafenster geht auf die Stadt hinaus, und genau dort befindet sich auch unser Tisch. Der Ausblick ist atemberaubend.

Als ich einen Blick auf unser Spiegelbild in der Scheibe erhasche – Lord und Lady Mansfield gehen zusammen aus –, beschleicht mich ein völlig unwirkliches Gefühl.

Bin das wirklich ich? Dieses superschicke Mädchen im Arm dieses unglaublich attraktiven Mannes, der wie ein griechischer Gott aussieht?

Mein Haar habe ich mit silbernen Nadeln hochgesteckt, die ich ebenfalls bei Taylor & Cursy gekauft habe. Außerdem habe ich ein wenig Make-up aufgelegt – ganz dezent, um meinem Gesicht ein bisschen mehr Farbe zu geben. Der wahre Blickfang aber ist mein Kleid. Es ist perfekt geschnitten und passt mir wie angegossen.

Ich fühle mich wie eine Prinzessin.

Gerard Fiennes, der Restaurantbesitzer, kommt persönlich an unseren Tisch, um uns die Speisekarten zu überreichen.

Er ist groß, hat grau meliertes Haar und ein markantes Kinn, das seinem Gesicht einen entschlossenen Ausdruck verleiht.

»Patrick!« Freundschaftlich schlägt er ihm auf die Schulter. »Kaum zu glauben, dass du es tatsächlich mal hierher schaffst.«

»Das hatte ich doch versprochen«, gibt Patrick zurück.

Gerard lacht. »Das ist acht Jahre her!«

»Besser spät als nie.« Patrick grinst.

»Und das ist die schöne junge Lady, der es gelungen ist, dich aus der Höhle zu locken?«, meint Gerard.

»Höchstpersönlich«, erwidert Patrick. »Darf ich vorstellen? Meine Verlobte, Seraphina Harper.«

»Du heiratest also tatsächlich?«

»So schnell wie möglich«, antwortet Patrick. »Wobei die Hochzeitsvorbereitungen allerdings noch ein wenig Zeit in Anspruch nehmen. Aber je mehr Seraphina zu tun hat, desto geringer ihre Chance, es sich anders zu überlegen.«

Gerard lacht. »So wie ich dich kenne, wird eure Hochzeit doch sicher eine Riesennummer – so ähnlich wie die Krönung der Queen.«

»Größer«, sagt Patrick.

Am liebsten würde ich auf der Stelle im Boden versinken.

Größer als die Krönung der Queen?

Gerard schüttelt mir die Hand. »Ich freue mich außerordentlich, Sie kennenzulernen, Seraphina. Aber irgendwie kommen Sie mir bekannt vor. Kann es sein, dass wir uns schon mal über den Weg gelaufen sind? Auf der Fashion Week in Paris, richtig?«

»Nein, wohl kaum. Ich war noch nie in Paris.«

»Sie waren noch nie in Paris?«, platzt Gerard heraus. »Sie wollen mich auf den Arm nehmen, oder? Eine kultivierte junge Dame wie Sie … Natürlich waren Sie schon in Paris.«

»Na ja, ich würde wirklich gern mal hinfahren«, stammle ich, während ich mich frage, wie er auf die Idee kommt, mich als kultiviert zu bezeichnen. »Aber … ich bin nicht besonders viel herumgekommen in der Welt.«

»Patrick *muss* Sie nach Paris einladen«, erklärt Gerard. »Ich habe dort ein Restaurant *und* ein Hotel. Ich würde mich riesig freuen, Sie bei uns begrüßen zu dürfen – als Ehrengäste, versteht sich.«

Ich spüre, wie ich erröte. »Danke.«

Gerard zwinkert Patrick zu. »Dann lasse ich euch zwei Turteltäubchen jetzt mal allein. Übrigens – wie wär's, wenn wir mal wieder zusammen auf den Schießstand gehen, Patrick? Was meinst du?«

»Jederzeit.« Patrick nickt ihm zu und ergreift meine Hände.

Als Gerard außer Hörweite ist, sagt Patrick: »Was liegt dir auf der Seele, Sera?«

Ich lache. »Ich kann wohl nichts vor dir verbergen, was?«

»Überhaupt nichts.«

»Ich … Na ja, unsere Hochzeit soll größer sein als die Krönung der Queen? Das macht mir wirklich Angst.«

»Warum? Ich dachte, alle Frauen wünschen sich eine Traumhochzeit.«

»Ich bin nicht *alle* Frauen, Patrick.«

»Das habe ich durchaus mitbekommen.«

»Und eine große, sündhaft teure Hochzeit – das passt doch überhaupt nicht zu mir.«

Patrick sieht mir tief in die Augen. »Es ist dir immer noch nicht klar, oder?«

»Was?«

»Dass du etwas ganz Besonderes bist.«

»Für dich vielleicht. Aber die anderen Leute hier sehen das wohl kaum so.«

»Wart's ab.«

»Ich weiß nicht recht.«

Patrick drückt meine Hände. »Vertrau mir. Du verdienst eine Traumhochzeit, die schönste und größte, die man sich vorstellen kann. Und genau so eine Hochzeit werden wir auch feiern.«

Ich beiße mir auf die Unterlippe. »Sollen wir bestellen?«

»Hör auf, vom Thema abzulenken.«

»Okay, ich geb es zu. Das macht mich alles nervös. Was, wenn ich gar nicht in deine Welt passe? Wenn sich herausstellt, dass ich mich nicht richtig anziehen kann, nicht so eloquent bin wie deine adeligen Freunde? Ich …«

Patrick bricht in schallendes Gelächter aus. »Bis jetzt hast du dich nicht schlecht geschlagen.«

Ich greife nach der Karte und runzle die Stirn.

»Alles saisonale Gerichte«, erklärt Patrick. »Und alles bio, im Umkreis von zehn Meilen angebaut oder gezüchtet.«

»Das klingt gut.«

»Hey«, sagt Patrick mit sanfter Stimme. »Glaub mir, alles wird gut. Versuch einfach, dir keine Sorgen zu machen. Soll ich für dich bestellen?«

»Seit wann fragst du mich zuerst?«, entgegne ich. »Woher kommt denn der plötzliche Sinneswandel?«

»Öfter mal was Neues«, gibt Patrick zurück.

»Eigentlich fände ich es gar nicht schlecht, wenn du für mich bestellen würdest.« Ich überfliege die Karte. »Ich weiß nämlich gar nicht, was das alles sein soll.«

»Das freut mich.« Patrick legt seine Karte beiseite. »Ich habe nämlich schon entschieden, was du isst.«

Ich schüttle den Kopf. »Und ich habe tatsächlich einen Moment geglaubt, du wärst doch kein Neandertaler …«

Patrick winkt einen der Kellner heran und bestellt uns Lobster Bisque mit frischem Brot, Lamm im Kräutermantel mit gegrilltem Radicchio und Zitronenbaisertörtchen zum Nachtisch.

Dazu Champagner als Aperitif, Rotwein zum Essen und zum Abschluss einen weißen Dessertwein.

»Was ist eine Bisque?«, frage ich Patrick.

»Eine Hummercremesuppe.«

»Woher weißt du so was?«

Patrick zuckt mit den Schultern. »Wenn man schon als Kind nur in den besten Restaurants speist, kommt so was automatisch. Aber eins kann ich dir versichern: dass Geld nicht glücklich macht.«

»Aber es erleichtert einiges, oder?«

»Glaubst du?« Patrick greift unter den Tisch und hebt meine Füße in seinen Schoß. »Da wäre ich mir an deiner Stelle nicht so sicher. Hübsche Stiefel.«

»Danke. Was wolltest du gerade sagen?«

»Dass man Glück nicht kaufen kann, egal, wie reich man ist. Du und deine Schwester – du hast mir selbst erzählt, dass ihr nie viel Geld zur Verfügung hattet. Und trotzdem wart ihr zufrieden mit eurem Leben, oder?«

»Das stimmt. Aber es war weiß Gott nicht leicht«, erwidere ich. »Manchmal wussten wir nicht mal, womit wir den nächsten Einkauf bezahlen sollten. Mir wäre es tausendmal lieber, mit dem goldenen Löffel im Mund geboren zu sein.«

»Aber dann hättest du vielleicht auch so einen Vater wie ich«, sagt Patrick.

»Oder so eine Cousine«, gebe ich zurück.

»Ach was.« Patrick schlägt mit der flachen Hand gegen meinen Lederstiefel. »So schlimm ist Zara nun auch wieder nicht. Für Anise würde sie alles tun.«

Ich runzle die Stirn. »Und für dich auch.«

»Der Zug ist abgefahren, und das weiß sie auch.«

»Aber sie verhält sich ganz und gar nicht so.«

»Das heißt, du willst sie nicht zu deiner Brautjungfer machen?«

»Sehr witzig. Ich will nicht mal, dass sie zu unserer Hochzeit erscheint.«

Patricks Lächeln verfliegt. »Sie gehört zu meiner Familie, Seraphina. Und selbstverständlich wird sie zu unserer Hochzeit eingeladen. Keine Widerrede.«

»Niemals.« Abrupt ziehe ich die Füße von seinem Schoß. »Das kommt überhaupt nicht infrage.«

»Daran führt kein Weg vorbei.« Patrick blickt auf, als ein Kellner eine dampfende Suppentasse vor mir abstellt. »Die Tradition verlangt es so, Ende der Diskussion.«

»Von wegen«, fauche ich, während der Kellner Patricks Suppe serviert und ein Körbchen mit frischem Brot dazustellt. »Sie kommt unter keinen Umständen!«

»Seraphina, wir Mansfields …«

»Was würdest du denn sagen, wenn ich meinen Exfreund zu unserer Hochzeit einladen würde?«

Patrick blickt mich mit steinerner Miene an. »Das ist etwas anderes.«

»Ist es nicht!«

»Zara war nie meine Freundin.«

»Aber du hast mit ihr geschlafen.«

»Und?«

»Und das heißt, dass sie auf unserer Hochzeit nichts verloren hat.«

»Wie kannst du nur so stur sein?«

»Wieso? Du bist doch derjenige, der nicht einlenken will.«

»Lass uns das auf später vertagen, okay?«

»Da gibt es nichts zu vertagen, Patrick.«

»Probier deine Suppe.«

Ich funkele ihn an. »Jetzt versuchst *du*, vom Thema abzulenken!«

»Ja, das stimmt. Aber diese Diskussion bringt uns jetzt nicht weiter. Wir besprechen das später. Sag mir lieber erst mal, wie dir die Bisque schmeckt.«

Die leicht cremige Suppe riecht wirklich sehr lecker: nach Sahne, Knoblauch und anderen guten Zutaten.

Patrick hat recht – das hier ist wirklich nicht der richtige Ort, um sich über Zara in die Haare zu kriegen. Nein, ich werde nicht zulassen, dass sie unseren Abend ruiniert. »Was ist denn der Unterschied zu einer normalen Suppe? Wieso der ausgefallene Name?«

Patrick schmunzelt. »Eine Bisque ist eine Suppe aus Krustentieren.«

»Oh.« Ich probiere. »Hm.«

»Hiermit geht es einfacher«, sagt Patrick leise und reicht mir den Suppenlöffel.

Erst jetzt merke ich, dass ich den Dessertlöffel benutzt habe.

Ich erröte.

»Das muss dir nicht peinlich sein«, sagt Patrick.

»Ach ja? Du bist mit solchen Dingen von klein auf vertraut. Ich muss das alles erst noch mühsam lernen.«

»Das machst du mit links«, erwidert Patrick. »Versprochen.«

Tja. Ich bin mir da nicht so sicher.

14

Als der Nachtisch kommt, fühle ich mich schon ein wenig lockerer.

Natürlich auch dank Rotwein und Champagner.

Während wir unsere Baisertörtchen essen, schenkt uns der Kellner einen eisgekühlten Weißwein ein, der fast wie Honig ins Glas fließt.

»Was ist das?«, frage ich Patrick.

»Ein Dessertwein. Probier mal. Schmeckt köstlich.«

»Warum ist er so dickflüssig?«

»Weil er stark ist.«

»Oh.« Ich trinke einen Schluck. »Lecker.«

Patrick zieht meine Füße wieder in seinen Schoß. »Keine weiteren albernen Streitereien mehr heute Abend, okay?«

»Das hoffe ich.«

Er beginnt, am Schaft meiner Stiefel entlangzustreichen.

Ich ziehe eine Augenbraue hoch. »Hör auf damit!«

Patrick legt die Hände um meine Knöchel.

»Schluss jetzt!« Ich winde mich auf meinem Stuhl. Ich spüre, wie ich rot werde, und meine Hand erstarrt auf halbem Weg zum Mund.

»Befehle zu befolgen war noch nie meine Stärke.« Patrick schiebt die Finger in meine Stiefel und streichelt meine Waden.

»Ich meine es ernst.« Ich lasse meinen Dessertlöffel sinken.

»Ich auch.« Patrick sieht mir herausfordernd in die Augen.

Mein Magen zieht sich lustvoll zusammen.

»Weißt du noch, was du neulich gesagt hast?«, frage ich. »Dass es für alles eine richtige Zeit und einen richtigen Ort gibt?«

»Klar.«

»Vielleicht sollten wir jetzt besser nach Hause fahren.«

»Ausgezeichnete Idee.« Patrick winkt dem Kellner. »Die Rechnung, bitte.«

15

In der Limousine schließt Patrick die Trennscheibe zwischen Minnie und uns, schnallt mich an und setzt sich neben mich.

»Ich hatte keine Ahnung, dass es eine solche Herausforderung sein würde, mit dir auszugehen.«

Plötzlich schlägt mir das Herz bis zum Hals. »Warum?«

»Am liebsten hätte ich dir die Kleider vom Leib gerissen und dich direkt auf dem Tisch gevögelt.«

Ich werde knallrot. »Patrick!«

»Was denn? Das ist die Wahrheit.«

»Musst du *immer* so direkt sein?«

»So bin ich nun mal. Das müsstest du inzwischen eigentlich gemerkt haben.«

Ich seufze. »Genau das liebe ich so sehr an dir. Meistens jedenfalls.«

»Ach ja?«

»Ja.«

»Und was weißt du, was ich an dir am meisten liebe?«

»Was?«

»Alles.«

Ich lache. »Du kannst nicht *alles* an mir lieben. Es muss irgendetwas geben, was dir nicht gefällt. Zum Beispiel, wenn ich Widerworte gebe.«

»Das finde ich großartig.«

»Und die Pailletten, die ich auf meine Klamotten nähe?«

»Ich finde alles toll, was du trägst. Aber natürlich noch mehr das, was drunter ist.«

Er streift mir das Abendkleid über die Schenkel.

Ich verpasse ihm einen Klaps auf die Finger. »Patrick!«

»Keine Sorge. Wir fahren über die Landstraße zurück, und so holprig, wie die Wege hier sind, schnalle ich dich bestimmt nicht los. Du bist also erst mal sicher vor dem großen bösen Wolf. Aber zu Hause …«

»Oh, Mr Mansfield! Was haben Sie nur vor?«

»Ich werde dir die Sachen vom Leib reißen und dich nach allen Regeln der Kunst rannehmen. Wahrscheinlich schaffen wir es nicht mal bis ins Schlafzimmer.«

Ich hebe eine Augenbraue. »Meinst du wirklich?«

»Du weißt, wie weit es vom Portal in den Westflügel ist.«

16

Wir schaffen es tatsächlich nicht bis zum Westflügel.

Vor dem Portal drückt Patrick mich an die Steinmauer und küsst mich leidenschaftlich. Dann dreht er mich herum, sodass ich mit dem Rücken zu ihm stehe.

Er zieht den Reißverschluss meines Kleids herunter und küsst mich auf den entblößten Rücken. Dann gleitet das Kleid zu Boden, als er es sanft von meinen Schultern streift.

Da stehe ich, nackt bis auf die Unterwäsche, die Handschuhe und die Stiefel.

Ich höre Patricks schweren Atem.

Gespannt warte ich, was er als Nächstes tun wird, während sich die Härchen in meinem Nacken aufrichten.

»Hübsche Handschuhe«, raunt er mir ins Ohr, ergreift

meine linke Hand und streift ihn mir langsam von den Fingern. »Trotzdem müssen sie erst mal weg.«

Er lässt den Handschuh zu Boden fallen und drückt meine Hand wieder gegen die Mauer.

»Die Stellung gefällt mir«, sagt er. »Sehr devot. Die perfekte Sklavin.«

»Sehr witzig«, gebe ich zurück. Meine Stimme klingt rau und atemlos.

»Du glaubst, ich mache Witze?« Patrick streift mir den anderen Handschuh von den Fingern, aber diesmal sehe ich ihn nicht zu Boden fallen.

»Und ob«, flüstere ich.

»Das könnte ein gewaltiger Irrtum sein.«

Ich unterdrücke einen Schrei, als er mir den Handschuh urplötzlich über den Hintern zieht.

»Oh!«

Zärtlich streichelt Patrick meine Pobacke. Dann zieht er mir den Slip herunter, und ich streife ihn mir von den Füßen.

»Du weißt, dass eine gute Ehefrau ihrem Mann gehorcht«, sagt Patrick.

»Da bist du bei mir aber an der falschen Adresse.«

»Ach ja?« Wieder verspüre ich ein scharfes, aber wohliges Brennen, als er meinen Po mit dem Handschuh peitscht.

»Oh!«

Patrick öffnet meinen BH, und ich senke die Arme, damit er ihn mir abstreifen kann.

»Hände an die Mauer«, befiehlt er, und ich gehorche.

»Ich wusste gar nicht, dass das so viel Spaß machen kann«, sage ich.

Patrick lacht. »Und ich wusste nicht, dass du so darauf stehen würdest.« Abermals holt er aus, und diesmal lässt er den Handschuh auf meinen rechten Oberschenkel schnellen.

»Oh, Patrick.« Ich lasse mich gegen die Mauer sinken, spüre kalten Stein an meiner Wange.

»Dreh dich um«, zischt Patrick.

Und dann stehen wir uns gegenüber – ich splitternackt bis auf meine Stiefel.

»Ganz fair ist das aber nicht«, hauche ich. »Ich ganz nackt und du komplett angezogen.«

Patrick streift sich die Smokingjacke von den Schultern, während ich sein Hemd aufknöpfe. Er vergräbt sein Gesicht an meiner Schulter, bedeckt meinen Hals mit heißblütigen Küssen, während ich seine Hose öffne.

Und ich befreie ihn von seinen Boxershorts.

Wow!

Er ist riesig.

Riesig, steinhart und einsatzbereit.

Er küsst mich ungestüm, während er mich auf die steinernen Stufen niederzwingt, eine Hand behutsam in meinen Rücken gelegt.

Er schiebt meine Beine auseinander und dringt mit einem lang gezogenen Stöhnen in mich ein.

Er nimmt mich mit solcher Urgewalt, dass mir einen Moment lang die Luft wegbleibt.

Dabei sieht er mir in die Augen. Sein Blick ist fest. Entschlossen. Unerbittlich.

Er hebt meine Hüften an, und ich komme seinen fordernden Stößen entgegen.

Zuerst versuche ich still zu sein, keinen Laut von mir zu geben – ich habe keineswegs vergessen, wo wir sind, und es könnte jede Sekunde jemand auftauchen.

Doch dann kann ich mich nicht mehr zurückhalten. Unwillkürlich beginne ich zu stöhnen, lauter und lauter, während unsere Körper ihren Rhythmus finden.

Patrick hebt mein linkes Bein an, um noch tiefer in mich eindringen zu können, und bewegt sich schneller und schneller, bis ich vor Lust fast zerspringen möchte.

Mit rauer Stimme stoße ich seinen Namen hervor, vergrabe meine Finger in seinem Haar, ziehe ihn ganz fest an mich.

Sein entschlossener Blick ruht auf mir, fixiert mich förmlich.

Der kalte Stein drückt sich gegen meinen Rücken. Bestimmt habe ich morgen blaue Flecken, aber das kümmert mich nicht.

In diesem Moment spielt nichts eine Rolle mehr.

Nur eins – wie gut sich das alles anfühlt.

Ich lasse den Kopf nach hinten sinken und höre, wie ein Stöhnen aus meiner Kehle dringt, als der Orgasmus über mich hinwegspült. Wieder stoße ich Patricks Namen hervor, während er den Kopf senkt und ein zärtlicher Ausdruck in seine Augen tritt.

»Seraphina«, stöhnt er. »Seraphina.«

Einen Moment lang verharren wir eng umschlungen.

Dann überläuft mich ein leises Zittern.

»Du frierst ja.« Behutsam hebt Patrick mich von den Stufen und legt seine Smokingjacke um meine Schultern.

Er trägt mich die Treppe hinauf.

»Willst du unsere Sachen etwa hier liegen lassen?«, frage ich.

»Natürlich«, erwidert Patrick.

»Was sollen denn die Leute denken?«, wende ich ein. »Dass wir uns hier auf den Treppenstufen ausgezogen haben?«

»Es ist mir vollkommen egal, was irgendwer denkt.«

»Aber so wissen doch alle sofort Bescheid.«

»Und?«

»Ich will aber nicht, dass jemand weiß, was wir hier getrieben haben.«

»Warum nicht?«

»Darum.«

»Aha. Wieder einer deiner Anfälle von Prüderie?«

»Mit Prüderie hat das nichts zu tun«, entgegne ich. »Sondern eher mit einem gesunden Maß an Anstand.«

»Was soll an Sex unanständig sein? Alle haben Sex.«

»Ja, aber nicht auf der Treppe vor ihrem Haus.«

»Vielleicht nicht jeder. Aber bestimmt weit mehr Leute, als du glaubst.«

»Na schön. Auf jeden Fall zeugt es nicht gerade von guten Manieren, seine Klamotten einfach herumliegen zu lassen.«

»Gut, dann sorge ich eben dafür, dass die Wäscherei die Sachen morgen früh einsammelt.«

»Patrick!«

»Na gut, wenn dich das so sehr aufregt, sammle ich sie morgen früh selbst ein, okay?«

Mittlerweile befinden wir uns im langen Korridor des Westflügels, auf dem Weg zu unserem Schlafzimmer.

»Überhaupt nicht okay.« Ich winde mich in seinen Armen. »Lass mich runter. Ich hole die Sachen.«

»Ganz bestimmt nicht, Miss Harper. Sie werden hier unter keinen Umständen splitternackt durchs Schloss laufen. *Ich* hole die Klamotten – und zwar nachdem ich Sie sicher ins Schlafzimmer gebracht habe.«

»So«, sage ich grinsend. »Du darfst also nackt durchs Schloss laufen und ich nicht?«

»Genau.«

»Ist das so eine Art Hobby von dir?«, frage ich. »Dich ab und an mal auszuziehen und im Adamskostüm zur Schau zu stellen? Als wir uns zum ersten Mal begegnet sind, hattest du auch kein Hemd an …«

»Ich stelle mich nicht zur Schau, sondern bin einfach gern nackt. Das ist völlig natürlich. Wenn es ginge, würde ich den ganzen Tag nackt herumlaufen.«

»Das glaube ich gern.«

»Und dich würde ich ebenfalls von morgens bis abends herumlaufen lassen, wie Gott dich schuf.« Patrick stößt die Schlafzimmertür mit der Schulter auf. »Aber natürlich dürfte dich außer mir niemand zu Gesicht bekommen.«

»Dich dürften also alle nackt sehen, mich aber nicht?«

»Genau.« Patrick hebt mich aufs Bett, zieht mir die Stiefel aus und lässt sie zu Boden fallen.

»Puh!«

»Ich bin der Einzige, der dich nackt sehen darf, das steht fest. Vielleicht lasse ich das in den Ehevertrag aufnehmen.«

Er breitet die Decke über mich und küsst mich auf die Stirn. »Bis gleich.«

»Moment mal.« Ich setze mich auf und schlinge die Decke eng um mich. »Wenn mich niemand nackt sehen darf, dann gilt das für *dich* genauso.«

»Apropos«, erwidert er. »Wie machen wir das eigentlich, wenn du zum Arzt gehst?«

»Du meinst, ob der Arzt mich nackt sehen darf?«

»Wenn es sich um eine Ärztin handelt, erlaube ich es.«

»Patrick!«

»War nur ein Scherz. Aber wenn ich es recht bedenke …«

»Hm.«

Ich lasse mich in die warmen Federn sinken. Ich finde, für heute haben wir uns genug gestritten. Vielleicht sollten wir das Ganze ja auf morgen vertagen. Außerdem hat er ja vielleicht wirklich nur Witze gemacht …

Patrick verlässt das Zimmer und kehrt kurz darauf mit unseren Klamotten zurück.

Er faltet sie ordentlich zusammen, hängt mein Kleid an einen Bügel und stellt seine Schuhe und meine Stiefel akkurat zusammen.

Ich gähne. »Hast du das bei der Armee gelernt?«

»Ja.«

»Nicht schlecht. Vielleicht sollte ich selbst mal eine Zeit lang zur Armee gehen.«

»Niemals«, sagt Patrick, schlüpft zu mir unter die Decke und nimmt mich in die Arme. »Nie, nie, nie.«

17

Es ist stockdunkel, als jemand an unserer Zimmertür klopft.

»Patrick?«, murmle ich im Halbschlaf.

»Alles okay«, flüstert Patrick, während er mich an seine nackte Brust zieht. »Das ist nur Rab. Bleib hier, okay?«

»Bist du sicher?«

»Hundertprozentig. Ich kenne sein Klopfen. Rühr dich nicht vom Fleck.«

Ich höre, wie Patrick die Bettdecke zurückschlägt, und dann sehe ich im Mondlicht, wie er sich anzieht.

»Was ist denn los?«, frage ich.

»Keine Ahnung«, antwortet Patrick, während er in seine Cargohose schlüpft. Er küsst mich auf die Stirn. »Bin gleich wieder bei dir.«

Ich höre, wie er die Tür öffnet, und dann Rabs Stimme: »Sie ist verschwunden, Sir.«

Dann fällt die Tür ins Schloss, und ich kann nichts mehr verstehen.

Plötzlich schlägt mir das Herz bis zum Hals. Wer ist verschwunden?

Sofort kommt mir Bertie in den Sinn, ganz allein in seinem Zimmer am Ende des Korridors. Eilig springe ich aus dem Bett und ziehe das an, was ich im Dunkeln zuerst ertasten kann – Patricks langen roten Morgenmantel. Um ein Haar stolpere ich, als ich verstohlen zur Tür tappe.

Zuerst lausche ich, um sicherzugehen, dass Patrick und Rab nicht mehr dort stehen.

Patrick hat zwar gesagt, ich solle im Zimmer bleiben. Aber ich weiß nicht, was los ist, und vielleicht braucht Bertie mich ja.

Auf Zehenspitzen schleiche ich den Korridor entlang, während das erste fahle Tageslicht unter den Türen durchscheint.

Berties Zimmertür ist geschlossen.

Als ich sie vorsichtig öffne, dringt ein nervöses Rascheln an meine Ohren.

»Bertie?«, flüstere ich.

Plötzlich herrscht Stille.

»Ich bin's nur«, sage ich. »Sera. Ich wollte bloß sehen, ob alles in Ordnung ist.«

Im Halbdunkel erspähe ich ein zitterndes Häufchen Elend unter der Bettdecke kauern.

Vorsichtig setze ich mich auf die Bettkante.

»Bertie?«

»Geh weg.«

»Ich bin's nur, Bertie. Wieso bist du denn wach?«

»Mummy ist weg«, sagt Bertie mit hoher, banger Stimme.

Ich streiche über die Bettdecke, versuche ihn in die Arme zu nehmen.

»Schsch. Du brauchst keine Angst zu haben, Bertie. Sag mir, was passiert ist.«

»Mummy war vorhin bei mir«, flüstert Bertie. »Sie hat gesagt, ich soll mitkommen, aber ich wollte nicht. Dann hat sie gesagt, sie und mein Daddy holen mich nach. Und dann ist sie gegangen.«

O Gott.

»Bist du ganz sicher, Bertie?«

Ich spüre, wie er unter der Decke nickt. Eigentlich war meine Frage komplett überflüssig. Aus Berties Stimme kann ich genau heraushören, dass er nicht lügt. Er ist vielleicht ein bisschen verwirrt, aber er hat das nicht erfunden.

»Anise war also bei dir?«, hake ich nach.

»Ja.«

»Wann?«

»Weiß nicht. Es war dunkel.«

»Und was genau hat sie gesagt?«

»Dass sie zu meinem Daddy zurückgeht. Zu Regan. Sie hat gesagt, wir würden wieder eine richtige Familie sein. Dass Regan für uns sorgen würde.« Plötzlich überschlägt sich Berties Stimme. »Aber er hat ihr doch wehgetan! Ich habe es gesehen!«

»Alles wird gut.« Ich drücke ihn fest an mich.

»Sie kommen mich holen!«, platzt Bertie heraus. »Und dich auch! Mummy hat es gesagt!«

»Aber nein«, erwidere ich, obwohl mir plötzlich ein kalter Schauder über den Rücken jagt.

»Doch!«, quiekt Bertie.

»Vergiss es«, versuche ich ihn zu beruhigen. »Niemand wird dich von hier wegholen. Und es war richtig von dir, dass du nicht mitgegangen bist. Das hast du gut gemacht.«

»Ich will da nicht wieder hin«, jammert Bertie.

»Das musst du auch nicht.« Ich klinge ruhiger, als ich bin. »Aber so kann ich dich kaum verstehen. Wäre es vielleicht möglich, dass du die Decke …«

Ich fühle, wie er nickt. Und dann zieht er sich tatsächlich die Decke vom Kopf.

Ich blicke in sein blasses, tränenüberströmtes Gesicht.

»Hier bist du sicher, Bertie. Patrick wird dafür sorgen, dass dir nichts geschieht. Und dann suchen wir deine Mummy und machen, dass es ihr wieder gut geht.«

Hoffentlich.

Ich bleibe bei Bertie, bis der Morgen graut und die Vögel zu zwitschern beginnen.

Er klammert sich an mich, während ich ihn in den Armen halte.

Als schließlich die Sonne aufgeht, habe ich einen so steifen Nacken, dass ich kaum noch den Kopf drehen kann. Aber das ist mir egal – Hauptsache, Bertie weiß, dass ich für ihn da bin.

Als die Sonne hell durchs Fenster scheint, klopft es an der Tür.

Berties Körper spannt sich an; seine kleinen weißen Finger krallen sich in meinen Arm.

»Alles okay, Bertie. Das ist Patrick.«

»Woher weißt du das?«, fragt Bertie.

Ich lächle. »Weil nur er so klopft.«

Mit einem Knarren öffnet sich die Tür, und Patrick steht vor uns.

»Kann das sein, dass ihr von mir redet?«, sagt er. »Meine Ohren brennen plötzlich so.«

»Anise war heute Nacht bei Bertie.«

»Das hatte ich schon befürchtet.«

Patrick lehnt sich gegen den Türrahmen. »Wir finden deine Mummy, Bertie. Okay?«

Bertie antwortet mit einem unsicheren Nicken.

»Patrick! Sie ist bei …«

Ich will den Namen nicht laut aussprechen, um Bertie nicht zu verängstigen.

»Ich weiß, bei wem sie ist«, sagt er.

»Er und seine Brüder sind gefährlich.«

»Lange nicht so gefährlich wie ich.«

»Aber sie sind zu dritt.«

»Und ich habe Rab und Grey.«

»Aber, Patrick … Was, wenn Anise gar nicht zurückwill? Du kannst sie nicht zwingen.«

»Das stimmt, aber ich kann mit ihr *reden*.«

»Bitte, Patrick. Es muss doch noch eine andere Möglichkeit geben. Wieso gehen wir nicht einfach zur Polizei?«

»Weil die Polizei nach der Pfeife meines Vaters tanzt. Ich traue denen jedenfalls keinen Zentimeter über den Weg. Rab und ich werden Anise einen kleinen Besuch abstatten. Und du bleibst hier bei Bertie. Ihr verlasst das Schloss unter keinen Umständen.«

»Aber wir können doch zumindest in den Garten gehen, oder?«

»Nein. Ihr bleibt im Schloss. Grey wird ein Auge auf euch haben.«

»Wunderbar.«

»Er ist auf unserer Seite, Seraphina. Bei ihm seid ihr sicher aufgehoben, während ich weg bin.«

»Wieso vertraust du ihm plötzlich? Vor ein paar Tagen hast du ihn sogar vor die Tür gesetzt, um jeden Kontakt zwischen ihm und mir zu unterbinden.«

»Wir haben über alles gesprochen. Er weiß jetzt, wie viel du mir bedeutest. Ich vertraue ihm blind.« Patrick blickt zu Boden. »Und dir genauso. Es war … schlicht dumm von mir. Ich hatte meine Eifersucht nicht im Griff. Aber jetzt ist alles anders. Okay?«

»Okay.«

»Gleich neben dem Fitnessraum befindet sich unser Privatkino, da könnt ihr euch Filme ansehen. Außerdem hat Vicky vorgeschlagen, ob Bertie nicht einmal Küchenchef spielen will – ein Brot zu backen ist garantiert eine echt spannende Sache. Jedenfalls wird euch bestimmt nicht langweilig, bis ich zurück bin.«

»Ist Wila schon wach?«, frage ich.

»Ja. Grey und sie sitzen unten beim Frühstück.«

Ja, ich weiß. Patrick hat mir gesagt, ich solle mir wegen Wila und Grey keine Sorgen machen. Aber ich kann einfach nicht aus meiner Haut – die Vorstellung, dass Wila mit Grey allein ist, behagt mir nicht. Er ist und bleibt ein notorischer Schürzenjäger. Na schön, vielleicht hält er sich ja zurück, aber womöglich bildet sich Wila etwas auf seine Schmeicheleien ein. Und in ihrer jetzigen Situation …

»Komm, Bertie.« Ich zerre ihn aus dem Bett. »Lass uns frühstücken gehen. Beeil dich.«

18

Ich helfe Bertie beim Anziehen, dann gehen wir hinunter in den großen Saal.

Mir ist bewusst, dass ich total bescheuert aussehe in Patricks rotem Morgenmantel, der mir viel zu groß ist. Aber das ist mir im Moment völlig egal.

Wila strahlt, als sie mich sieht. »Pheeny! Wir haben gerade von dir gesprochen.«

Grey sitzt bei ihr. Ein bisschen zu nah für meinen Geschmack. »Stets elegant gekleidet, Lady Mansfield«, begrüßt er mich. »Ich hoffe, das ist kein Probelauf für die Hochzeit.«

»Hast du eigentlich keine Freunde deines Alters?«, gebe ich zurück.

»Ziemlich viele sogar«, erwidert Grey. »Und eine ganz spezielle Freundin.« Er sieht zur Küche hinüber.

»Vielleicht solltest du dich lieber mit deinesgleichen abgeben, statt meine kleine Schwester zu belästigen.«

»Aber Pheeny!«, platzt Wila heraus. »Grey hat doch überhaupt nichts getan. Er ist total lustig. Und ich hab's dir doch schon gesagt. Wir sind bloß Freunde, okay? Er ist echt nett.«

»Und *wie* nett ich bin«, sagt Grey. »Und ohne Wila zu nahe treten zu wollen: Sie ist tatsächlich ein bisschen jung für mich – falls du dir darum Sorgen machen solltest.«

»Du bist ein echter Gentleman, Grey.«

»Du sagst es«, erwidert er. »Genau das versuche ich dir immer wieder begreiflich zu machen, aber du willst ja nicht hören. In Wahrheit bin ich nicht halb so schlimm, wie du glaubst.«

Wila starrt mich mit traurigen Augen an. »Sag nicht, du willst mir den Umgang mit Grey verbieten. Das kannst du nicht machen, Pheeny. Er ist ein echter Freund. Keiner muntert mich so auf wie er.«

»Genau darum mache ich mir Sorgen.«

»Pheeny!«

Ich seufze. »Hör mir zu, Lala. Du hast dir bereits an einem älteren Mann die Finger verbrannt, schon vergessen?«

Unwillkürlich fasst Wila sich an den Bauch.

Grey blickt sie an. »Moment mal. Du lieber Himmel. Wila, sag bloß nicht …«

In Wilas Augen stehen Tränen. Dann stürzt sie an mir vorbei aus dem Saal.

Oh, scheiße.

»Lala!«, rufe ich ihr hinterher. »Warte!«

»Hut ab, große Schwester«, sagt Grey. »Und du findest, ich sei kein Gentleman?«

»Spar dir den Kommentar, Grey«, entgegne ich. »Uns

allen rutscht mal etwas Falsches heraus. Das solltest du ja wohl am besten wissen!«

»Willst du nicht mal lieber nach ihr sehen?«

»Nein. Sie würde mir nur die Tür vor der Nase zuschlagen. Sie braucht ein bisschen Zeit für sich. In einer Stunde sieht die Welt wieder ganz anders aus.«

»Ist Patrick schon weg?«, fragt Grey.

»Ja, aber … erinnere mich jetzt bloß nicht daran, okay? Der Gedanke ist mir unerträglich.«

Konzentriere dich. Konzentriere dich, Sera. Um Berties willen.

»Na gut. Ich rede mir einfach ein, Patrick wäre nur auf einen Sprung in den Wald gegangen«, sage ich. »Er kommt doch bestimmt bald zurück, oder?«

»Natürlich«, erwidert Grey. »Um Patrick brauchst du dir keine Sorgen zu machen. Die Einzigen, die sich Sorgen machen müssen, sind die Typen, hinter denen er her ist. Okay?«

»Nein. Nichts ist okay. Aber ich beiße die Zähne zusammen.«

»Iss erst mal was. Das bringt dich auf andere Gedanken.«

Ich seufze. »Da hast du wohl recht.«

»Ist Wila wirklich …« Grey blickt auf meinen Bauch. »Hm, du weißt schon.«

»Ja. Sie ist genau das, was du denkst.«

»Wer hat sie geschwängert? Ganz ehrlich, ich liebe deine kleine Schwester. Sie ist ein echter Schatz. Ich lege den Typ um, der …«

»Mein Bruder hat genau dasselbe gesagt.«

»Jetzt hat sie noch einen weiteren Bruder«, erklärt Grey.

»Und mal ganz im Ernst – wenn ein älterer Typ ihr ein Kind gemacht hat, gehört dem Kerl ein Denkzettel verpasst. Sie ist gerade mal sechzehn, um Himmels willen.«

»Vergiss es.«

»Ich vergesse gar nichts. Wer ist der Dreckskerl?«

»Ein andermal«, sage ich, während ich den Blick auf Bertie richte. »Ich hole dir erst mal was zu essen.«

Jetzt erst fällt mir Greys voller Teller auf – vier Spiegeleier, Speck, Blutwurst, Würstchen, Bohnen und Toast.

»Ihr seid wirklich Brüder, Patrick und du. Ich kenne niemanden, der morgens vier Spiegeleier isst.«

»Wir Mansfields haben einen recht gesunden Appetit«, bemerkt er. »Und du solltest auch anständig frühstücken, das beruhigt vielleicht deine Nerven. Dass du gleich immer ausflippst, kann nicht gut für deinen Blutdruck sein.«

»Das stimmt.« Ich quetsche mich zwischen Bertie und Grey.

Er rückt ein Stück zur Seite und ruft Richtung Küche: »Victoria! Meine süße Victoria! Die künftige Lady Mansfield und Master Bertie warten auf ihr Frühstück.«

Vicky erscheint in der Durchreiche und streicht sich über ihre Locken.

»Nicht so schüchtern«, sagt Grey. »So schamhaft kannst du doch gar nicht sein, nachdem wir die ganze Nacht …«

Vicky reißt die Augen auf und wird knallrot. »Sera! Bertie! Was kann ich euch zum Frühstück bringen?«

Grinsend sehe ich Vicky an, doch sie weicht meinem Blick aus.

»Ich nehme, was du gerade da hast«, sage ich. »Und was magst du, Bertie?«

Bertie zuckt mit den Schultern, und ich würde ihn am liebsten in den Arm nehmen.

»Wie wär's mit Cornflakes?«, frage ich. »Oder vielleicht einem Schälchen Frosties?«

Vicky zwinkert mir zu. »Ich habe einen ganzen Schrank voll davon. Das ist mein süßes Geheimnis. Ich könnte den ganzen Tag naschen.«

»Tatsächlich?« Grey zieht eine Augenbraue hoch. »Das muss ich mir merken. Dann bringe ich dir nächstes Mal was Süßes ans Bett.«

Vicky wird abermals knallrot und verschwindet in der Küche.

Ich sehe Grey an. »Was läuft denn da zwischen euch beiden?«

Ein verträumtes Lächeln huscht über Greys Gesicht. »Oh, ich … Ich glaube, ich liebe sie. Jedenfalls ein bisschen. Na ja, ich erwarte jetzt nichts Großes oder so, Vicky hat schließlich einen Freund. Aber man kann ja hoffen.«

»Tu ihr bloß nicht weh«, warne ich ihn.

Greys Lächeln verfliegt. »Soll das ein Witz sein? Ich bin derjenige, der Gefahr läuft, verletzt zu werden. Wenn sie die Nase voll von mir hat und zu ihrem Lover zurückgeht.«

»Ich glaube, das ist keine besonders feste Sache zwischen Vicky und ihrem Freund.«

»So?« Grey beugt sich zu mir. »Was hast du gehört?«

»Eigentlich nichts«, gebe ich zu. »Ist nur so ein Gefühl. Aber so wie sie über ihn redet, klingt das nicht nach großer Liebe.«

Grey runzelt die Stirn. »Warum muss ich mich bloß immer in die falschen Frauen verlieben?«

»Vicky ist garantiert nicht die Falsche. Sie ist absolut toll.«

»Aber schon vergeben.«

»Vielleicht. Vielleicht auch nicht.«

Vicky bringt mir einen Teller mit Blaubeerpfannkuchen, Bertie ein Schälchen mit Frosties.

Sie und Grey lächeln sich an, doch dann schlägt sie schamhaft die Augen nieder. »Lasst es euch schmecken, ihr beiden«, sagt sie zu Bertie und mir, ehe sie wieder in die Küche geht.

Das Kinn in die Hände gestützt blickt Grey ihr hinterher. »Sie ist einfach reizend, nicht wahr? Und damit meine ich nicht bloß ihren Arsch …«

»Grey!«

»Was denn? Darf ein Mann den Körper einer Frau nicht attraktiv finden? Ich bin mir sicher, dass Patrick auch auf *Ihren* Arsch steht, verehrte Miss Harper.« Er lehnt sich zurück. »Und Ihr Arsch ist wirklich verdammt süß, das muss man schon sagen.«

Ich verpasse ihm eine Kopfnuss. »Schluss jetzt! Und natürlich darf ein Mann eine Frau attraktiv finden. Aber sie derart vor allen anzuglotzen, ist voll daneben. Du hast doch gesehen, dass es ihr peinlich war.«

Grey gibt ein verächtliches Schnauben von sich. »Peinlich? Manchmal spinnt ihr Frauen komplett. Wenn Männer euch nicht beachten, seid ihr beleidigt, und wenn sie es tun, passt es euch auch nicht. Ich habe gesagt, dass ich *nicht nur* ihren Arsch reizend finde. Ich finde nämlich alles an ihr umwerfend, ihre ganze Art. Und das passiert mir wirklich nicht allzu oft.« Er blickt zur Decke und schüttelt den Kopf. »Bescheuert, was?«

»Was meinst du?«

»Vicky und ich. Echt bescheuert.«

»Ich glaube, ihr würdet ziemlich gut zusammenpassen. Meinen Segen habt ihr jedenfalls, schon allein, weil du dann endlich aufhören würdest, an meiner kleinen Schwester herumzubaggern.«

Grey zieht eine Augenbraue hoch. »Ich bin dir ein Dorn im Auge, stimmt's?«

»Nur dein ständiges Flirten.«

»Ach, ich bin doch total harmlos. Ein bisschen Spaß muss sein. Ehrlich, du schätzt mich völlig falsch ein.«

»Also war es auch völlig harmlos, als du mir neulich nachts bis zu meinem Zimmer gefolgt bist?«

»Ich hätte nichts versucht, Ehrenwort. Du bist die Freundin meines Bruders. Ich stehe einfach nur drauf, ein bisschen zu flirten, die Grenzen auszutesten. Und da du ein ziemlich attraktives Mädchen bist …«

»Grey!«

»Was ist denn jetzt schon wieder so schlimm? Ist doch die Wahrheit. Und Männer flirten eben gern mit hübschen Mädchen. Die älteste Geschichte der Welt, oder?«

»Und Patrick?«, frage ich. »Flirtet er auch so gern wie du?«

Grey lacht. »Patrick? Flirten spielt für ihn keine große Rolle, dafür ist er viel zu zielorientiert. Er ist ein Jäger und verschwendet keine Zeit mit Geplänkel, sondern geht sofort aufs Ganze. Und jetzt, da er dich hat, ist die Zeit des Jagens für ihn endgültig vorbei, wenn du mich fragst.«

»Das freut mich zu hören.«

Ich richte meine Aufmerksamkeit wieder auf Bertie, der

in seinen durchweichten Frosties herumstochert und mich traurig ansieht.

»Na?«, sage ich. »Wie sind die Frosties?«

Bertie blickt auf meine dick mit Sirup bestrichenen Pfannkuchen.

»Magst du mal probieren?« Ich schiebe ihm meinen Teller hin.

Bertie nickt kaum merklich.

»Ich schneide dir ein Stück ab. Hier.« Ich halte ihm die Gabel hin.

Zögernd nimmt Bertie einen kleinen Bissen, ehe er nach der Gabel greift und den nächsten Happen verschlingt.

Ich sehe zu Grey. Und beide grinsen wir wie das sprichwörtliche Honigkuchenpferd.

»Der mampft ja für drei«, sagt Grey.

»Ja.« Ich lache. »Wie ein Scheunendrescher.«

19

Nach dem Frühstück mache ich mich, Bertie im Schlepptau, auf die Suche nach Wila.

Wir versuchen immer, uns möglichst schnell wieder zu vertragen.

Sie ist in ihrem Zimmer, liegt bäuchlings auf dem Bett und blättert in einem Klatschmagazin.

»Hi«, sage ich.

Sie sieht nicht auf. »Hi.«

»Bertie und ich dachten, wir schauen mal kurz vorbei.«

»Hm.« Wila blickt weiter auf ihre Zeitschrift.

»Was liest du da?«, frage ich.

»Ach, nichts Besonderes.« Wila sieht mich immer noch nicht an. »Bloß so ein Magazin, das Grey mir gekauft hat. Er meinte, es würde mich vielleicht ein bisschen aufmuntern.«

»Lala, es tut mir wirklich leid, was ich gesagt habe. Ich wollte dich nicht in Verlegenheit bringen. Ich hatte bloß Angst um dich. Grey baggert alles an, was nicht bei drei auf den Bäumen ist, und … Ach, ich weiß nicht. Offenbar ist einfach die große Schwester mit mir durchgegangen.«

Wila nickt, ohne den Blick von ihrer Zeitschrift zu lösen. Ich kann sehen, dass sie geweint hat.

»Bertie«, sage ich leise. »Magst du vielleicht ein bisschen auf deiner Xbox spielen – nur für zehn Minuten oder so? Ich muss kurz mit Wila sprechen.«

Bertie nickt.

»Ich hole dich gleich ab«, rufe ich ihm hinterher. »Okay? Und sollte etwas sein, weißt du ja, wo ich bin.«

Ich setze mich zu Wila aufs Bett und lege die Arme um sie. »Es tut mir wirklich unendlich leid. Ich und mein verdammtes loses Mundwerk. Aber ich wollte gar nicht ausplaudern, dass du schwanger bist. Ich habe einfach nicht nachgedacht.«

Wila schüttelt den Kopf. »Darum geht's gar nicht.«

»Was ist denn dann?«

Sie beginnt heftig zu schluchzen.

»Wila?«

Sie schnieft. »Ich habe das Baby verloren, Pheeny.«

»Was? Wovon redest du?«

»Gestern Nacht. Es … es ist plötzlich herausgeflutscht.« Sie bricht in Tränen aus, klammert sich an mich und vergräbt ihr Gesicht an meiner Brust. Ich drücke sie fest an mich, während Panik Besitz von mir ergreift. »Woher willst du das so genau wissen?«

»Ich weiß es einfach … all das Blut.«

»Du hast Blutungen?«

»Nein. Nicht mehr. Nur noch ganz wenig.«

»Sag mir, was passiert ist.«

»Ich hatte plötzlich Schmerzen. Und dann kam das ganze Blut. So viel Blut.«

»Und warum bist du nicht zu mir gekommen?«

»Du warst nicht da.«

Ich schüttle den Kopf. »Ich wusste, dass es ein Fehler war, gestern Abend auszugehen. Ich wollte eigentlich gar nicht, weil ich mir um Bertie Sorgen gemacht habe. Aber ich wäre nie darauf gekommen, dass du vielleicht meine Hilfe brauchst.«

»Schon gut. Du kannst ja nichts dafür.«

»Das werde ich mir nie verzeihen.«

»Nein, Pheeny, alles ist gut. Ehrlich. Okay, ich bin todtraurig, am Boden zerstört. Aber ich habe es ja auch allein geschafft.«

Ich halte sie in meinen Armen. »Du hättest mich doch auf dem Handy anrufen können. Ich bin immer für dich da, egal, wo ich gerade bin oder was ich gerade tue.«

Wila seufzt. »Es ist so seltsam. Erst wollte ich das Baby nicht haben. Aber als ich dann beschlossen habe, es zu behalten, war es für mich plötzlich ein richtiger kleiner Mensch. Ich hatte sogar schon einen Namen. Benji.«

Ich lache. »So wie früher unser Hamster?«

Jetzt muss sie auch lachen. »Ja.«

»Es tut mir so furchtbar leid, Wila. Willst du vielleicht mit

Bertie und mir spazieren gehen? Ein bisschen frische Luft tut dir bestimmt gut.«

»Nein. Ich glaube, ich möchte nur allein sein. Okay?«

»Wenn du meinst. Aber du musst unbedingt zum Arzt gehen, und zwar so bald wie möglich.«

Wila sieht mich erschrocken an. »Zum Arzt? Pheeny, die stochern doch bloß in einem herum. Ich will das nicht.«

»Trotzdem. Du musst dich untersuchen lassen, um auszuschließen, dass sonst nichts passiert ist.«

Wila beißt sich auf die Unterlippe. Dann nickt sie zögernd. »Okay.«

»Hast du genug Binden? Handtücher?«

»Ja. In meinem Badezimmer habe ich alles, was ich brauche. Es ist echt schön hier.«

»Freut mich, dass es dir bei uns gefällt.«

Wir lächeln uns an.

»Ich kümmere mich um einen Termin beim Arzt. Und … es tut mir schrecklich leid wegen dem Baby. Und auch, dass ich mich vor Grey verplappert habe.«

»Schon okay.«

»Du magst Grey sehr, stimmt's?«

»Klar. Er ist echt nett zu mir.«

»Nein, ich meinte … ach was, vergiss es. Wir reden ein andermal darüber.«

»Pheeny, ich bin nicht *scharf* auf ihn, falls du das meinen solltest. Ja, er sieht echt toll aus, aber er ist eher so was wie ein großer Bruder. Er ist supernett, Pheeny. Gib ihm eine Chance. Ich weiß, er macht dauernd zweideutige Witze und so, aber er würde sich nie an mich heranmachen.«

»Wieso bist du dir da so sicher?«

Wila gibt ein trockenes Lachen von sich. »Inzwischen weiß ich ziemlich genau, wie es ist, wenn ein älterer Typ etwas von einem will. Ich glaube, die Tricks kenne ich jetzt alle.« Sie seufzt. »Mein Lehrer hat das echt clever gemacht. So clever, dass ich dachte, alles ginge von mir aus. Aber jetzt ist mir klar, dass er genau wusste, wie er mich manipulieren konnte. Vom ersten Moment an.«

»Was für ein Dreckskerl. Dem sollte man ein für alle Mal das Handwerk legen.«

»Können wir nicht einfach alles vergessen?« Wila legt die Hände auf ihren Bauch. »Ich meine … es ist schließlich vorbei, oder?«

»Er unterrichtet immer noch an deiner Schule, Wila. Und dadurch sind auch andere Mädchen gefährdet.«

»Die meisten wissen ohnehin Bescheid«, erwidert Wila. »Sie wissen, dass ich etwas mit ihm hatte.«

»Woher?«

»Betty Reynolds hat uns in seinem Wagen gesehen. Und sie hat es allen brühwarm weitererzählt.«

»Das beweist überhaupt nichts.« Ich hoffe, dass ich einigermaßen tröstlich klinge. »Das ist doch erst mal nichts weiter als Geschwätz. Er hätte dich genauso gut bloß nach Hause gefahren haben können.«

»Ja, aber du weißt doch, wie schnell sich Gerüchte verbreiten.«

Ich weiß sogar noch mehr.

Ich weiß, wie Teenager sein können. Sie tratschen gern, zerreißen sich das Maul. Und die richtig gemeinen Ziegen warten nur darauf, eine Wehrlose nach allen Regeln der Kunst fertigmachen zu können.

Ich stehe auf. »Ich nehme das in die Hand.«
Wilas Fenster geht auf die Einfahrt hinaus.
Unwillkürlich kommt mir Patrick in den Sinn.
O Gott – Patrick.
Hoffentlich ist ihm nichts zugestoßen.
Ich darf gar nicht dran denken.

20

Mit Bertie an der Hand gehe ich zum Büro, um mich um einen Arzttermin für Wila zu kümmern.

Grey tippt auf einen Laptop in ultradickem Plastikgehäuse ein.

»Was ist das denn für ein Laptop?«, frage ich. »Gehört das zu einem Kampfflugzeug, oder was?«

Grey lacht. »Spezialanfertigung für die Armee. Übersteht selbst einen Panzerangriff. Aber du bist bestimmt nicht hergekommen, um über Armeegeräte zu fachsimpeln. Also, wie kann ich dir an diesem wunderschönen Tag weiterhelfen?«

»Wila braucht einen Termin. Bei einer Frauenärztin. Kannst du dich darum kümmern?«

»Alles okay mit ihr?«

»Ich glaube ja. Wir wollen nur ganz sichergehen.«

»Ist sie immer noch …«

Ich schüttle den Kopf.

»Bin schon dabei.« Grey greift zum Telefon. »In einer Stunde ist die Ärztin hier.«

»Danke. Äh, Grey?«

»Ja, Seraphina?«

»Tut mir leid, dass ich vorhin so unfreundlich war. Ich vertraue dir, was Wila angeht. Und sie dir ebenso.«

Winzige Fältchen erscheinen in Greys Augenwinkeln, als er meinem Blick begegnet. »Das könnt ihr auch.«

»Machst du dir Sorgen wegen Patrick?«, frage ich.

»Und wie. Du nicht?«

»Doch, natürlich.«

»Dafür wirkst du aber ganz schön cool.«

»Nach außen schon«, gebe ich zu. »Aber in mir drin …«

»Geht mir genauso.«

Wir wechseln einen Blick. Und plötzlich spüre ich, dass wir uns verstehen. Dass ich Grey wirklich mag. Er ist ein anständiger Kerl. Auf ihn können wir uns verlassen, Flirten hin oder her. Ich vertraue ihm.

21

Ich gehe mit Bertie nach draußen an die frische Luft, bin aber so hibbelig, dass ich mich beherrschen muss, nicht an den Fingernägeln zu knabbern.

»Onkel Patrick ist bald wieder da«, sage ich, wenn auch mehr, um mich selbst zu beruhigen. »Und deine Mummy bringt er auch mit. Ganz bestimmt.«

Ich weiß nicht mal, ob Bertie mir überhaupt zuhört.

Während wir über den frisch gemähten Rasen trotten, dringt plötzlich ein Motorengeräusch an meine Ohren.

Das Herz schlägt mir bis zum Hals.

Patrick. *Patrick!*

Mit röhrendem Motor nähert sich der Land Rover und hält an der Ostseite des Schlosses.

Ich nehme Bertie an der Hand und laufe los, stolpere über den Rasen zur Auffahrt.

Mit einem Ruck reiße ich die Fahrertür auf und schlinge die Arme um ihn.

Patrick vergräbt sein Gesicht in meinem Haar.

»Das nenne ich mal eine Begrüßung«, raunt er.

»Ich habe dich so vermisst. Bitte mach das nie wieder.«

»Wo ist Mummy?«, platzt Bertie heraus.

O nein.

Patrick ist allein. Außer ihm sitzt niemand im Wagen.

Ich löse mich aus Patricks Armen und nehme Berties Hand.

»Vielleicht ist sie ja bei Rab«, erkläre ich ihm.

Doch Patrick schüttelt nur kurz den Kopf. »Rab ist erst morgen wieder da. Aber heute kommt noch eine neue Haushälterin. Und ein paar zusätzliche Wachleute sind auch unterwegs.«

»Komm, Bertie«, sage ich. »Lass uns Gregory suchen gehen. Vielleicht könnt ihr ja einen Waldspaziergang machen, während ich mit Onkel Patrick rede.«

Bertie sagt kein Wort. Stocksteif steht er da und starrt zu Boden.

Unwillkürlich schnürt sich mir die Kehle zu.

O Gott.

Endlich hatten Bertie und ich uns wieder langsam angenähert. Und jetzt stehen wir wieder ganz am Anfang.

22

Gregory nimmt Bertie mit in den Wald, während Patrick und ich hineineilen.

»Was ist passiert?«, frage ich.

Patrick runzelt die Stirn. »Es gab Ärger.«

»Um Himmels willen. Alles okay mit Rab?«

»Ja, ich meine anderen Ärger.«

»Was denn?«

»Anise kommt nicht zurück. Sie behauptet, sie liebt Regan, und will bei ihm bleiben – ob mit oder ohne Bertie.«

Einen Moment lang setzt mein Herz aus.

O Gott.

»Ich muss mit Zara sprechen«, sagt Patrick. »Sie und Anise sind eng befreundet. Vielleicht weiß sie Genaueres. Ich verstehe einfach nicht, was in dem Mädchen vorgeht. Offenbar hat sie den Verstand verloren.«

»In gewisser Weise schon«, sage ich leise. »Regan ist ein ziemlich dominanter Typ. Außerdem war Anise noch sehr jung, als sie sich in ihn verknallt hat. Sie ist ihm mit Haut und Haar verfallen.«

»Ja.« Patricks Miene ist ernst. »Sie ist wirklich komplett von der Rolle. Und wenn mein Vater jetzt noch …«

»Er ist doch noch im Gefängnis, oder?« Schrill hallt meine Stimme in meinen Ohren wider.

»Ja. Aber er hat die besten Anwälte, die man sich für Geld kaufen kann. Und wenn er Anise auf seine Seite zieht … möglich, dass er dann freikommen würde. Und wenn Bertie nicht gegen ihn aussagt, haben wir so gut wie nichts in der Hand.«

»Das können wir Bertie nicht zumuten. Nach allem, was er durchgemacht hat.«

»Ich weiß. Aber wenn er nicht aussagt, läuft dieses Ungeheuer womöglich bald wieder frei herum.«

»Bist du sicher, dass Zara dir weiterhelfen kann?« Es nervt mich, dass Patrick sie überhaupt zurate ziehen will.

»Nein. Sicher weiß ich nur eines – dass meine kleine Schwester komplett den Verstand verloren hat.«

»Ich habe Zara heute noch gar nicht gesehen«, sage ich. »Beim Frühstück war sie jedenfalls nicht. Vielleicht ist sie ja unterwegs.«

»Nein, sie ist hier. Sie hat heute ihren Wellnesstag und ist schon den ganzen Morgen unten im Spa. Sie hat mir eine SMS …«

Patrick unterbricht sich abrupt.

»Sie hat dir eine SMS geschickt?«, platze ich heraus. »Warum?«

»Das tut sie eben manchmal. Nicht der Rede wert.«

»Lass mich sehen, was sie geschrieben hat.«

Patrick lacht. »Was?«

»Die SMS. Ich will sie sehen.«

Blitzschnell fasse ich in seine Hosentasche, taste nach seinem Handy.

Er grinst. »Wenn du wissen willst, was ich in der Hose habe, brauchst du nur zu fragen.«

»Sehr witzig«, erwidere ich und ziehe das Handy aus seiner Tasche.

Mist! Es ist gesperrt.

»Sag mir den PIN«, zische ich.

»Seraphina …«

»Raus damit!«

Ich überlege einen Augenblick. »Jede Wette, dass es Jamies Geburtstag ist.«

Ich gebe 1, 2, 3, 4 ein, und das Handy entsperrt sich.

Patrick sieht mich enttäuscht an.

Und ich bin enttäuscht von mir selbst. Aber ich kann einfach nicht aus meiner Haut. Ich bin wie von Sinnen, will um jeden Preis wissen, was Zara ihm geschrieben hat.

»Hi, mein Großer, bin unten im Spa, halb nackt und heiß auf meinen gut gebauten Cousin. Bis gleich, Zara XXX.«

Und dann die nächste, zwei Stunden später geschrieben: »Kannst mich auch ganz nackt haben. Lass mich nicht so lange warten, Schatz.«

Und dann die dritte Message, erst eine halbe Stunde alt: »Bin noch da, Süßer. Werde immer heißer. Hast du nicht Lust?«

23

Das darf ja wohl nicht wahr sein!

Ja, mir ist durchaus bewusst, dass es momentan weit größere Probleme gibt.

Ich weiß.

Aber ich koche vor Wut.

Wie kann sie es wagen? Wie *kann* sie nur?

Und wieso lässt Patrick zu, dass sie ihm derartige Nachrichten schickt?

Am liebsten würde ich ihm das Handy an den Kopf knallen.

»Und so ein Miststück willst du zu unserer Hochzeit einladen?«

»Seraphina …«

»Wenn sie kommt, brauchst du mit mir nicht zu rechnen. Mal abgesehen davon, dass ich mir überlegen muss, ob ich das Ganze überhaupt noch will. Wie kannst du ihr erlauben, dir solche Nachrichten zu schicken?«

»Seraphina, ich kenne Zara seit einer Ewigkeit.«

»ICH WEISS, WIE LANGE DU SIE SCHON KENNST, VERDAMMT NOCH MAL!«

»Es würde Zara bloß anmachen, wenn ich es ihr verbieten würde. Deshalb gehe ich einfach nicht darauf ein. Glaub mir – drei SMS sind gar nichts. Sie hat mir schon Hunderte geschickt. Sie will einfach nur Aufmerksamkeit.«

»Und warum hast du nicht einfach deine Nummer geändert?«

»Das habe ich nicht nötig. Es reicht völlig, sie zu ignorieren. Ihre Botschaften interessieren mich nicht die Bohne.«

»Ach ja?«

»Das ist die Wahrheit.«

»Ich werde sie zur Rede stellen. Und zwar jetzt sofort!«

»Seraphina …«

»Versuch gar nicht erst, mich aufzuhalten!«

24

Das Plätschern von Wasser dringt durch die Tür des Spa, und der köstliche Duft von ätherischen Ölen steigt mir in die Nase.

Ich öffne die Tür und erblicke Zara, die sich im Whirlpool ausgestreckt hat.

Splitternackt.

Und ihr gegenüber sitzt Grey.

Zaras ausgebreitete Arme liegen auf dem Beckenrand.

Einen Moment lang starrt sie mich verdattert an, doch dann kehrt der gewohnt seelenruhige, katzenartige Ausdruck in ihren Blick zurück.

Grey ist völlig entspannt, wie üblich.

»Na? Lust auf 'ne kleine Party, *Mrs* Patrick Mansfield?«, sagt Zara.

Ich höre Patricks Schritte hinter mir, dann nimmt er mich am Arm. »Seraphina ...«

Ich reiße mich los. »Wie kannst du es WAGEN, Patrick solche Nachrichten zu schicken, Zara? Er ist *verlobt*! Und zwar mit *mir*! Such dir gefälligst jemand anderen, den du mit deinen Versautheiten belästigen kannst!«

Zara schlägt die Beine übereinander und streicht sich eine feuchte Haarsträhne aus der Stirn. »Pass auf, was du sagst, Rotschopf. Sonst erlebst du womöglich noch eine ganz böse Überraschung.«

»Nur mit der Ruhe«, schaltet Grey sich ein. »Bitte keinen Zickenkrieg – schon gar nicht nackt, wenn's geht.«

Zara verdreht die Augen. »Was ist denn mit dir los, Grey Mansfield? Seit wann hast du was gegen Nacktsein?«

»Sagen wir einfach, ich bin erwachsen geworden.«

»Wohl eher geschrumpft, wenn ich das richtig sehe.« Zara blickt zwischen Greys Beine. »Da sitzt du einer wunderschönen nackten Frau gegenüber, und bei dir regt sich nichts, aber auch gar nichts? Was stimmt nicht mit dir?«

»Nimm's nicht persönlich«, entgegnet Grey. »Aber ich bin in Gedanken bei einer ganz anderen Frau.«

Zara zieht eine Schnute. »Das hast du mir schon x-mal gesagt. Und trotzdem bist du zu mir in den Pool gestiegen.«

»Wenn ich mich recht entsinne, bist *du* zu mir in den Pool gestiegen.«

»Na schön, aber beschwert hast du dich nicht.«

Ich stemme die Hände in die Hüften. »Wenn du Patrick jemals noch eine derartige SMS schickst, wirst du es bereuen, Zara.«

Zara lacht. »Willst du mir drohen, Herzchen?«

»Allerdings.«

»Ach ja?« Träge steigt Zara aus dem Whirlpool und tupft sich die Haare mit einem flauschigen Handtuch trocken. »Was willst du denn machen, wenn ich meinem lieben Cousin weiterhin SMS schreibe?«

»Etwas, das dir gar nicht gefallen dürfte.«

»Da mache ich mir ja vor Angst fast in die Hose.« Zara rubbelt weiter ihre Haare. »Das ist doch bloß Gelaber.«

Ich lache. »Da kennst du mich aber schlecht.«

»Du bist nur eifersüchtig. Weil ich zuerst mit Patrick im Bett war.«

»Und mit so gut wie jedem anderen Typen in Schottland auch, stimmt's?«

Grey stößt ein trockenes Lachen aus.

Ein boshaftes Lächeln spielt um Zaras Mundwinkel. »Und *wie* eifersüchtig du bist! Lustig. Da ihr beiden doch so schrecklich verliebt seid.«

Ich senke die Stimme. »Hör einfach auf, Patrick zu behelligen.«

Zara lacht auf. »Warum sollte ich?«

»Weil ich es dir sage.«

»Und ich sage dir, dass du nur laberst.«

Es gibt Momente, in denen ich einfach rotsehe und komplett die Beherrschung verliere.

Ich verpasse Zara einen kräftigen Schubs, sodass sie rücklings im Whirlpool landet.

Keuchend und prustend taucht sie wieder auf.

»Sie hat mich gestoßen!«, kreischt Zara. »Patrick! Grey! Wieso steht ihr bloß herum? Ich dachte, ihr wärt Gentlemen!«

Doch Patrick und Grey schütten sich derart aus vor Lachen, dass sie kein Wort hervorbringen.

»Brauchst du ein Handtuch, Zara?«, prustet Grey.

Erneut brechen er und Patrick in schallendes Gelächter aus, und Patrick schlägt sich grölend auf die Schenkel.

»Patrick!«, keift Zara und wirbelt zu ihm herum. »Das willst du ihr doch wohl nicht durchgehen lassen! Ich bin deine Cousine!«

»Tja, wer mit dem Feuer spielt«, sagt Patrick. »Du hast genau das bekommen, was du verdienst.«

Zara wringt ihr nasses Haar aus und funkelt uns an. Dann steigt sie aus dem Whirlpool, schlingt ein Handtuch um sich und rauscht in Richtung der Umkleideräume ab.

Patrick und Grey geben sich sichtlich Mühe, keine Miene zu verziehen.

»Was findet ihr eigentlich so witzig?«, frage ich.

Patrick schüttelt den Kopf, muss sich immer noch zusammenreißen. Doch dann streift er Greys Blick, und schon prusten beide wieder los.

»He!« Ich verpasse ihm einen Klaps auf den Arm. »Das ist nicht lustig. Sie darf dir solche SMS nicht schicken.«

»Nein«, sagt Patrick. »Das sollte sie wirklich lieber lassen.«

»Wurde auch langsam Zeit, dass ihr endlich mal jemand ein paar Takte ansagt«, fügt Grey hinzu.

»Und keiner von euch Männern war dazu in der Lage?«, frage ich.

»Ich habe sie x-mal gebeten, damit aufzuhören«, erwidert Patrick. »Aber sie wollte nicht hören.«

»Tja, das kleine Bad könnte Wunder wirken«, sagt Grey.

Und schon brechen sie wieder in schallendes Gelächter aus.

»Reißt euch gefälligst zusammen. Ich habe das nicht zu eurer Belustigung gemacht. Aber egal. Hoffentlich hat sie jetzt kapiert, dass es Grenzen gibt.«

Patrick nimmt mich in den Arm und wendet sich an Grey. »Ich habe dir doch gesagt, dass sie etwas Besonderes ist.«

»Aber hallo«, erwidert Grey. »So ist noch keiner mit Zara umgesprungen. Nicht mal ihre Eltern. Sie wird stinksauer auf dich sein.«

»Dazu hat sie kein Recht«, schäume ich. »Sie hat angefangen.«

»Und du hast ihr gezeigt, wo der Hammer hängt«, sagt Grey. »Ich denke, du hast Zara Mansfield eine Lektion erteilt, die sie so schnell nicht vergessen wird.«

»Das kann ich nur für sie hoffen«, gebe ich zurück. »Sollte sie Patrick noch mal irgendwelche anzüglichen Botschaften schicken, kann sie sich auf etwas ganz anderes als einen Abflug in den Whirlpool gefasst machen.«

»Das glaube ich gern«, meint Grey. »Und ihr beiden solltet jetzt vielleicht besser gehen. Das Wasser hört nämlich langsam auf zu blubbern … Nicht, dass deine Verlobte noch Stielaugen bekommt, Patrick.«

Patricks Lächeln erlischt. »Grey!«, knurrt er.

Grey hebt die Hände. »War bloß ein Witz, Mann. Okay?«

25

Patrick und ich machen uns auf in den Wald, um nach Bertie zu sehen.

Wir brauchen nicht lange; innerhalb von Sekunden hat Patrick seine und Gregorys Fährte aufgenommen.

Kurz darauf haben wir sie gefunden.

»Siehst du den Vogel da, Kleiner? Das ist eine Schwalbe. Schwalben leben meist als Pärchen zusammen. Und daher kommt auch das Sprichwort: Eine Schwalbe macht noch keinen Sommer.«

Ich sehe, dass Bertie genau zuhört. Aber er verzieht keine Miene, gibt keinen Ton von sich.

O Gott.

Wie konnte Anise das nur tun? Wie konnte sie Bertie im Stich lassen wegen eines Dreckskerls, der sie in einer Scheune eingeschlossen hat? Aber sie ist selbst eine gequälte Seele. Meine eigene Familie mag alles andere als perfekt sein, aber mein Vater war zumindest kein Ungeheuer.

»Bertie?«, sage ich leise.

Er dreht sich nicht um. Stattdessen zuckt er zusammen.

Du lieber Himmel.

Soll ich ihm erzählen, dass Anise völlig besessen von Regan ist und mit hoher Wahrscheinlichkeit nicht wiederkommt?

Nein. Lieber nicht. Ganz abgesehen davon, dass ich in Wahrheit gar nichts Genaues weiß. Vielleicht überlegt sie es sich ja plötzlich anders und kehrt ins Schloss zurück.

Hm.

Zugegeben, ich habe das dumpfe Gefühl, dass das nicht passieren wird. Aber man kann ja auch mal positiv denken.

»Er ist sehr still heute Morgen.« Gregory streicht Bertie über den Kopf. »Ein bisschen zu still, finde ich.«

»Ja.« Ich trete zu Bertie. »Ich wünschte, du würdest mit mir reden, Bertie. Manchmal hilft das wirklich, verstehst du? Es ist nicht gut, wenn man alles in sich hineinfrisst.«

Bertie verzieht das Gesicht. »Daddy«, sagt er dann. »Ich will zu Daddy.«

Im ersten Moment glaube ich, nicht richtig gehört zu haben. Plötzlich wird mir eiskalt. »Was?«

»Ich will zu meinem Daddy.«

Ich greife nach Patricks Hand. »Was meinst du, Bertie?«

»Ich will meinen richtigen Daddy.«

Ich sehe Patrick an.

Wie um Himmels willen sollen wir reagieren? Wie sollen wir Bertie erklären, dass wir nicht wissen, wer sein richtiger Vater ist?

Ich gehe in die Hocke und sehe Bertie in die Augen. »Meinst du Regan?«, frage ich. »Weil … also …«

Bertie schüttelt den Kopf. »Nein. Ich will zu meinem richtigen Daddy.«

»Ähm … Und wer ist dein richtiger Daddy?«, frage ich.

»Blake. Blake Thornburn.«

26

Oje.

Ich sehe Patrick an. Sein Blick spricht Bände.

»Du willst also Blake Thornburn sehen?«, hake ich nach.

Bertie nickt heftig.

»Blake … Regans kleinen Bruder?«

»Ja. Genau. Er ist mein Daddy.«

Ich denke nach. »Erinnerst du dich an die Zeit, als du bei ihm warst? Als du noch ganz klein warst?«

Bertie runzelt die Stirn. »Ein bisschen. Alle haben damals gesagt, dass er mein Daddy ist. Und er war nett zu mir. Als Mummy und ich dort waren, war er auch immer nett zu uns. Deshalb muss er mein Daddy sein. Der Böse … Regan … hat es auch gesagt. Aber Mummy hat gesagt, das stimmt nicht. Sie sagt, dass Regan mein Daddy ist. Aber das glaube ich nicht.«

»Bertie, das Problem bei den Thornburns ist …«

»ICH WILL ZU DADDY!«, schreit Bertie. »ICH WILL DADDY SEHEN!«

Er ballt die Fäuste und will auf mich losgehen.

»Moment mal, kleiner Mann.« Patrick geht in die Hocke und packt seine Fäustchen. »Du wirst Seraphina nicht schlagen. NIEMALS!«

»Ist schon gut.« Ich berühre Patricks Schulter. »Er hat jedes Recht, wütend sein. Ich bin sogar froh darüber. Das zeigt, dass er endlich aus sich herauskommt. Diese ganze Situation ist völlig verfahren. Wir müssen uns eine Lösung überlegen. Er braucht uns jetzt, all unsere Liebe.«

»Na gut.« Patrick lässt Berties Hände los. »Aber du musst dich beruhigen, junger Mann. Verstanden?«

»Bertie?«, schalte ich mich ein. »Sollen wir dich zu Blake Thornburn bringen?«

»Seraphina«, bellt Patrick.

Aber ich hebe die Hand. »Bitte, Patrick, wenn Bertie das jetzt braucht, sollten wir versuchen, es ihm zu ermöglichen. Selbst wenn es uns nicht gefällt.«

»Mir gefällt überhaupt nichts, was mit den Thornburns zu tun hat«, erklärt er. »Absolut nichts.«

»Aber Bertie will es«, erwidere ich hitzig. »Er mag Blake. Und er könnte ja …«

Tatsächlich Blakes leiblicher Vater sein. Immerhin stehen die Chancen eins zu drei.

Ich sehe Patrick an, in der Hoffnung, dass er versteht.

Patrick richtet sich auf und sieht zum Schloss. »Also sollen wir jetzt auf dicke Freunde mit den Thornburns machen, ja? Mit den Männern, die meine Schwester und meinen Neffen entführt haben. Und dich.«

»Das hat nur Regan allein getan.«

Er starrt mich durchdringend an. »Am besten wäre es gewesen, ich hätte ihn gleich kaltgemacht«, knurrt er.

»Anise wäre trotzdem verloren gewesen«, sage ich leise. »Auf diese Weise vielleicht sogar für immer.«

»Mag sein. Aber zumindest wäre sie jetzt hier. Bei uns.«

»Körperlich vielleicht, aber mit dem Herzen nicht.«

»Ich werde Bertie unter keinen Umständen zu den Thornburns bringen. Ende der Debatte.«

Mays Worte kommen mir wieder in den Sinn – dass wir Anise und Bertie an die Thornburns verloren hätten.

Mag sein, dass ich mit dem Feuer spiele, aber …

»Bertie, wie würdest du es finden, wenn wir Blake Thornburn einladen? Hierher, ins Schloss?«

»Seraphina!«, brüllt Patrick.

»Warte doch mal. Hören wir uns doch an, was Bertie dazu sagt.«

Wieder nickt Bertie heftig. »Ja. Bring Daddy her. Dann kommt Mummy auch.«

Ich sehe aufrichtige Hoffnung in Berties bleichem Gesichtchen aufflackern.

»Es könnte aber auch passieren, dass sie nicht kommt«, sage ich sanft. »Selbst wenn Blake uns besucht. Vielleicht ist etwas mehr dafür nötig.«

»Nein«, widerspricht Bertie. »Wenn Daddy herkommt, dann kommt Mummy auch.«

»Willst du deshalb, dass Blake uns besucht?«, frage ich.

»Mummy sagt, wir sollten eine Familie sein. Wenn ich einen Daddy kriege, kommt sie zurück, und wir sind eine Familie.«

»Da wäre ich mir nicht so sicher, Bertie«, warne ich.

Bertie presst die Lippen aufeinander und setzt sich auf den Boden.

»Der Boden ist eiskalt.« Ich kauere mich neben ihn.

Er sieht weg.

»Bertie?«

Er wendet sich mit dem ganzen Körper ab, kreuzt die Arme vor der Brust.

»Komm, Bertie, wir gehen zurück.«

»Ich will aber nicht.«

»Dann trägt Patrick dich.«

»NEEEEEEIIIIIINNNNN! ICH WILL MEINEN DADDY! DADDY! DADDY!«

Bertie beginnt zu schluchzen.

Ich versuche, ihn an mich zu ziehen, aber er stößt mich weg. Schließlich wende ich mich Patrick zu. »Ich denke, wir sollten Blake tatsächlich bitten, nach Mansfield Castle zu kommen. Es könnte Bertie helfen. Zumindest dass er versteht ...«

Patricks Kiefer spannt sich an. »Ein Thornburn. In Mansfield Castle.«

Seine Züge werden weich, als er Bertie ansieht. »Wenn du tatsächlich glaubst, dass es ihm hilft, können wir wohl ein Treffen arrangieren.«

Bertie steht auf und schiebt seine Hand in meine.

»Bleibst du bei mir, Sera? Wenn Daddy da ist?«

O Gott, ich habe keine Ahnung, ob wir das Richtige tun. In Wahrheit fühlt sich gar nichts richtig an. Trotzdem habe ich das Gefühl, als könnte Blake bei Bertie etwas bewirken, etwas in seinem Innern lösen. Und ihn damit in gewisser Weise von einer Last befreien.

Hoffen wir, dass ich mich nicht täusche.

27

Ein Treffen mit Blake einzufädeln entpuppt sich als nicht weiter schwierig.

Ehrlich gesagt, ist sogar bloß ein einziger Anruf nötig – den ich übernehme, weil ich Patrick nicht traue und Angst habe, dass er bloß schreit.

Blake zeigt sich kooperativer, als ich dachte, und bietet sogar an, mit Bertie am Morgen einen Ausflug zu machen, was ich jedoch ablehne – kategorisch. Das Treffen muss in Mansfield Castle stattfinden.

Und zwar in Patricks und meiner Gegenwart.

Wie verabredet kommt Blake um elf Uhr auf seiner dröhnenden Yamaha die Auffahrt herauf.

Allem Anschein nach hat er selbst Hand an der Maschine angelegt und dafür gesorgt, dass sie noch ein bisschen besser – und schneller – läuft.

Offen gestanden, ich bin beeindruckt.

Er trägt keinen Helm, sodass sein dunkles Haar im Wind flattert.

Flankiert von Patrick und Rab erwarten Bertie und ich ihn am Portal.

Ich habe die Hand auf Berties Schulter gelegt und spüre, dass er leicht zittert.

»Wie geht's dir, Bertie?«, flüstere ich.

Er gibt keine Antwort.

Schließlich hält Blake vor uns an, steigt ab und streckt Patrick die Hand hin.

Widerstrebend ergreift er sie und schüttelt sie.

Blake ist von Kopf bis Fuß in Lederkluft gekleidet, die bei jeder Bewegung leise quietscht.

»Ich weiß, dass du mich eigentlich nicht hier haben willst«, sagt er. »Aber wir tun das für den Kleinen. Okay?«

Er geht vor Bertie in die Hocke. »Alles klar, Kumpel?«

Bertie runzelt die Stirn.

Blake runzelt ebenfalls gespielt die Stirn. »Sehr ernste Sache!«

»Er darf ernst sein, solange er will«, schnauzt Patrick ihn an.

»Okay, okay.« Beschwichtigend hebt Blake die Hände. »Wir plaudern doch bloß ein bisschen, mehr nicht.«

»Bringst du meine Mummy nach Hause zurück?«, fragt Bertie.

Blakes Lächeln fällt in sich zusammen. »Ist das der Grund, weshalb du wolltest, dass ich herkomme? Damit du deine Mummy zurückbekommst?«

Bertie nickt.

»Das kann ich nicht genau sagen, Kleiner.«

»Ich hab einen Plan«, sagt Bertie. »Soll ich ihn dir mal erklären?«

Patrick und ich tauschen einen Blick. Das ist uns neu.

»Wieso gehen wir nicht erst mal rein? Es wird allmählich kalt hier draußen«, schlägt Blake vor. »Du und ich, wir können ja ein bisschen reden, und du erklärst mir genau, was du dir überlegt hast.«

»Okay.« Bertie wendet sich zur Tür um.

Patrick und ich folgen ihm nach drinnen.

28

In der Halle kommt uns Zara entgegen – nach allen Regeln der Kunst aufgedonnert, mit knallrotem Lippenstift, einem engen Kleid, hohen Stiefeln und einem opulenten Pelzmantel um die Schultern.

»Blake!« Ihre Augen weiten sich. »Was um alles in der Welt hast du hier zu suchen?«

»Einen herzlicheren Empfang kriege ich nicht?« Er fährt sich mit der Hand durch sein dunkles Haar. »Nach allem, was wir beide schon erlebt haben? Du siehst echt scharf aus. Wo soll's denn hingehen?«

»Das geht dich einen feuchten Kehricht an. Also, was zum Teufel willst du hier? Dass du dich nach allem, was mit Anise passiert ist, überhaupt noch hertraust. Du solltest dich schämen.«

»Hey, ich hab überhaupt nichts getan. Regan steckt hinter der ganzen Geschichte. Mit mir hat das alles nichts zu tun.«

»Ja, genau«, schnauzt Zara ihn an. »Du hast gar nichts getan. Das ist ja der Punkt. Als Regan sie entführt hat …«

»Er hat überhaupt niemanden entführt«, widerspricht Blake. »Anise ist aus freien Stücken zu ihm gekommen.«

»Das stimmt doch nicht«, werfe ich ein. »Anise hat mir erzählt, er hätte sie einfach gepackt und mitgenommen. Erst nach einer Weile sei ihr klar geworden, dass es so am besten für alle ist.«

Eine tiefe Furche gräbt sich in Blakes Stirn. »Das hat Regan mir aber anders erzählt. Komplett anders. Bei dem muss man aufpassen, meinem Bruderherz.«

»Und was ist mit Bertie?«, frage ich. »Hat es dich überhaupt nicht gestört, dass er nicht mehr bei seiner Familie ist?«

Blake lacht, wobei er zwei Reihen weißer Zähne entblößt. »Aber er *war* doch bei seiner Familie. Seiner Mum, mir, Regan und Riley.«

Bertie nickt.

»Aber wenn das stimmt, was du sagst …« Er kratzt sich am Kopf. »Ich muss auf jeden Fall mal ein Wörtchen mit Regan reden.«

»Wenn du ihn siehst, knall ihm eine von mir«, sagt Zara und stöckelt an uns vorbei.

»Wieso gehen wir nicht nach oben ins Musikzimmer«, schlage ich vor. »Bertie hält sich gern dort auf.«

»Klar«, meint Blake. »Geh ruhig voran.«

29

Im Musikzimmer begegne ich das erste Mal der neuen Haushälterin, Louise, einer großen, schlanken Blondine mit Bobfrisur. Sie lächelt die ganze Zeit und ist unglaublich flink – sie redet, redet, redet, während sie uns Scones, Johannisbeermarmelade und Clotted Cream serviert.

Ich mag sie auf Anhieb.

»Also.« Blake zieht seine Lederjacke aus. »Ihr habt mich eingeladen. Was genau wollt ihr von mir?«

»Nicht ich habe dich eingeladen«, widerspricht Patrick, »sondern Bertie.«

Blake nickt. »Also, du hast dir einen tollen Plan überlegt, Bertie. Um deine Mummy zurückzubekommen? Willst du uns davon erzählen?«

»Du rufst sie an und sagst ihr, dass sie herkommen soll«, erklärt Bertie. »Dann kommt Mummy her. Sie will so gern eine Familie haben.«

»Aber mit Regan«, wendet Blake ein. »Nicht mit mir.«

»NEIN!«, schreit Bertie. »Sie will eine Familie. Mit meinem Daddy. Und du bist mein Daddy.«

»Das könnte ich sein, Bertie. Aber ich bin kein richtiger Vater. Das habe ich vor langer Zeit begriffen. Schon, als du noch ein Baby warst. Glaub mir, bei deinem Onkel Patrick bist du besser aufgehoben.«

»Den will ich aber nicht«, sagt Bertie. »Sondern dich.«

Blake lacht. »O nein, Bertie. Glaub mir, du bist noch zu klein, um das zu verstehen, aber ich bin ganz bestimmt keine gute Wahl. Aber ich mache dir einen Vorschlag – ich komme dich besuchen, so oft ich kann. Wir können etwas zusammen machen, aber verlang bloß nicht von mir, dein Superdad zu sein. Das kann ich nämlich nicht. Und deine Mummy kann ich dir auch nicht zurückbringen.«

»Hast du … Anise gesehen?«, frage ich.

»Nicht oft. Die meiste Zeit ist sie in Regans Schlafzimmer.«

Ich sehe, dass Patrick vor Wut zu schäumen beginnt.

»Bertie will sie gern sehen«, beharre ich. »Bitte hilf uns. Er will doch nur seine Mutter. Kann Regan sie nicht überreden herzukommen? Und Bertie zu besuchen?«

Blake lacht. »Das könnte er bestimmt, aber er wird es nicht tun. Für ihn läuft es gerade wie geschmiert – er hat ein reiches Mädchen, das alles tut, was er von ihr verlangt. Und dazu noch ein bisschen Geld von ihrem Vater, wenn alles glattgeht. Es gibt nur eine Möglichkeit, wie ihr die beiden zusammenbringen könnt – indem ihr Bertie zu uns auf die Farm bringt.«

»Vergiss es«, herrscht Patrick ihn an.

»Patrick.« Ich berühre seinen Arm. »Könnten wir es nicht zumindest in Erwägung ziehen? Ich meine, Bertie braucht seine Mutter.«

»In dem Zustand, in dem Anise sich gerade befindet, schadet sie ihm eher, als sie ihm nützt«, sagt er.

»Aber Patrick …«

»Nein.« Patrick hebt die Hände. »Genau das will Regan doch. Dass er meinen Neffen in seinen Fängen hat.« Er wirft Blake einen finsteren Blick zu. »Dir traue ich, Blake, aber deinem Bruder nicht. Wenn Bertie zu euch kommt, wer garantiert mir dann, dass Regan ihn nicht wieder festhält? Und seine Gedanken vergiftet. Nein. Das kommt definitiv nicht infrage.«

»ABER ICH WILL MEINE MUMMY!«, brüllt Bertie.

Hilflos sehe ich ihn an. »Bertie, deine Mummy ist auf der Thornburn-Farm. Bei Regan. Aber wir können dort jetzt nicht hin, weil er dich uns weggenommen hat und es vielleicht noch mal tun würde.«

»ABER ICH WILL ZURÜCK!«, schreit er. »Ich will zurück zu Regan.«

Ich spüre, wie ich kreidebleich werde, und werfe Patrick einen Blick zu. Seine Kiefermuskeln mahlen.

Großer Gott.

Wieder kommen mir Mays Worte in den Sinn – dass wir Bertie an die Thornburns verloren hätten und er mit dem Kopf längst bei ihnen sei.

»Bertie.« Ich gehe vor ihm auf die Knie. »Regan ist kein netter Mann.«

»Vorsicht«, warnt Blake. »Immerhin sprecht ihr hier von meinem Bruder.«

»Pass auf, was du sagst, Thornburn«, wirft Patrick ein. »Pass einfach auf, was du sagst.«

»Meine Fresse, Patrick, Sinn für Humor hattest du noch nie.«

»Für mich klang das nicht nach einem Scherz.«

»Jedenfalls war es nicht als Drohung gedacht. Ich kann deine Freundin viel zu gut leiden, um ihr Angst zu machen.« Er zwinkert mir zu.

Patrick tritt vor.

Eilig halte ich ihn zurück. »Hey, krieg dich wieder ein. Er macht doch bloß … Nimm das doch nicht so ernst.«

»Ist doch nur Geblödel«, bestätigt Blake. »Obwohl ich zugeben muss, dass sie mächtig hübsch ist. Wie macht ihr Mansfields das bloß, dass ihr immer die besten Weiber abschleppt? Was ist eigentlich aus Jamies Mädchen geworden, wie hieß die noch?«

»Clarissa«, antwortet Patrick mit eisiger Stimme.

»Die süße Clarissa. So hieß sie doch, oder?«, fährt Blake fort, als hätte er Patricks Antwort nicht gehört. »Bildschönes Mädchen, aber leider ein bisschen hochnäsig. Nicht wie unsere Seraphina.«

»Wer sagt, dass ich nicht auch hochnäsig bin«, kontere ich.

»Ich.« Blake mustert mich aus seinen sanften braunen Augen.

»Genug jetzt. Wir müssen eine Lösung für Bertie finden«, sage ich. »Er muss seine Mutter sehen, egal in welchem Zustand sie gerade sein mag. Alles andere wäre Bertie gegenüber nicht fair. Wenn Patrick und ich ihn dafür zur Thornburn-Farm bringen müssen, dann geht es im Moment vielleicht einfach nicht anders.«

Allein die Vorstellung jagt mir einen Schauder über den Rücken. Regan wieder zu begegnen …

»Definitiv nicht«, wirft Patrick ein.

»Aber ich bin nicht gefährlich, Kumpel«, gibt Blake leichthin zurück.

»Das nicht, aber zwei gefährlichen Männern gegenüber loyal.«

»Wie wär's, wenn ich den Knirps mitnehme, damit er seine Mutter sehen kann?«, fährt Blake fort.

»Ja, ich gehe mit dir«, ruft Bertie.

»Bertie …«, sage ich, aber Blake fällt mir ins Wort.

»Du hast mein Wort, dass ich mich um ihn kümmere. Und dass ich ihn zurückbringe. Heil und in einem Stück. Mit mir legt Regan sich nicht an. Er wird zwar ab und zu sauer, trotzdem respektieren wir einander. Wenn ich ihm sage, dass ich Bertie für einen Tag mit auf die Farm bringe, wird er mich nicht daran hindern, ihn abends wieder nach Hause zu fahren.«

»Was macht dich da so sicher?«, frage ich.

»Er ist mein Bruder. Das ist so sicher wie das Amen in der Kirche. Und Patrick weiß, dass ich ein Mann bin, der Wort hält.«

»Das ist wahr«, bestätigt Patrick. »Dass du ein Thornburn bist, halte ich für die reinste Verschwendung. Es gab Zeiten, da habe ich ernsthaft darüber nachgedacht, dich zu uns zu holen.«

»Krieg dich wieder ein.« Blake grinst. »Ich bin nicht gerade der Smokingtyp mit dem Weinglas in der Hand.«

Zu meiner Erleichterung grinst auch Patrick.

»Ich habe nicht vergessen, was du vor all den Jahren für Jamie getan hast«, sagt er. »Ich vertraue dir, aber meinen Neffen ganz allein mit dir zur Farm gehen zu lassen …«

»Dann komm doch mit«, schlägt Blake vor. »Allein schon Regans Gesicht zu sehen, wenn du auftauchst, wäre ein Heidenspaß.«

»Ich kann mir lustigere Dinge vorstellen«, bemerkt Patrick.

»Aber mal ganz ernsthaft, Kumpel«, sagt Blake. »Du bringst Bertie zu uns. Seraphina lässt du hier. Das ist es doch, was dir in Wahrheit Bauchschmerzen bereitet, stimmt's? Dass du sie nicht beide gleichzeitig im Auge behalten kannst.«

»Das kann ich sehr wohl«, gibt Patrick düster zurück. »Aber es könnte etwas Schlimmes passieren. Etwas Schlimmes, das sich nicht mehr rückgängig machen lässt.«

Blake runzelt die Stirn. »Pass auf, was du sagst, Patrick. Wir reden hier immer noch von meiner Familie, klar?«

Die beiden starren einander finster an.

»Könntet ihr beide euch vielleicht endlich einkriegen?«, schalte ich mich ein. »Das hier führt doch zu nichts. Patrick, würdest du … ich meine, hältst du das für eine gute Idee?«

»Vielleicht«, antwortet er. »Aber Blake hat recht. Es ist besser, wenn du nicht mitkommst. Zumindest sicherer. Für Blakes Brüder.«

»Und du bist sicher, dass du das willst, Bertie?« Ich hocke mich vor ihn, damit ich ihm in die Augen sehen kann.

Er wirkt ein wenig verängstigt und traurig, trotzdem nickt er.

»Ich will Mummy sehen.«

Mir blutet das Herz. Dennoch ergreife ich seine kleinen Hände und zwinge mich zu einem Lächeln. »Aber Mummy geht es im Moment nicht besonders. Okay? Ich glaube, sie so zu sehen ist nicht gut für dich.«

»Regan hat gesagt, dass du genau das tun wirst«, ruft er.

»Was denn?«

»Als ich und Mummy bei ihm waren, hat er gesagt, Onkel Patrick wird dafür sorgen, dass ich Mummy nicht wiedersehen darf.« Er bricht in Tränen aus. »Ich will meine Mummy sehen. Ich will zu ihr!«

Ich seufze. »Aber, Bertie, du musst begreifen, dass es deiner Mummy im Moment einfach nicht gut geht.«

»Das ist mir egal. Sie ist trotzdem meine Mummy.«

In diesem Punkt kann ich ihm nicht widersprechen. Ich sehe Patrick an. »So kommen wir nicht weiter.«

Patrick nickt.

»Wenn wir es ihm nicht erlauben, wird er uns dafür hassen und glauben, wir seien gegen ihn. Wenn er aber hingeht und Anise in einem Zustand sieht ... Oh, was sollen wir nur tun, Patrick? Was?«

»Wir erlauben ihm, seine Mutter zu besuchen.« Patricks Stimme ist hart wie Stein.

»Du glaubst also, dass es das Beste für ihn ist?«

»Nein, das Beste ist es ganz bestimmt nicht, aber immer noch besser als die Alternative. Dass er uns hasst und uns als seine Feinde betrachtet.«

Ich nicke. »Du hast recht. May glaubt ohnehin, wir hätten ihn längst verloren. Wir können nicht riskieren, dass er glaubt, wir stünden nicht hinter ihm.« Ich wende mich wieder Bertie zu. »Okay, Bertie. Wenn du deine Mummy wirklich unbedingt sehen willst, kann Onkel Patrick dich zu ihr bringen. Er wird sich um dich kümmern, versprochen. Aber ich kann nicht mitkommen.«

Wieder nickt Bertie.

Seine Reaktion macht mich alles andere als glücklich. Eigentlich hätte ich gedacht, dass er mich anbetteln würde, ihn zu begleiten; dass er sich weigern würde, ohne mich zu gehen.

Ich habe das dumpfe Gefühl, dass ich ihn verliere. Oder dass May recht hat und ich ihn längst verloren habe.

Nein. Das darf ich nicht glauben. Das *werde* ich nicht glauben.

Aber er braucht seine Mutter, um sein Tief zu überwinden. Das steht fest.

Und wer weiß – vielleicht hilft ihm eine Begegnung mit Anise ja tatsächlich. Schaden kann es nicht, oder?

Oder?

30

Inzwischen ist es Nachmittag, und der Moment des Aufbruchs rückt immer näher.

Obwohl ich Patrick mein Leben anvertrauen würde, habe ich Angst.

Ich will nicht, dass Bertie auch nur in Regan Thornburns Nähe kommt. Allein bei der Vorstellung wird mir schlecht. Trotzdem sagt mir mein Instinkt, dass Regan ihm nichts tun wird.

Die Thornburns halten zusammen wie Pech und Schwefel, und Bertie ist immerhin zur Hälfte ein Thornburn, auch wenn wir nicht wissen, von welchem der drei Brüder diese Hälfte stammt.

Ob Dirk Mansfield weiß, wie die Entführung ausgegangen ist? Dass Patrick uns alle gerettet hat? Und dass Regan Bertie nicht dazu bringen konnte, für ihn zu lügen?

Vermutlich.

Wird Regan wohl versuchen, Bertie ein weiteres Mal zu manipulieren?

Bestimmt nicht, solange Patrick in der Nähe ist. Trotzdem hat er es versucht. Vergeblich.

O Gott, all diese Gedanken, so vieles, worüber ich mir Sorgen mache.

Ich höre einen Wagen in die gekieste Einfahrt biegen und spähe aus Berties Fenster.

Wir haben ein Computerspiel gespielt – es war das Einzige, wozu ich ihn überreden konnte. Auf einen Waldspaziergang hatte er keine Lust, obwohl ich ihm sogar angeboten habe, Tontauben zu schießen.

Wila ist bei uns. Sie sieht sich eine Aufführung vom *Nussknacker* auf Patricks iPad an und übt dabei die Schritte. Ich weiß, dass sie es kaum erwarten kann, wieder zum Ballett zurückzukehren, aber die Ärztin hat gemeint, sie solle sich eine kleine Pause gönnen. Zur Ruhe kommen.

Bertie scheint sich nicht sonderlich für sie zu interessieren. Sie hat ihn zwar begrüßt und gefragt, ob er mit ihr spielen will, aber offenbar ist in seinem Leben gerade kein Platz für neue Menschen, was ich in gewisser Weise sogar verstehen kann.

Es ist Greys Wagen.

Der rote Ferrari braust heran, und ich mache Greys attraktives Gesicht und sein zerzaustes blondes Haar hinter dem Steuer aus.

Auf dem Beifahrersitz sitzt jemand – ein Mann.

Er ist etwa in Greys Alter, mit leicht schiefer Nase und braunem Haar.

Er trägt einen Verband um den Kopf.

O mein Gott.

Danny.

31

Danny ist hier«, sage ich ganz leise zu Wila.

»Was?« Wila löst den Blick vom iPad.

Bertie spielt unbeirrt weiter.

Es spricht ja nichts dagegen, dass er Computerspiele mag, aber ich werde ihn unter keinen Umständen dieses gewalttätige Zeug spielen lassen, mit dem er sich früher die Zeit vertrieben hat.

»Danny«, sage ich mit einer Geste in Richtung Fenster.

»Das gibt's doch nicht!« Wila springt auf. »Aber wie … Ich meine, wieso bringt Grey ihn mit?«

»Keine Ahnung«, antworte ich. »Könntest du kurz bei Bertie bleiben? Ich bin gleich wieder hier.«

Als ich aus dem Haus trete, steigen Grey und Danny gerade aus dem Wagen.

Danny geht leicht nach vorn gebeugt und humpelt ein wenig, schlägt jedoch Greys Hand weg, als dieser versucht, ihm zu helfen.

Er ist ziemlich bleich.

»Sieh nur, wen wir aus London haben einfliegen lassen«, sagt Grey und vergräbt die Hände in den Taschen seiner Wolljacke. »Den Harper-Bruder. Damit wäre die Familie ja vollzählig.«

»Nicht ganz«, murmle ich beim Gedanken an Mum und Dad.

»Sezza«, krächzt Danny. »Kennst du den Typ? Er glaubt offenbar, wir wären verwandt.«

Dannys Tonfall verrät mir, dass seine Worte scherzhaft gemeint sind. Immerhin dürften die beiden auf der Fahrt vom Flughafen ausreichend Zeit gehabt haben, sich besser kennenzulernen.

»Ja, ich kenne Grey nur allzu gut«, sage ich. »Und offen gestanden sind wir schon bald tatsächlich alle miteinander verwandt, und zwar für immer.«

»Und wo ist der Schlossherr?«, fragt Danny.

»Hier«, sagt eine tiefe Stimme hinter mir.

Ich drehe mich um.

»Willkommen in Mansfield Castle.« Patrick streckt Danny die Hand hin. »Serpahinas Freunde und Familie sind jederzeit herzlich willkommene Gäste hier.«

»Jederzeit herzlich willkommene Gäste«, wiederholt Danny. »Wow, so hat mich auch noch keiner genannt.«

»Dann ist es heute eben das erste Mal«, kontert Patrick.

O Mann.

Ich spüre, wie sich die Gewitterwolken zusammenziehen. Patrick ist ein Mann, der gern Tacheles redet, wohingegen mein Bruder den ganzen Tag nur Unsinn von sich gibt.

»Ziemliche Type, dein Bruder, was?«, meint Grey.

»Allerdings. Wie geht's dir, Dan?«, sage ich.

Eigentlich würde ich ihn gern umarmen, traue mich aber nicht aus Angst, ihm wehzutun.

»Geht schon, Schwesterherz, geht schon.« Er kommt auf mich zugehumpelt.

»Patrick hielt es für besser, Danny hierher ins Schloss zu bringen«, fährt Grey fort. »Erstens, weil er hier sicherer ist, und zweitens kann er sich besser erholen.«

»Anfangs war ich gar nicht begeistert«, meint Danny mit einem Grinsen in Greys Richtung. »Aber er kann ziemlich überzeugend sein, was, Kumpel?«

»In der Tat«, bestätigt Grey.

»*In der Tat!* Du meine Güte, Sezza. Wie bist du bloß an dieses noble Volk geraten?«

»So nobel bin ich gar nicht«, widerspricht Grey. »Zumindest nicht so nobel wie Lord Patrick. Meine Mum war eine Bürgerliche.«

Patrick hebt eine Braue. »Schon komisch, Grey, dabei hatte ich immer das Gefühl, als wärst du mit dem Cocktailglas in der Hand geboren.«

Grey lacht. »Was gibt es gegen Cocktails einzuwenden?«

»Echte Männer trinken Bier«, wirft Danny ein.

»Ich trinke auch Bier«, erklärt Grey, »solange es gekühlt und in einem Kristallglas serviert wird.«

Wir lachen.

»Also was hat dich letztlich überzeugt herzukommen?«, frage ich Danny.

»Ich will wieder gesund werden«, antwortet er plötzlich ernst. »Und zwar so schnell wie möglich. Damit ich mich um meinen Jungen kümmern kann. Und hier oben … Grey hat gemeint, es sei ein guter Ort. Wie soll ich für Danny junior sorgen, wenn ich kaum aufrecht stehen kann? Grey hat mir versprochen, dass sich die besten Ärzte um mich kümmern werden und dass ich in Ruhe zu Kräften kommen kann. Hab ich recht, mein Freund?«

»Absolut«, bestätigt Grey.

»Und die Geschichte mit Ray King hat er auch aus der Welt geschafft«, fährt Danny fort. »Ein für alle Mal.«

»Was meinst du damit?« Ich sehe zwischen den beiden hin und her.

»Der wird keinem mehr ans Leder gehen«, antwortet Grey. »Nie wieder.«

»Du meinst …«

Danny nickt.

Ich schlucke. Andererseits ist es wohl besser so.

»Tja, dann.« Danny verschränkt die Hände. »Bittet mich vielleicht mal jemand auf eine Tasse Tee herein?«

32

Wir bringen Danny in einem der Gästezimmer im Westturm unter, dann verabschiede ich mich von Bertie.

Es fällt mir unendlich schwer, auch weil er so distanziert ist.

Ich sehe ihm nach, als er an Patricks Hand zum Land Rover geht – der Anblick bricht mir das Herz.

Tun wir das Richtige? Ich weiß es nicht. Ich weiß es einfach nicht.

Den Rest des Tages verbringe ich mit Wila in ihrem Zimmer und starre aus dem Fenster, während sie ihre Schritte übt und plappert.

Soweit ich beurteilen kann, ist ihr nicht bewusst, wie ernst die Lage ist. Das ist wahrscheinlich das Schöne daran, die kleine Schwester zu sein – es ist immer einer da, der sich ums Grobe kümmert.

Ich rufe die Haushälterin und sage ihr, dass wir in Wilas Zimmer zu Abend essen werden.

Wir verdrücken Roastbeef mit einer Riesenportion Yorkshirepudding und danach eine pappsüße Karamellcreme und sehen uns dazu drittklassige Fernsehserien an.

Gerade als wir fertig sind, klopft es leise an der Tür.

Auch ohne aufzumachen, weiß ich, dass es Danny ist.

»Komm rein, Danny«, rufe ich und stelle mein leeres Schälchen auf den Nachttisch.

»Woher wusstest du, dass ich es bin?«, fragt er und sieht herein. Er trägt einen roten Morgenmantel und rote Slipper.

»Nur so. Wie geht es dir? Brauchst du etwas?«

»Ja. Ich muss hier raus und irgendwo ein anständiges Bier trinken.«

»Vergiss es. Du bist noch krank.«

»Mir geht's super! Ich brauche noch nicht mal mehr Schmerzmittel. Ich war eine halbe Ewigkeit im Krankenhaus. Es kann doch nicht gut für mich sein, mich halb zu Tode zu langweilen. Wo kriegt man hier ein Bier her?«

»Mir ist auch langweilig«, meldet sich Wila zu Wort. »Ich war den ganzen Tag hier eingesperrt, Grey ist auch nicht hier. Können wir nicht alle eine Weile rausgehen, Sera? Bitte.«

»Nein«, sage ich streng. »Was ist bloß in euch gefahren? Wila, der Arzt hat gesagt, du sollst dich schonen. Und Danny …«

»Moment mal.« Danny hebt die Hand. »Arzt? Ist alles in Ordnung mit dir, Wils?«

Wila starrt auf die Bettdecke.

»Es geht ihr gut«, sage ich.

»Ich habe das Baby verloren«, erklärt Wila und zupft an den Stickereien auf der Bettdecke herum.

Ich sehe, dass ihr die Tränen kommen, und lege ihr den Arm um die Schultern.

Danny sieht zwischen uns hin und her. »Das tut mir sehr leid«, sagt er leise.

Wila nickt. »Ist schon okay.«

»Ach, Wils.« Danny legt ebenfalls den Arm um sie, wobei er leicht zusammenzuckt. »Mann, tut mir echt leid. Richtig leid. Du wärst eine tolle Mum geworden, und wir hätten dieses Baby von Herzen lieb gehabt.«

Wila nickt schniefend. »Ich weiß, aber …« Sie setzt sich auf und holt tief Luft. »Das Leben geht weiter, oder? Grübeln bringt uns auch nicht vorwärts, also, weiter im Text.«

»Genau«, bestätige ich.

»Das ist doch das Harper-Motto, oder?«, wirft Danny ein.

»Ich bin keine Harper«, sagt Wila und ringt sich ein kleines, immer noch etwas tränenfeuchtes Lächeln ab.

»Aber du wurdest von Harpers großgezogen, deshalb bist du eine von uns, zumindest was mich angeht«, erklärt Danny.

»Ich sehe das genauso«, bestätige ich.

»Und die Harpers sind stark und lassen sich nicht unterkriegen«, fügt Danny hinzu.

»Aber hallo«, sage ich.

»Und genau das werde ich auch nicht tun«, erklärt Wila.

»Braves Mädchen«, meint Danny. »Aber jetzt ist Schluss mit den langen Gesichtern.«

»Ich mache mir Sorgen um Bertie. Es macht mich völlig fertig, dass Patrick noch nicht zurück ist, obwohl es längst dunkel ist. Ich habe Angst.«

»Das brauchst du nicht«, meint er. »Dein Kerl passt schon auf, dass dem Kleinen nichts passiert, versprochen. Bei ihm ist er in Sicherheit.«

»Das sagst du so.«

»Es bringt doch nichts, hier herumzusitzen und sich verrückt zu machen«, fährt Danny fort. »Ich langweile mich, du brauchst dringend ein bisschen Ablenkung und Wila etwas, das sie aufmuntert. Wieso gehen wir nicht los und suchen uns einen Pub? Nur auf ein paar Kurze.«

»Wila ist noch nicht volljährig«, gebe ich zu bedenken.

»Ach, hör doch auf«, wiegelt Danny ab. »Wann hast du das erste Mal einen gekippt? Mit dreizehn? Vierzehn?«

Ich werfe Wila einen Blick zu. »Trotzdem …«

»Ein kleines Bierchen wird sie schon vertragen, da passiert doch nichts. Und ein bisschen Aufmunterung wäre genau das Richtige, für uns alle.«

Ich seufze. Wila sieht kreuzunglücklich drein, und mir würde es weiß Gott nicht schaden, für eine Weile an etwas anderes zu denken.

»Na gut«, sage ich. »Im Dorf gibt es einen Pub. Vielleicht kann die Haushälterin jemanden finden, der uns fährt. Aber, Danny – nur ein einziges Glas, okay?«

Danny grinst mich an und entblößt dabei seine schiefen Zähne. »Aber klar, Sezza. Wofür hältst du mich?«

33

Die Haushälterin organisiert ein Taxi, das uns ins Dorf bringt. Es ist zwar nicht weit, aber ich will nicht, dass Danny in der Kälte herumläuft. Und Wila genauso wenig.

Kaum betreten wir den Pub, strahlt Danny von einem Ohr zum andern.

»Ah, schon besser«, seufzt er, tritt an den Tresen und stützt die Ellbogen auf.

»Danny«, warne ich. »Nur ein Drink, verstanden? Mehr nicht. Und keine Kurzen, sondern bloß ein Bier.«

»Schon gut.« Er winkt die Kellnerin hinter dem Tresen heran. »Na, Süße? Ein Guinness, Schätzchen, wenn's passt.« Obwohl sie alt genug wäre, um seine Mutter zu sein, zwinkert er ihr zu.

»Woher kommst du, Hübscher?«, erkundigt sie sich. »Aus London?«

»Volltreffer«, antwortet er grinsend. »Aber es ist ein Vergnügen, heute Abend hier im reizenden Schottland zu sein, wo mir eine Schönheit ein Bierchen serviert.«

Ich verdrehe nur die Augen. Danny kann so was von schmalzig sein, wenn er in Stimmung ist.

»Und was führt dich hierher, Jungchen?«, fragt die Barfrau lächelnd.

»Der Wunsch nach Ruhe und Genesung«, antwortet er mit einer Geste auf den Verband um seinen Kopf. »Ich hatte einen Autounfall und habe mir eine wüste Kopfverletzung zugezogen, sehr schlimm. Aber jetzt werde ich im Schloss von Lord Mansfield gesund gepflegt.«

»Lord Mansfield? Du meinst Patrick? Du wohnst in Mansfield Castle?«

»In der Tat, das tue ich«, antwortet Danny. »Patrick heiratet bald meine kleine Schwester.« Er nickt in meine Richtung.

»Du liebe Güte!« Die Barfrau presst sich die Hände auf die Wangen. »Sie sind die neue Lady Mansfield?« Sie starrt mich völlig entgeistert an. »Keith! Keith! Hol den Champagner raus, die neue Lady Mansfield und ihr Bruder sind hier!«

Sämtliche Gäste drehen sich um und starren mich an.

»Schönen Dank auch, Danny«, murmle ich.

»Wir müssen auf die Hochzeit anstoßen!«, ruft die Barfrau und reiht Sektgläser auf dem Tresen auf. »Los, Leute, Blubberwasser aufs Haus! LADY MANSFIELD beehrt uns.«

Innerhalb von Sekunden scharen sich alle um die Bar, und ich werde von Wildfremden in den Arm genommen, getätschelt und beglückwünscht.

Danny setzt sich auf einen Hocker und grinst. »Ich hab ja schon immer gesagt, dass du was aus deinem Leben machst, Schwesterchen.«

»Ich *mache* überhaupt nichts aus meinem Leben«, widerspreche ich. »Das hat doch überhaupt nichts mit mir zu tun, sondern bloß mit dem Mann, den ich heirate.«

»Aber du heiratest jemand ganz Besonderes. Und das macht dich automatisch auch zu etwas Besonderem.«

Die Barfrau lehnt sich über den Tresen. »Haben Sie schon ein Kleid ausgesucht? Kommen Sie schon, wir sagen es auch nicht weiter. Wie sieht es aus? Mit Spitze? Oder aus Seide?«

»Äh, ich weiß es ehrlich nicht.«

Ich werfe Danny einen Blick zu, der sich neben mir schlapp lacht.

»Entschuldigung«, sage ich zu der Barfrau, »aber ich muss etwas mit meiner Familie besprechen.«

Ich schleppe Danny und Wila zu einem ruhigen Tisch.

»Wahnsinn«, meint Wila, »du bist ja eine richtige Berühmtheit.«

»Sieht ganz so aus, aber leider aus den falschen Gründen«, murmle ich.

»Ich sehe da keine falschen Gründe«, sagt Danny, noch immer mit seinem Sektglas in der Hand, aus dem er nun einen großen Schluck trinkt. »Also, Schwesterherz? Seide oder Spitze?«

»Ich weiß es nicht. Und im Moment ist es mir auch völlig egal. Ich mache mir Sorgen um Bertie.«

34

Bei unserer Rückkehr ist es noch nicht sehr spät. Wila ist nach einem halben Glas Champagner leicht angeschickert und kichert die ganze Zeit. Ich kann nur hoffen, dass sie nicht plötzlich auf den Geschmack gekommen ist; das ist so ziemlich das Letzte, was sie jetzt braucht.

Ich stecke sie ins Bett, dann gehe ich in Berties Zimmer, in der Hoffnung, dass Patrick ihn bereits nach Hause gebracht hat, aber sein Bett ist leer.

Mein Magen krampft sich zusammen.

Lange Zeit sitze ich auf Berties Bettkante und sehe aus dem Fenster.

Er fehlt mir.

Dann – endlich – höre ich Patricks Land Rover in der Einfahrt.

»Patrick!« Ich klopfe gegen die Fensterscheibe.

Der Land Rover kommt vor dem Portal zum Stehen, Patrick steigt aus, macht die hintere Tür auf und hebt Bertie vom Sitz.

O mein Gott, geht es ihm gut?

Minuten später kommt er herein.

»Patrick! Geht es Bertie gut?«

»Körperlich, ja. Er schläft nur.«

Vorsichtig legt er ihn ins Bett und deckt ihn zu.

Wir betrachten ihn einen Moment lang. Er schlummert tief und fest, trotzdem ist seine Stirn gefurcht.

»Was ist passiert?«

»Es lief nicht gut, aber jetzt ist er wieder bei uns, und das ist die Hauptsache.«

»Was ist mit Anise?«

Patrick runzelt die Stirn. »Sie will immer noch nicht zurückkommen. Aber sie ist erwachsen und muss selbst entscheiden, auch wenn sie damit anderen noch so wehtut.«

»Haben sie und Bertie sich gut verstanden? Sie war doch nett zu ihm, oder?«

»Ja, sie war nett, trotzdem will sie nicht zurück.«

Ich seufze. »Armer Bertie. Hat er sich gefreut, sie zu sehen?«

»Ja. Und Regan auch.«

»Das ist gar nicht gut.«

»Nein, ist es nicht.«

»Patrick? Du wirkst so … distanziert.«

»Ich bin bloß nachdenklich.« Ein Lächeln spielt um seine Mundwinkel. »Ich habe eine Menge, worüber ich nachdenken muss.« Er schiebt die Hände in die Hosentaschen. »Ich bin bald zurück.«

»Wo gehst du hin?«

»Irgendwohin, wo ich nachdenken kann.«

Er geht hinaus.

Jetzt bin ich endgültig verwirrt. Und auch ein bisschen verängstigt. Bertie verliere ich bereits. Ich darf nicht auch noch Patrick verlieren.

»Warte!« Ich laufe ihm hinterher. »Bitte, verlass mich nicht. Ich will nicht allein sein. Nicht nach allem, was heute passiert ist. Ich habe Angst, Patrick. Solche Angst um Bertie.«

Patrick runzelt die Stirn. »Seraphina …«

»Bitte, Patrick, lass mich jetzt nicht allein.«

»Na gut, dann komm mit.«

»Wohin?«

»In Jamies Zimmer.«

35

Die Tür zu Jamies Zimmer ist nicht abgeschlossen.

Das wundert mich.

»Wer hat hier aufgeschlossen?«, frage ich.

»Nach dem Abend mit den Calders ist sie offen geblieben. Früher war sie verschlossen, um zu verhindern, dass Fremde das Zimmer betreten, aber jetzt gibt es keine Fremden mehr.«

»Wie schön, dass du mich nicht als Fremde betrachtest«, sage ich, wenn auch mit ernster Stimme. »Wieso wolltest du ausgerechnet hierherkommen, Patrick?«

»Hier halte ich mich immer auf, wenn ich nachdenken muss.«

»Über Jamie?«

»Manchmal, aber häufiger einfach nur über das Leben. Es hilft mir. Hier zu sein, meine ich. Warum, kann ich dir auch nicht sagen.«

»Ich glaube, ich verstehe es auch so.« Ich nehme seine Hand. »Für mich hört es sich an, als wäre Jamie ein wunderbarer Mensch gewesen.«

»Das war er.« Patrick berührt die Narbe auf seiner Wange.

»Patrick?«

Er lässt die Hand sinken.

»Wieso hast du gerade deine Narbe berührt?«

»Weil ich an Jamie gedacht habe. Als er gestorben ist.«

»Und was hast du genau gedacht?«

»Es ist immer derselbe Gedanke – dass ich hätte mehr tun können.«

»Nein.« Behutsam streiche ich mit dem Finger über die erhabene Stelle auf seiner Wange. »Du hättest nicht mehr tun können. Du wärst beim Versuch, ihn zu retten, beinahe selbst umgekommen. Das beweist diese Narbe.«

Patrick schließt die Hand um meine Finger. »Manchmal habe ich mir gewünscht, ich wäre dabei umgekommen. Aber nicht mehr, seit du hier bist. Heute gibt es etwas, wofür es sich zu leben lohnt.«

»Glaubst du, dass Bertie zu uns zurückkommen will?«

»Ich weiß es nicht«, antwortet Patrick, nimmt meine

Hand weg und steht auf. Er tritt vor das Bücherregal mit den Krimis und Romanen – hier oben stehen keine verstaubten Klassiker. »Bertie hätte seinen Onkel Jamie geliebt.«

»Das glaube ich gern.«

»Jamie hätte ihm Comics vorgelesen und Malen beigebracht. Er hätte es geschafft, das Tier in ihm ein wenig zu bezähmen.«

»Das Tier?«

»In allen Männern schlummert ein verborgenes Tier«, erklärt Patrick. »Wir sind dazu geboren, andere zu verletzen. Jamie allerdings weniger als andere, das muss ich zugeben.«

»Ich habe nie erlebt, dass du andere verletzt«, wende ich ein, »sondern nur beschützt.«

»Kann sein, aber auch in mir schlummert die Gewalt.«

Ich lächle. »Aber mir würdest du niemals wehtun.«

Patricks Augen weiten sich. »Natürlich nicht. Ich würde nie eine Frau schlagen. Und jeder Mann, der so etwas tut, würde meine Faust zu spüren bekommen.«

»Wie war er?«, frage ich. »Jamie, meine ich. Wie war es, gemeinsam mit ihm aufzuwachsen?«

»Manchmal beängstigend. Er hat ständig die Gefahr gesucht, ist von Dächern gesprungen, in reißenden Flüssen geschwommen. Aber ich war immer da. Um ihn herauszuboxen. Manchmal denke ich, hätte ich ihn seine Erfahrungen eher selbst machen lassen, wäre all das vielleicht nie passiert.«

»So kannst du aber nicht denken, Patrick. Es war ein Unglücksfall. Soldaten sterben nun mal. So etwas passiert. Du hast dein Möglichstes getan, um ihn zu retten.«

»Er hat immer gern gelesen und gemalt«, fährt Patrick fort. »Natürlich nur, wenn mein Vater es nicht mitbekommen hat. Der Alte war nicht begeistert darüber, dass sein Sohn sich mit so einem Unsinn beschäftigt.«

»Hast du auch je gemalt oder so etwas?«, frage ich.

»Wieso malen, wenn man rausgehen und sich das Ganze in echt ansehen kann?«

»Es gibt ja nicht nur Landschaftsbilder«, wende ich ein, »sondern auch Porträts.«

»Für sie gilt dasselbe. Ich sehe mir die Dinge lieber in der Realität an.« Er nimmt meine Hände. »Aber von dir werden wir schon bald ein Porträt in der Halle hängen haben, Lady Mansfield.«

Plötzlich fröstle ich ein wenig, als ich wieder an den Auflauf im Pub denken muss. »Ja«, sage ich langsam.

»Wieso so zögerlich?«

»Nur weil …« Ich schüttle den Kopf. »Bitte entschuldige, diese ganze Lady-Mansfield-Geschichte macht mir immer noch ein bisschen Angst.«

»Hast du dich schon für ein Brautkleid entschieden?«

»Machst du Witze? Bei allem, was hier gerade los ist? Mit Bertie?«

»Aber du und Hugo … korrigier mich, wenn ich falschliege, aber wart ihr beide nicht shoppen?«

»Ja. Kleider. Aber ein Brautkleid ist eine andere Nummer.«

»Dann solltest du dich lieber beeilen. Die Kirche ist für Ende nächster Woche reserviert.«

»Hä?«

»Ich hätte gedacht, Lady Mansfield würde eher so etwas wie *Pardon* sagen.«

Obwohl mir klar ist, dass das ein Scherz war, kann ich nicht darüber lachen.

»Ende nächster Woche? Aber wir können doch unmöglich … Was ist mit Bertie? Und dein Vater … der Prozess. Und Anise … Es ist doch viel zu früh.«

»Nein, ist es nicht.« Patrick zieht mich an sich. »Genau das braucht diese Familie. Meine Großmutter hat vollkommen recht. Wir brauchen einen anständigen Anlass zum Feiern. Etwas, das uns zusammenschweißt und uns daran erinnert, dass es immer noch viel Schönes auf der Welt gibt.«

»Aber Ende nächster Woche. Ich muss Einladungen verschicken. Meine Freunde müssen zusehen, dass sie freibekommen und herfahren.«

»Nein, um die Fahrt kümmere ich mich, und ich komme gern dafür auf, falls jemand einen Ersatz braucht, weil er unabkömmlich ist.«

Ich muss grinsen. »So ist es also, reich zu sein, ja? Alle Probleme im Handumdrehen gelöst.«

»Glaub mir, auch Reiche haben Probleme, nur eben andere.«

»Trotzdem …« Ich beiße mir auf die Lippe. »Es geht zu schnell.«

Zärtlich zieht er an meiner Lippe. »Keine Sorge, Seraphina, ich verspreche dir, dass mit der Hochzeit alles wunderbar klappen wird.«

»Gut, dann bleibt nur noch Bertie, um den ich mir Sorgen machen muss.«

36

Während der nächsten Tage erwähnt Bertie seine Mutter mit keiner Silbe mehr. Ich vermute, dass er kein Bedürfnis hat, noch einmal auf die Thornburn-Farm zurückzukehren. Und er will mir auch nicht erzählen, wie es war.

Es scheint, als würde sich unsere Beziehung wieder ein wenig festigen. Er isst brav und scheint Gefallen an unseren nachmittäglichen Streifzügen durch den Wald zu finden.

Wir sind wie eine kleine Familie – Patrick, Bertie und ich, und ich habe das Gefühl, als würde Bertie diese Vertrautheit guttun.

Eines Nachmittags, auf dem Rückweg von einem unserer Ausflüge, überqueren wir gerade den Rasenstreifen vor dem Schloss, als ein lautes Dröhnen ertönt.

Bertie nimmt meine Hand und umklammert sie.

Ein Riesenlaster kommt die Einfahrt heraufgeprescht, sodass die Kiesel nur so spritzen.

Patrick bleibt abrupt stehen und zückt sein Gewehr.

»Wer ist das?«, frage ich.

»Zumindest keiner, den ich eingeladen habe. Bring Bertie rein.«

»Aber Patrick …«

»Mummy!«, ruft Bertie.

»Was?« Mit zusammengekniffenen Augen spähe ich die Einfahrt entlang.

»Los, rein!«, knurrt Patrick.

Ich versuche, Bertie mit mir zu ziehen, aber er wehrt sich mit Händen und Füßen.

Wenige Meter vor uns kommt der Truck schlitternd zum Stehen.

O mein Gott, Bertie hat recht.

Hinter dem Steuer sitzt Regan Thornburn und neben ihm Anise.

»Mummy!«, schreit Bertie.

Er versucht, sich loszureißen, aber ich halte ihn fest.

Regan Thornburn öffnet die Tür und springt heraus. Der Kies knirscht unter den Sohlen seiner Turnschuhe.

»Was willst du hier, Thornburn?«, fragt Patrick.

»Ich hab Neuigkeiten für dich, Mansfield.« Regan lacht.

»Was ist los?«

Regan sieht zu Anise, die immer noch auf dem Beifahrersitz sitzt. »Soll ich es ihm sagen, oder willst du?«

Anise schweigt.

»Okay, dann tue ich es.« Regan grinst.

Nun steigt auch Anise aus, wobei mir auffällt, dass Regan ihr weder die Tür aufhält noch sonst irgendwie hilft.

Sie wirkt teilnahmslos und verängstigt, genauso wie früher, als Dirk sie noch unter der Fuchtel hatte.

»Du hast fünf Sekunden, um deinen Hintern von meinem Grund und Boden zu schaffen, Thornburn«, schreit Patrick, »bevor ich dich wegen unbefugten Betretens abknalle.«

Regan wirft den Kopf in den Nacken und lacht schallend. »Unbefugtes Betreten? Wie sollen wir unbefugt betreten, was uns gehört?«

»Wie bitte?«

»Deine Schwester und ich haben soeben geheiratet. Womit die Hälfte des Schlosses mir gehört.«

Mir bleibt der Mund offen stehen.
Gütiger Gott!

37

Los«, sagt Regan zu Anise. »Gehen wir rein.«

»Ein Schritt und ich blase dir die Rübe weg«, droht Patrick und zielt.

Wieder lacht Regan. »Wenn du im Knast landen willst, nur zu.«

»Ich verteidige nur mein Eigentum.«

»Dessen eine Hälfte jetzt mir gehört, Mansfield.«

»Anise gehört nicht die Hälfte des Schlosses, völlig egal, ob du sie nun geheiratet hast oder nicht. Sondern meinem Vater. Und mir die andere Hälfte.«

»Seit heute Morgen nicht mehr. Dein Vater hat seine Hälfte Anise überschrieben. Wenn du mir nicht glaubst, kannst du gern deine Schwester fragen.«

Anise nickt. Sie ist bleich. »Es ist wahr, Patrick. Vater hat alles arrangiert. Mir gehört jetzt die Hälfte des Schlosses. Und Regan ist mein Ehemann.«

Eine tiefe Furche gräbt sich in Patricks Stirn. »Anise, wie konntest du so dumm sein …«

»Du sprichst mit meiner Frau, Mansfield. Ich erwarte in Zukunft etwas mehr Höflichkeit uns gegenüber. Ich bin immerhin dein Schwager.«

Patrick ballt die Fäuste.

»Aus dem Weg«, befiehlt Regan. »Ich habe es dir schon mal gesagt, die Hälfte von all dem gehört mir.«

»Er hat recht, Patrick«, bestätigt Anise. »Bitte streitet euch nicht. Nicht vor Bertie. Was er sagt, ist wahr.«

»Kann Regan so etwas tun?«, frage ich. »Ist das legal?«

»Sieht ganz so aus«, antwortet Patrick. »Hör zu, Thornburn, du magst dir die Hälfte eines Schlosses unter den Nagel gerissen haben. Vorläufig. Trotzdem ist es bloß die Hälfte. Der Westflügel steht nicht zur Verfügung. Du wirst so lange im Ostflügel bleiben, bis ich einen Weg gefunden habe, dich vor die Tür zu setzen.«

»Im Ostflügel?« Regan kratzt sich den Bart.

»Er ist alt und zugig«, erklärt Patrick. »Und leicht zu überwachen.«

»Angenommen, ich sage, dass ich den Ostflügel nicht will«, meint Regan. »Was willst du dagegen tun?«

»Ich muss gar nichts tun. Ich bin als Eigentümer eingetragen und kann daher die Hälfte behalten, die ich bereits bewohne.«

Regan scheint darüber nachzudenken. »Du und deine schönen Worte. Wunderbar. Dann nehmen wir den Ostflügel.«

»Anise kennt den Weg«, sagt Patrick.

»Gut, dann wollen wir uns mal häuslich einrichten. Es gibt hier doch eine Haushälterin, richtig? Sag ihr, sie soll das Gepäck reintragen.« Er gibt Anise einen Klaps auf den Hintern. »Los, Frauchen. Zeig mal, wo's hier lang geht.«

Anise wirft Bertie einen gequälten Blick zu, folgt jedoch Regan in den Ostflügel.

Ich spüre Berties Zorn förmlich durch seine Fingerspitzen.

Mit finsterer Miene sieht er seiner Mutter hinterher, dann

rennt er hinein, reißt einen Wandteppich herunter und beginnt, kreischend darauf herumzustampfen.

Ich packe ihn und halte ihn fest, aber es dauert einige Zeit, bis er sich beruhigt hat.

Schließlich erschlafft er in meinen Armen wie eine Gliederpuppe.

»Wenigstens ist sie hier«, sage ich leise. »Näher bei dir.«

»Es ist genauso wie früher«, sagt er. »Mit Großvater. Er sagt ihr immer, was sie tun soll. Und sie hat zu große Angst zu sagen, dass sie mich will.«

»Nein«, widerspreche ich. »Jetzt ist es anders. Weil ich hier bin. Und ich gehe auch nicht wieder weg. Okay, Bertie?«

»Bleib bei mir, Sera«, flüstert er. »Bitte, bleib bei mir.«

38

Den Rest des Nachmittags bringt Patrick damit zu, Überwachungskameras zu installieren und Zufahrtswege zu überprüfen.

Gegen Abend haben wir zwei weitere Gäste: Blake und Riley Thornburn.

Louise, die sie in der Halle in Empfang nimmt, scheint alles andere als erfreut zu sein, gibt sich aber große Mühe, höflich zu bleiben.

Patrick, Grey und ich essen gebackenen Camembert und knuspriges Baguette dazu, während Bertie mit seinen Alphabet-Spaghetti herumspielt.

Wila und Danny haben bereits früher zu Abend gegessen und sich in Dannys Zimmer zurückgezogen.

Blake grinst, als er mich sieht.

»Soso, Lady Mansfield. Wird mit jedem Tag schöner.«

Riley lässt den Blick über die breiten Holztische schweifen. »Wo ist Regan?«, fragt er barsch.

»Hoffentlich ganz weit weg«, antwortet Patrick.

Riley ballt die Fäuste.

Patrick steht auf.

Ich packe ihn am Ärmel und ziehe ihn zurück. »Nicht.«

Patrick starrt die beiden Brüder finster an.

»So ist es brav, Mansfield. Immer schön tun, was Frauchen sagt.«

»Mit Vergnügen.« Patrick fixiert Riley.

»Wo gibt's hier den Fraß?« Riley schnippt mit den Fingern, als er Vicky in der Küche erspäht. »Bringst du uns was, oder wie?«

Grey springt auf. »Vorsicht, Bikerboy. Benimm dich, sonst gehen wir zwei mal vor die Tür.«

»Vor die Tür gehen? Ich kann dir gern auch gleich hier den Kopf abreißen, wenn du Lust hast.«

Grey hebt eine Braue. »Wir wissen beide, dass du dich bloß blamieren würdest.«

Vickys Kopf erscheint in der Durchreiche. »Kann ich Ihnen helfen, Gentlemen?«, fragt sie zuckersüß.

»Klar, Süße. Braten, Pommes und eine doppelte Portion Bohnen, und zwar ein bisschen plötzlich.«

»Geht's auch ein bisschen netter?« Greys Augen funkeln.

»Das kannst du vergessen«, gibt Riley zurück und stützt sich mit dem Ellbogen an der Durchreiche ab.

»Du hast drei Sekunden.« Grey durchquert den Saal mit beängstigender Geschwindigkeit.

»Schon gut, schon gut.« Rileys Augen weiten sich.
»Eins, zwei …«
»Bitte. Bitte!«
»Schon besser.«
Vicky lächelt Grey verstohlen zu.

39

Die beiden Brüder ziehen sich an einen Tisch in der Ecke zurück. Riley reißt riesige Stücke von seinem Brot ab und schlingt sein Essen wie ein halb verhungerter Wolf hinunter.

Blake sieht herüber und lächelt.

»Das hat mein Vater sehr geschickt eingefädelt«, bemerkt Patrick mit finsterer Miene. »Jetzt hat er uns genau da, wo er uns haben wollte. Unter Belagerung.«

»Aber wir können doch jederzeit gehen«, wende ich ein.

»Ich würde das Schloss niemals den Thornburns überlassen. Das weiß mein Vater ganz genau.«

Rab tritt an unseren Tisch und setzt sich. »Ein Wort und ich breche den Typen das Genick, Patrick. Ich war schon so oft im Gefängnis, dass es auf ein weiteres Mal nicht ankommt.«

»Verlockender Gedanke.« Patrick legt die Hand auf Rabs bulligen Arm. »Aber Regan gehört die Hälfte, ob es mir nun gefällt oder nicht, deshalb können seine Brüder bleiben.«

»Nicht wenn sie tot sind.«

Patrick lacht. »Darüber habe ich auch schon nachgedacht. Aber genau das will mein Vater ja erreichen. Dass wir uns selbst ein Bein stellen. Damit würden wir ihm geradewegs in die Hände spielen. Aber diese Genugtuung will ich ihm nicht geben.«

»Sie sind ein tapferer Mann, Patrick. Tapferer als ich. Trotzdem lasse ich noch ein paar Leute kommen, um sicherzugehen, dass der Westflügel unter Kontrolle ist.«

»Aber seien Sie vorsichtig«, warnt Patrick. »Die Thornburns sollen nicht glauben, sie seien in der Unterzahl, sonst schleppen sie auch noch ihre eigenen Leute an.«

»Auch wieder wahr.« Rab salutiert und verschwindet.

Mir fällt auf, dass Grey immer noch vor der Durchreiche steht und Vicky beim Kochen zusieht.

»Glaubst du, Grey könnte ernsthaftes Interesse an ihr haben?«, frage ich Patrick.

»Sieht ganz so aus. Irgendwann muss er sich ja mal entscheiden. So habe ich ihn jedenfalls noch nie erlebt.«

40

Ich bringe Bertie zu Bett, dann sehe ich bei Wila vorbei.

Sie liegt immer noch in ihrem Ballett-Outfit mit Patricks iPad auf dem Bett.

»Wie lief das Training?«, frage ich.

»Schwierig«, antwortet sie. »Ich bin jetzt schon aus der Übung.« Sie beißt sich auf die Unterlippe.

Lächelnd setze ich mich zu ihr.

»Hey.« Ich tippe mit dem Finger gegen ihre Lippe. »Schlechte Angewohnheit. Die hast du von mir.«

Wila lacht. »Ich weiß. Du machst das auch immer, wenn du nervös bist.«

»Genauso wie du. Was macht dich denn gerade nervös?« Ich lege den Arm um sie.

»Ich wollte dich etwas fragen.«

»Was denn?«

»Ich wollte ... Hättest du etwas dagegen, wenn ich wieder zur Schule gehe?«

»Du willst zurück? Aber dieser grauenhafte Lehrer ...«

»Natürlich habe ich keine Lust, ihm über den Weg zu laufen, aber es wird mir nichts anderes übrig bleiben, wenn ich mit dem Ballett weitermachen will. Und es fehlt mir so, Pheeny. Hier ist es echt schön, aber ich komme fast um vor Sehnsucht.«

»Aber du kannst unmöglich zurückgehen, solange er noch dort unterrichtet, Lala.«

»Es ist alles so peinlich«, sagt sie. »Ich will nicht, dass es jemand erfährt. Das ist alles. Ich will einfach bloß vergessen, dass es passiert ist.«

»Okay, Wila, ich werde mit der Rektorin reden. Wenn du zurückwillst, sorge ich dafür, dass dieser Kerl nicht länger dort unterrichtet.«

»Nein, bitte tu das nicht«, bettelt Wila. »Dann erfährt es bloß die Rektorin, und das ist viel zu peinlich.«

»Was passiert ist, war nicht deine Schuld. Du bist jung, und er hat deine Wehrlosigkeit ausgenutzt. Das wird die Rektorin verstehen, das verspreche ich dir.«

»Bist du sicher?«

»Absolut. Ich rufe sie an und erkläre ihr alles. Und dann sorge ich dafür, dass der Kerl vor die Tür gesetzt wird. Danach kannst du wieder zurück. Okay?«

»Okay.«

»Du hast völlig recht, Wila. Du bist so talentiert, außerdem musst du bei deinen Freundinnen sein und weiter üben. Du bist so gut, Wila, absolut fantastisch.«

»Du auch.« Wila schlingt die Arme um mich. »Die beste große Schwester auf der Welt.«

41

Gleich am nächsten Morgen gehe ich in die Bibliothek, um Mrs Gallant, die Schulleiterin, anzurufen, während Patrick Bertie auf einen Spaziergang mitnimmt.

Beim zweiten Läuten hebt sie ab. »Schulleitung Prince Regent Academy.«

»Äh … hi.« Dieser geschäftsmäßige Ton macht mich jedes Mal ein bisschen unsicher. »Hier spricht Wilas große Schwester, Seraphina Harper.«

»Hallo.« Pause. »Gibt es schon wieder Probleme mit dem Schulgeld? Denn falls ja, habe ich Ihnen ja bereits erklärt …«

»Nein«, unterbreche ich sie. »Ich rufe wegen etwas anderem an.«

»Aha?«

»Ihnen ist wahrscheinlich aufgefallen, dass Wila seit ein paar Tagen nicht mehr an der Schule ist«

»Ja, ich habe davon erfahren. Emotionale Probleme, wurde mir gesagt. Allerdings kam mir noch ein anderes Gerücht zu Ohren …«

»Es wird doch nicht etwa über meine kleine Schwester geklatscht.« Ich spüre, wie die Wut in mir zu brodeln beginnt.

Ruhig, Sera, ganz ruhig.

Ich muss dringend mein Temperament unter Kontrolle bekommen.

»Das nicht«, wiegelt Mrs Gallant ab. »Wir waren nur etwas in Sorge um sie, das ist alles.«

»Oh.« Mit dieser Erwiderung hätte ich nicht gerechnet. »Also, es geht um Folgendes. Einer Ihrer Lehrer … er hat sich ihr in unangemessener Weise genähert.«

Stille.

»Er und Wila … sie hatten eine Art Beziehung. Was gegen die Vorschriften verstößt. Und … ich denke, er sollte nicht länger bei Ihnen unterrichten.«

Immer noch Stille.

»Mrs Gallant?«

»Ja, ja, ich bin noch dran. Ich … ja, es gab tatsächlich Gerüchte. Und ich weiß auch, um welche unserer Lehrkräfte es sich handelt. Wila ist ein anständiges Mädchen. Keine, die lügt.«

»Nein, das ist sie absolut nicht!«, sage ich eine Spur zu laut.

Ruhe, Sera, immer mit der Ruhe.

»Wir bemühen uns nach Kräften, unsere Schülerinnen zu beschützen«, fährt Mrs Gallant fort. »Ich werde mich der Angelegenheit mit dem erforderlichen Ernst widmen und eine umfassende Untersuchung anordnen, Miss Harper. Wenn Ihre Schwester mit mir reden würde …«

»Genau das möchte Wila nicht, Mrs Gallant. Das Ganze ist ihr schrecklich peinlich. Sie will es nur so schnell wie möglich vergessen.«

»Das verstehe ich natürlich«, sagt Mrs Gallant sanft.

»Ihre Schwester ist eine reizende junge Dame. Freundlich, rücksichtsvoll und eine wundervolle Tänzerin. Ich war sehr traurig, sie in den letzten Tagen nicht bei uns zu haben.«

»Sie möchte so gern zurückkommen, sogar unbedingt. Aber ich kann das nicht zulassen, solange dieser Lehrer noch da ist, das verstehen Sie doch, oder?«

»Durchaus. Ich versichere Ihnen, Miss Harper, dass ich mich darum kümmern werde. Wila kann morgen wieder zurückkommen, und der betreffende Lehrer wird noch heute unser Institut verlassen.«

»Danke.«

»Ich werde allerdings die Polizei einschalten müssen, das ist Ihnen doch klar, oder?«

»Ja, aber könnten Sie Wilas Namen vielleicht heraushalten? Sie will das alles nicht. Und sie hat schon genug durchgemacht.«

»Ich werde dafür sorgen.«

»Danke.«

»Ach ja, Miss Harper.«

»Mrs Gallant?«

»Wie ich höre, darf man gratulieren. Mir ist zu Ohren gekommen, dass Sie sich verlobt haben. Noch dazu mit Lord Patrick Mansfield.«

Ich lache. »Wow, die Nachrichten verbreiten sich ja schnell.«

»Es stand heute Morgen in der Zeitung«, erklärt sie. »Daher wird wohl bald jeder im Land Bescheid wissen.«

»Prima, das ist ja genau das, was ich brauche.«

»Nun ja, jedenfalls möchte ich Ihnen meine Glückwünsche aussprechen. Wann findet die Hochzeit statt?«

»In ein paar Tagen, sagt Patrick.«

»Gütiger Himmel! Das ist aber nicht viel Zeit für eine so große Hochzeit. Wie ich höre, findet die Trauung in der größten Kathedrale Schottlands statt.«

»Das stimmt, aber …«

»Na, wenn das keine große Hochzeit ist, weiß ich auch nicht.«

»Da haben Sie wohl recht.« Ich schlucke.

»Nun ja, sollten Sie eine Ballett-Truppe für die Feier benötigen, sagen Sie mir Bescheid.«

Als ich nach unten gehe, um nach Patrick und Bertie Ausschau zu halten, höre ich eine vertraute Stimme aus der Lounge dringen.

»Ja, ja, aber Madam ist der Ansicht, dass sie keine weitere Behandlung braucht, deshalb wünsche ich Ihnen noch einen schönen Tag. Auf Wiederhören.«

Daphne.

Lächelnd spähe ich um die Ecke, wo Daphne mit dem Handy am Ohr auf dem Sofa sitzt. Als sie mich sieht, lässt sie es sinken und strahlt mich an.

»Hi, Daphne, wie schön, dass du wieder hier bist. Wann bist du angekommen?«

»Erst gerade.« Daphne trägt ein langes, fließendes lavendelfarbenes Kleid, das eigentlich zu dünn für die Jahreszeit ist, was sie jedoch nicht zu stören scheint. Ihre cremefarbenen Ballerinas stehen vor dem Sofa, und sie hat ihre nackten Füße angezogen. »Ich freue mich auch, dich zu sehen, Seraphina. Ich bin entzückt, dass mein Sohn dir einen Antrag gemacht hat und ihr beide schon so bald heiraten werdet. Damit wirst du meine Tochter.«

Ich werde rot. »Oh, nun ja, wie schön, dass du das so siehst.«

»Das tue ich.« Sie sieht mich freundlich an. »Es ist wunderbar, dich schon bald in dieser Familie zu haben. Ganz im Gegensatz zu dem jüngsten Zuwachs, der sich offenbar neuerdings hier breitmacht.«

»Du meinst Regan Thornburn?«

»Igitt, allein wenn ich diesen Namen höre, wird mir schon ganz anders. Was hat er nur mit unserer kleinen Anise angestellt? Das ist alles meine Schuld. Ich hätte mich besser um sie kümmern müssen. Sie unterstützen. Sie ist so labil. Ich hätte wissen müssen, wie wehrlos und beeinflussbar sie ist.«

»Sie ist eine erwachsene Frau«, halte ich dagegen, »die ihre eigenen Entscheidungen treffen kann.«

»Da bin ich mir nicht so sicher«, widerspricht Daphne. »Körperlich vielleicht, aber mental ist sie weit davon entfernt, erwachsen zu sein. Dirk hat sie viel zu lange unter seiner Fuchtel gehalten, das arme Ding war ja wie ein Vogel im Käfig. Sie hatte nie die Chance, wirklich erwachsen zu werden. Und das hat dieser Regan offenbar gemerkt und sich zunutze gemacht.«

»Von mir wirst du ganz bestimmt kein positives Wort über Regan Thornburn hören.«

»Oh, du kennst ihn also?«

Erst jetzt wird mir klar, dass sie keine Ahnung hat, was passiert ist. Und ich beschließe, es ihr lieber nicht zu erzählen.

Die Erkenntnis, dass Anise und Bertie den Thornburns schutzlos ausgeliefert waren, würde sie nur unnötig schmerzen.

»Na ja … flüchtig, aber ich habe das eine oder andere Mal erlebt, wie er sich hier benommen hat.«

»Ein schrecklicher Kerl, nicht? Aber nun ja, die beiden sind verheiratet.«

»Allerdings.«

»Und haben sich offenbar die Hälfte des Schlosses unter den Nagel gerissen.«

»So ist es.«

»Da muss mein Exmann seine Finger dringehabt haben. Sehe ich das richtig?«

»Allerdings.«

»Ich hätte ihm Gift in den Tee geben sollen, als ich Gelegenheit dazu hatte.«

Ich breche in Gelächter aus. »Ich bin so froh, dass du hier bist, Daphne.«

»Ich würde ja gern sagen, dass ich es auch bin, aber jetzt, da diese Thornburns hier überall herumschleichen …«

»Ich weiß. Blake ist ja ganz okay, aber die beiden anderen.«

»Also …« Daphne schlägt sich mit den Händen auf die Knie. »Weißt du zufällig, wo mein Enkel ist? Er hat mir so gefehlt, und ich würde gern etwas mit ihm unternehmen.«

»Bestimmt würde er das auch gern tun. Sollen wir alle zusammen losziehen?«

»Du wirst nirgendwo hinziehen«, meint sie lächelnd, »weil Hugo Paul heute herkommt und dich zum Brautkleidkaufen abholt.«

»Wirklich?«

»O ja. Du, junge Dame, solltest zusehen, dass du schleunigst ein hübsches Kleid findest. Die Hochzeit steht praktisch schon vor der Tür.«

»Das ist wohl wahr. Ich sollte mich wirklich darum kümmern, aber vielleicht muss die Hochzeit ja verschoben werden, jetzt, da die Thornburns plötzlich hier sind und all das.«

»Nein, nein, nein«, wiegelt Daphne ab. »Die Hochzeit muss bald stattfinden. Wegen May. Außerdem will die Öffentlichkeit endlich wissen, wen Patrick sich als Frau gewählt hat. Abgesehen davon fand ich Winterhochzeiten schon immer besonders reizvoll. Neues Jahr, neues Glück. Ein Neubeginn auf der ganzen Linie.«

»Ein Neubeginn wird es für mich, das auf jeden Fall. Seraphina Harper, eine ganz normale Bürgerliche, wird zu einer Lady. Und unter uns – ich habe so was von die Hosen voll.«

Daphne lacht. »Als ich noch so jung war wie du, ging es mir genauso. Eine Lady zu werden, das war ziemlich beängstigend. Würde ich auch das Richtige sagen, das Richtige tun? Aber zum Glück habe ich gelernt, dass es als Lady in erster Linie darum geht, Gutes zu tun und an andere zu denken. Inzwischen denke ich, dass ich den Titel mehr verdiene als Dirk. Ein guter Mensch zu sein, das ist es, was wirklich zählt. Und im Grunde kannst du gar nichts falsch machen.«

»Das sagt Patrick mir auch immer wieder, trotzdem bin ich nervös. All die Erwartungen, die an mich geknüpft sind …«

»Und du wirst sie alle mehr als erfüllen. Sieh dich bloß mal an … bildschön, jung, mutig. Die Menschen werden dich lieben. Aber jetzt zum Thema Kleid – hast du schon etwas Konkretes im Auge?«

»Gar nichts. Wichtig ist nur, dass es zu mir passen muss. Ich will mich nicht verkleiden.«

»Hugo wird garantiert das perfekte Kleid für dich finden«, beteuert Daphne. »Glaub mir. Ich kenne ihn eine halbe Ewigkeit, und in Modefragen hat er mich immer gut beraten. Er sieht, was in uns Frauen steckt, und holt es ans Licht. So, und jetzt gehen wir meinen Enkel suchen.«

42

Die beiden sind soeben von ihrem Spaziergang zurück. Patrick legt mir den Arm um die Schultern, während Daphne Bertie in ihren Wagen verfrachtet, um mit ihm ins Dorf zu fahren. »Du hast Angst um ihn, stimmt's?«

Ich lächle. »Du solltest Eintritt kassieren – Gedankenlesen ist eine Gabe, die nicht viele haben.«

»Deine Gedanken zu lesen ist das reinste Kinderspiel für mich.«

»Ach ja?«

»Du bist wie ein offenes Buch für mich.« Er streicht mit den Lippen an meinem Hals entlang.

»Aber nur, wenn du auch weißt, wie man es öffnet«, hauche ich.

»Ich glaube, das weiß ich ganz genau.«

Er löst sich von mir und blickt stirnrunzelnd zum Ende der Auffahrt. Ein winziger grüner Wagen kommt angefahren.

»Wer ist denn das?«

»Das ist bloß Hugo. Der einzige Mensch auf der Welt, der auf die Idee kommt, in einem hundsmiserabel gefederten Elektroauto in Schottland herumzugondeln.«

»Aber ein Elektroauto ist doch gut für die Umwelt.«

»Hier draußen auf dem Land braucht man einen anständigen Wagen und kein Spielzeugauto.«

»Und ich dachte immer, du liebst das Land.«

»Das tue ich auch, aber man muss auch praktisch denken.«

Wir lächeln uns an.

Patrick beugt sich vor, um mich zu küssen, als die Hupe des kleinen Wagens ertönt.

Hugo hält direkt vor uns an und steigt aus. »Okay, ihr Turteltäubchen, hebt euch das für die Hochzeitsnacht auf.«

Er trägt einen schmal geschnittenen schwarzen Anzug, ein rosa Hemd mit silbernen Manschettenknöpfen, einen Stetson und eine dunkelgrüne Sonnenbrille, passend zur Farbe seines Wagens.

»Hugo, wie schön, Sie wiederzusehen«, rufe ich.

Er küsst mich auf beide Wangen. »Und ich freue mich, Sie zu sehen, meine Liebe. Und Lord Mansfield natürlich auch.« Er küsst auch Patrick auf beide Wangen. »Wie immer ein Vergnügen. Ich bin nach wie vor mit deinem Anzug beschäftigt. Ich hätte nicht gedacht, dass du so eine große Auswahl bestellen würdest. Dem Schneider werden vermutlich die Finger bluten, wenn er fertig ist.«

»So *viele*?« Ich sehe Patrick fragend an.

»Ich wollte das Richtige haben«, sagt er.

»Oh, und er war ja so was von nervös«, fährt Hugo fort und tätschelt seinen Arm. »So habe ich ihn noch nie erlebt. Sonst ging es immer nur – zack, zack, den, diesen und den hier, nach dem Motto: Ich habe keine Zeit für diesen Unsinn, es ist doch bloß ein Kleidungsstück. Aber diesmal …«

»Ja, ja, ist schon gut, Hugo«, wiegelt Patrick ab. »Sie hat schon verstanden.«

Ich habe Mühe, mir ein Lachen zu verbeißen.

»Hör auf damit!«

»Entschuldige.« Ich bemühe mich um eine ernste Miene. »Die Vorstellung, dass du dir Gedanken über Kleider machst, ist nur so lustig.«

»Natürlich mache ich mir Gedanken«, gibt er empört zurück. »Immerhin ist das der wichtigste Tag deines Lebens. Deshalb muss alles perfekt sein.«

»Der wichtigste Tag meines Lebens?«, wiederhole ich. »Was ist mit der Geburt unserer Kinder?«

Patrick lächelt. »Na gut, der zweitwichtigste. Aber trotzdem ist er wichtig.«

»Es macht mich ganz nervös, wenn du so etwas sagst.«

»Wieso?«

»Weil … ich will es nicht vermasseln. Wenn es so wichtig ist.«

»Vermasseln? Wie könntest du jemals etwas vermasseln?«

»Keine Ahnung, indem ich das Falsche sage, nicht weiß, wo ich stehen soll oder so was. Zu spät komme. All diese Formalitäten, das Protokoll … von all dem habe ich doch keine Ahnung. Können wir nicht einfach nach Vegas durchbrennen?«

»Nein, es muss eine anständige Hochzeit geben. Immerhin wirst du Lady Mansfield. Was würden die Leute denken, wenn wir keine richtige Hochzeit feiern? Sie würden glauben, dass ich dich nicht respektiere. Dass du in Wahrheit nicht die Richtige bist. Aber genau das bist du.«

Ich atme tief ein und aus. Ja. Leider immer noch nervös.

Patrick nimmt meine Hand und drückt sie. »Vertrau mir, du machst das schon.«

In diesem Moment rollt eine Limousine aus der Richtung der Ställe heran.

»Ah, unsere Kutsche«, sagt Hugo und klatscht in die Hände. »Lasset die Spiele beginnen!«

Das Brautmodengeschäft, in das Hugo mich schleppt, ist hell erleuchtet, und überall stehen frische weiße Rosen.

Wir nehmen auf weißen Lederpuffs Platz, nippen an Erdbeer-Martinis und warten auf jemanden, der ein »Farbprofil« von mir erstellen soll, was auch immer das sein mag.

»Und? Immer noch aufgeregt, Liebes?«, erkundigt sich Hugo.

»Es lässt allmählich nach.« Ich hebe mein halb leeres Glas. »Keine Ahnung, woran das liegt …«

Hugo kichert. »Alkohol! Das Allheilmittel! Aber Sie haben keinerlei Grund, nervös zu sein. Genießen Sie den Tag. Heute ist der Tag, an dem Sie Ihr Brautkleid kennenlernen werden.«

»Aber was ist, wenn ich nichts finde?«, frage ich.

Hugo tätschelt beruhigend meine Hand. »Das werden Sie, Schätzchen, garantiert.«

Eine Frau in einem rosa Kostüm, toupierten blonden Haaren, leuchtend rosa Lippenstift und Strahlelächeln tritt zu uns.

Sie ist um die vierzig und scheint schrecklich nett zu sein – die Sorte Frau, der man zutraut, dass sie mit liebevoller Hand einen Stall voller Kinder großzieht.

»Hallo, junge Dame«, begrüßt sie mich strahlend und

quetscht sich auf einen der Puffs neben mir. »Ich bin Amanda und heute für Ihre Farben zuständig.«

Ihre Brillantringe funkeln, als sie mir die Hand schüttelt.

»Dann wollen wir uns mal ansehen, was wir hier haben. Seraphina, richtig?«

»Ja«, antworte ich, während sie mein Kinn umfasst und mich prüfend im hellen Licht betrachtet.

»Sehr gute Haut, Seraphina. Makellos. Bestimmt ernähren Sie sich gesund und trinken viel Wasser, ja?«

»Eher nicht«, gestehe ich. »Ich sollte es, tue es aber nicht.«

»Dann haben Sie gute Gene«, meint sie lächelnd. »Und dieses Haar! Wie ein herrlicher Sonnenuntergang. Ich würde alles darum geben, rote Haare zu haben.«

»Das sagen viele, aber in Wahrheit wurde ich in der Schule oft deswegen gehänselt. Und meine Wimpern – sie sind so hell.«

»Ach, hören Sie auf!« Amanda winkt ab. »Sie sehen atemberaubend aus. Absolut atemberaubend. Ich kann es kaum erwarten, Sie in einem Kleid zu sehen. Also, dann wollen wir doch mal ein paar Farben ausprobieren.«

Sie schiebt mein Haar über die Schulter, nimmt ein Buch mit Stoffmustern zur Hand und beginnt zu blättern.

»Hm, rot, rot, rot«, murmelt sie, hält bei einem orangefarbenen Stoffstück inne und legt es mir auf die Brust. »Dachte ich mir's doch. Atemberaubend. Probieren wir noch ein paar andere aus.«

»Kriege ich etwa ein orangefarbenes Brautkleid?«, frage ich.

Amanda lacht. »Nein, Schätzchen, wir legen nur ihren Farbtyp fest. Welche Jahreszeit Sie sind.«

»Jahreszeit?«

»Ja, jeder Mensch ist farblich einer bestimmten Jahreszeit zugeordnet, die wiederum Farben enthält, die einem am besten stehen.« Sie berührt ihr blondes Haar. »Ich bin Sommertyp, Hugo ist Winter und Sie wohl Herbst, wie es aussieht.«

Sie testet ein paar weitere Stoffproben an mir – dunkles Tannengrün und ein sattes Schokobraun.

»Ja, ich hab's gewusst. Herbst. Eigentlich brauche ich die Stoffproben gar nicht, aber sicher ist sicher.«

Sie blättert ans Ende des Buches zu den Weiß- und Cremetönen.

»Nein, nein, auch nein«, murmelt sie. »Zu hell. Das macht Sie blass! Ah, hier … das ist perfekt. Ein bisschen mehr Creme, aber nicht zu sehr.«

Sie legt ein sahnig-weißes Stoffstück auf meine Schulter und nimmt mein Gesicht in Augenschein.

»Hugo?«, fragt sie lächelnd.

»Perfekt!« Hugo faltet begeistert die Hände.

»Das lässt sie richtig strahlen, stimmt's?«

»Absolut. Und dieser seidige Unterton – genau richtig.«

»Das hebt den Elfenbeinton Ihrer Haut ganz wunderbar hervor. Und die Braun- und Rottöne in Ihren Augen. Wunderschön. Ein echter Traum. Das ist es. Sie beide gönnen sich erst einmal noch einen schönen Cocktail, während ich ein paar Kleider heraussuche.«

43

Zehn Minuten später rollt Amanda einen Ständer mit cremefarbenen Brautkleidern herein.

Einige sind auf Figur geschnitten, andere wahre Prachtstücke aus Spitze, Taft und mit langen Schleppen.

Amanda streicht mit der Hand über die Kleider. »Hier hätten wir eine wunderschöne Auswahl, Seraphina. Traumhafte Roben. Warten Sie's ab. Also, welches würden Sie gern als Erstes probieren?«

Ich trete vor den Ständer, zupfe hier, streiche dort über Falten und Rüschen.

»Sie sind alle sehr hübsch, eigentlich viel zu schön für mich. Ich habe fast Angst, sie schmutzig zu machen.«

»Unsinn«, wiegelt Amanda ab. »Los, welches möchten Sie als Erstes probieren?«

Meine Finger verharren auf einem langen Kleid aus Slinkyseide – zumindest glaube ich, dass man den Stoff so nennt. Es ist schlicht, erinnert fast an ein Nachthemd, aber trotzdem ist es elegant und bildschön. Und es ist nicht so protzig. Aber passt es auch zu mir?

»Dieses hier?« Amanda nimmt das Kleid vom Bügel. »Eine ausgezeichnete Wahl. Chamie Delta ist die Designerin. Schon viele junge Damen der High Society haben in diesem Kleid geheiratet. Es ist sehr aristokratisch. Geschmackvoll.« Sie hebt eine Braue. »Aber auch ein bisschen sehr brav, finden Sie nicht?«

»Kann sein, aber ich will keinen falschen Eindruck erwecken. Patrick soll stolz auf mich sein.«

»Natürlich wird er stolz sein«, ruft Hugo. »Dieser Mann wäre selbst dann noch stolz auf Sie, wenn Sie in einem Leinensack vor ihm stehen würden.« Er mustert das Kleid stirnrunzelnd. »Amanda hat völlig recht – zu brav. Hübsch, aber unspektakulär. Das kriegen wir besser hin. Das Nächste.«

Ich wende mich wieder dem Ständer zu.

Es gibt viele wunderschöne Kleider – Exemplare, wie ich sie noch nie gesehen habe. Einzigartig und unglaublich geschmackvoll.

Trotzdem springt mir keines davon ins Auge.

Hugo beobachtet mich. »Nichts dabei, was Sie auf Anhieb packt, Schätzchen?«

Ich lächle verlegen. »Na ja, nicht ganz. Aber natürlich sind sie alle wunderschön.«

Amanda geht einige weitere Kleider durch. »Wie wär's hiermit? Elfenbeinfarbene Seide, Spitzenoberteil. Ein bisschen Prinzessin-Kate-mäßig, nicht? Das könnte Ihnen gut stehen, Seraphina.«

Nachdenklich kaue ich auf meiner Lippe und lasse den Stoff durch meine Finger gleiten. »Es ist sehr hübsch, aber …«

»Einfach nicht Seraphina«, beendet Hugo den Satz.

»Genau. Es tut mir so leid, ich habe das Gefühl, als wäre ich furchtbar schwierig.«

»Gar nicht«, wiegelt Hugo ab. »Sie wissen eben nur, was Sie wollen. Und Sie wollen nicht aussehen wie alle anderen, sondern wie Sie selbst, stimmt's?«

»Ja, aber … diese Riesenhochzeit und all das … Im Moment weiß ich gar nicht so genau, wer ich eigentlich bin.«

Ich zwinge mich zu einem Lächeln. »Ich kann Patrick schließlich nicht in einem selbst genähten Rock aus Netzstoff mit Pailletten heiraten, oder?«

»Wieso denn nicht?«

»Das wäre definitiv nicht angemessen. Die Leute wollen eine prächtige Hochzeit. Ich darf sie nicht enttäuschen. Immerhin heiraten wir in der St.-Mary's-Kathedrale, deshalb möchte ich meine Rolle auch ausfüllen, obwohl ich im Moment noch nicht recht weiß, wie.«

Amanda drückt beruhigend meine Hand. »Ich arbeite hier, seit ich ein junges Mädchen bin, und habe schon viele Frauen kommen und gehen gesehen. Prinzessinnen. Herzoginnen. Junge Damen aus sehr wohlhabendem Hause. Und deshalb erkenne ich auf den ersten Blick, wer eine schöne Braut abgibt. Soll ich Ihnen verraten, woran?«

»Gern.«

»Die Mädchen, die innerliche Schönheit besitzen, sind auch äußerlich schön.«

Amanda nimmt ein gerüschtes Seidenkleid mit langer Schleppe vom Ständer und hält es mir vor den Körper, dann dreht sie mich herum, sodass ich mich im Spiegel ansehen kann.

»Ich liebe Brautkleider. Und die Kleider hier bei uns – ich finde, wir haben die schönsten von allen. Aber es sind trotz allem nur Kleider. Das Allerwichtigste ist das Mädchen.«

Sie schiebt mein Haar über die Schulter. »Hält man einem selbstsüchtigen Mädchen ein Kleid hin, wird sie noch viel arroganter, ein unaufrichtiges Mädchen wird noch hinterhältiger und gemeiner. All das habe ich tausendmal beobachtet. Aber ein Mädchen mit einem großen Herzen und innerer Schönheit wird noch schöner aussehen, so als wäre sie geboren worden, um genau dieses Kleid zu tragen. Deshalb brauchen Sie keine Angst zu haben, Seraphina, denn ich sehe Ihnen an, dass Sie ein großes Herz haben.«

Unwillkürlich muss ich lächeln. »Danke, das ist so lieb von Ihnen«, hauche ich.

»Ja, genau.« Hugo steht von seinem Puff auf. »Sie haben völlig recht, Amanda, aber trotzdem sollten wir etwas Gewagteres für unsere Seraphina finden, finden Sie nicht auch? Sie ist keine gewöhnliche langweilige Schönheit, sondern hat ihren eigenen Kopf. Sie ist eine echte Persönlichkeit.«

Amanda lächelt. »Ja, das denke ich auch. Sie kann etwas Gewagtes sehr gut tragen.« Sie überlegt kurz, dann schnippt sie mit den Fingern. »Ich glaube, ich habe genau das Richtige. Moment.«

Minuten später kehrt sie mit einer schlichten weißen Kleiderhülle zurück, die sie vorn am Ständer aufhängt. »Das hier ist von Art Burlay und wurde bei der diesjährigen Winterschau gezeigt. Es ist ein Einzelstück. Der Stoff ist sehr ungewöhnlich – die Schneider haben nicht genug davon bekommen, um gleich mehrere davon anzufertigen. Wir waren nicht sicher, ob wir es reduziert anbieten sollen oder lieber nicht. Schließlich ist es ein Unikat, und wir wollten nicht, dass sich die Kundinnen darum streiten. Aber Sie sind eine ganz besondere Braut, deshalb …«

Sie zieht den Reißverschluss herunter, während Hugo und ich gebannt zusehen, wie ein Traum von Kleid zum Vorschein kommt.

Das Oberteil besteht aus gecrashter Seide und ist auf einer Seite schulterfrei, während sich der Rock aus weichem Tüll über den Boden ergießt wie Champagnerbläschen, die aus einem Flaschenhals sprudeln.

Lange weiße Handschuhe sind am Bügel befestigt.

Unglaublich. Absolut unglaublich.

Vorsichtig streiche ich mit dem Finger darüber und stelle fest, dass der Tüll butterweich ist. So etwas habe ich noch nie gesehen.

»Woher kommt dieser Tüllstoff? Aus dem All?«, frage ich scherzhaft. »Wie kann er so weich sein und gleichzeitig dieses Volumen haben?«

Amanda lächelt. »Es ist ein ganz besonderes Material.«

»Das können Sie laut sagen.«

»Ich glaube, es gefällt ihr«, bemerkt Hugo.

»Ich glaube, es ist wie geschaffen für sie«, bestätigt Amanda.

Ich presse mir die Hand vor den Mund, um mein Kichern zu unterdrücken. »Es ist … perfekt.«

»Zuerst müssen Sie es probieren«, warnt Amanda. »Ich habe schon oft erlebt, dass Mädchen sich in ein Kleid verliebt haben. Aber man muss es immer angezogen sehen.«

»Nein, ich bin sicher, das ist es. Manchmal weiß man es einfach. Und ich weiß es.«

»Tja, dann.« Amanda klatscht in die Hände. »Dann wollen wir Sie mal anziehen und sehen, wie es aussieht.«

44

Augenblicke später steht Amanda hinter mir und schließt die Häkchen der Korsage, während ich mich im Spiegel betrachte und mich beherrschen muss, um nicht wie eine Fünfjährige zu kichern.

Amanda streift mir die Handschuhe über und richtet mein Haar. »Wunderschön«, schwärmt sie. »Der absolute Clou!«

»Es ist perfekt«, bestätige ich. »Es ist unglaublich. Das Kleid passt ganz genau zu mir. Vielen, vielen Dank dafür.«

Ich drücke sie an mich und gebe ihr einen Kuss auf die Wange, dann werfe ich die Arme um Hugo und küsse auch ihn.

»Zerknautschen Sie bloß das Kleid nicht, Mädchen«, warnt er.

»Ach, lassen Sie sie doch«, wiegelt Amanda ab. »Sie muss es doch zu ihrem eigenen machen. Außerdem – was nützt ein Brautkleid, wenn man die Gäste nicht umarmen darf?«

Den Rest des Nachmittags verbringe ich mit Patrick, Bertie, Wila und Daphne, während Danny sich in seinem Zimmer ausruht.

Es regnet, deshalb haben wir es uns vor dem Kamin in der Lounge im Westflügel gemütlich gemacht und spielen Brettspiele.

Louise serviert uns warmen Teekuchen mit Butter und Kakao, ehe sie sich zu einer Partie Mensch-ärgere-Dich-nicht zu uns setzt.

Bertie, der ein klein wenig aufgetaut zu sein scheint, mampft zufrieden seinen Kuchen und sagt sogar ab und zu etwas.

Ich sitze mit dem Rücken gegen Patrick gelehnt, der den Arm um mich gelegt hat und jedes Mal triumphierend die Faust reckt, wenn er jemanden aus dem Spiel gekegelt hat.

»Ich wusste ja gar nicht, dass du so ehrgeizig bist«, sage ich lachend.

»So war er schon als kleiner Junge. Er *muss* einfach gewinnen, selbst bei den blödesten Spielen«, erzählt Daphne. »Er und Jamie haben sich sogar beim Leiterspiel in die Wolle gekriegt.«

»Das kann ich mir gar nicht vorstellen«, sage ich.

»Solltest du auch nicht«, wirft Patrick ein. »Weil es nicht stimmt. Ich wollte überhaupt nicht ständig Erster sein, sondern habe Jamie pausenlos gewinnen lassen.«

»Ja, genau, aber wenn er mal gewonnen hat, ohne dass du es geplant hattest, gab es wilde Streitereien.«

»Eigentlich will doch jeder gewinnen«, meint Patrick.

»Mir ist es egal«, sage ich. »Mir genügt völlig, wenn andere ihren Spaß haben.«

Patrick runzelt die Stirn. »Du bist auch eine Frau. Frauen sind anders, aber Männer müssen immer gewinnen.«

»Auf deinen Vater trifft es jedenfalls zu, vielleicht sogar noch mehr als auf dich«, bemerkt Daphne.

Die beiden tauschen einen bedeutungsvollen Blick.

»Und möglicherweise hat er auch jetzt wieder mal gewonnen. Er hat uns über den Tisch gezogen«, fügt Daphne hinzu.

»Das werden wir noch sehen«, meint Patrick.

Es ist schön – wir alle zusammen hier vor dem Kamin. Aber jemand fehlt.

»Würde es dir gefallen, wenn Mummy auch hier wäre?«, frage ich Bertie.

Bertie nickt.

Patrick schlingt den Arm fester um mich.

»Ohne Regan kommt Anise nicht her«, knurrt er.

»Wer sagt das?«

»Ich. Ich weiß, wie er sie manipuliert. Ich habe es ja bereits miterlebt, als sie sich kennengelernt haben. Der Typ ist ein Kontrollfreak und lässt sie keine Sekunde aus den Augen.«

»Dann muss er eben auch herkommen.«

Patrick lacht freudlos auf. »Vergiss es.«

»Patrick, Bertie will Anise sehen, das ist das Allerwichtigste jetzt. Es steht ihm zu. Und wenn es bedeutet, dass sie noch jemanden mitbringt, den wir nicht hier haben wollen, ist es eben so. Oder?«

»Du weißt doch, was dieser Mann getan hat, oder nicht? Er hätte um ein Haar …«

»Hat er aber nicht«, unterbreche ich mit einem Seitenblick auf Daphne.

»Ich lasse ihn nicht in die Nähe meines Neffen.«

»Patrick, ich verstehe dich ja, glaub mir. Mir geht es ganz genauso. Aber Bertie braucht den Kontakt zu Anise. Sie ist immerhin seine Mutter. Und wir alle sind doch hier, um ihn vor Regan zu beschützen. Okay?«

Patrick starrt finster ins Feuer.

»Bitte, Patrick. Wir müssen es tun. Für Bertie.«

»Also gut.«

45

Zehn Minuten später steht Rab im Türrahmen.

»Patrick. Hier sind die Gäste, die Sie sehen wollten.«

Patrick nickt knapp. »Danke, Rab. Führen Sie sie herein.«

Rab tritt zurück, und Regan kommt hereingestapft.

Sein geschorener Schädel schimmert im Schein des Kronleuchters. Er lässt den Blick durch den Raum schweifen. Als er mich sieht, verzieht sich sein Gesicht zu einem lüsternen Grinsen.

Patrick springt auf. »Benimm dich gefälligst, Thornburn.«

Regan zuckt die Achseln. »Was hab ich denn getan?«

»Das weißt du ganz genau«, blafft Patrick. »Setz dich hin und glotz gefälligst nicht so blöd.«

»Schön ist es hier. Viel schöner als in der eiskalten Bude, in die du deine arme Verwandtschaft gesteckt hast, was, Anise?«

Anise verbirgt sich halb hinter seinem Rücken. »Ja«, piepst sie wie ein verängstigtes Mäuschen.

»Das ist gar nicht nett von einem Bruder, uns so zu behandeln, was? Wenn man es sich mal genau überlegt.«

»Nein.« Anise sieht zu Bertie hinüber.

»Möchtest du dich gern zu Bertie setzen, Anise?«, frage ich.

»Anise kann gern bei mir sitzen.« Regan fläzt sich auf eins der Seidensofas und tätschelt einladend den Platz neben sich. »Oder?«

»Ja.« Anise eilt an seine Seite.

Berties Augen funkeln vor Wut, und er fegt die Figuren vom Brett.

»Bertie, mach doch nicht alles kaputt«, mahnt Daphne.

»Er ist wütend«, sage ich. »Stimmt's? Weil Mummy nicht neben dir sitzen möchte.« Ich sehe zu Regan und Anise hinüber.

Ehrlich gesagt, ärgere ich mich über Anise, bis mir auffällt, dass ihre Hände zittern.

Sie hat Angst, das arme Ding, und weiß nicht, was sie machen soll. Regan hat sie einer regelrechten Gehirnwäsche unterzogen.

»Regan, findest du nicht auch, dass Anise hier bei ihrem Sohn sitzen sollte?«, frage ich.

»Ich finde, sie sollte genau dort sitzen, wo ich es sage.« Grob legt er den Arm um sie.

»Dann sag ihr, sie soll sich zu ihrem Sohn setzen.« Mein Tonfall ist eisig.

Regan zuckt die Achseln. »Wieso sollte ich?«

»Weil es das Richtige ist.«

»Genauso richtig, wie uns in den heruntergekommensten Teil des Schlosses zu sperren?«

»Keiner hat dich gezwungen, hier einzuziehen, Thornburn«, schaltet sich Patrick ein. »Du hättest genauso gut auf deiner Farm bleiben können.«

»Aber jetzt ist das hier unser Zuhause. Meins und das von meinem Frauchen hier. Und von meinen Brüdern.«

»Dann genießt es, solange ihr es noch könnt«, schnauzt Patrick ihn an.

»Das werden wir, verlass dich drauf.«

»Regan.« Ein flehender Tonfall hat sich in meine Stimme

geschlichen. »Bitte. Lass doch Anise neben Bertie sitzen. Dir ist es doch sowieso völlig egal.«

»Ich hindere sie nicht daran«, gibt Regan zurück, »aber wie du siehst, will sie ihrem frischgebackenen Ehemann eine Freude machen. Ist doch so, oder?«

Anise sieht mit schreckgeweiteten Augen zwischen Regan und Bertie hin und her. »Ja, Regan. Aber …«

»Aber?«, brüllt Regan.

»Nichts«, erwidert Anise kleinlaut.

»Pass auf deinen Ton auf«, warnt Patrick. »Kapiert?«

»Sonst, Mansfield? Seit ich mit Anise verheiratet bin, sind dir doch die Hände gebunden. Ein Mucks und ich sorge dafür, dass diese Bude hier in Trümmern liegt.«

»Damit könnte ich locker leben«, gibt Patrick zurück, »solange du darunter liegst.«

»Jungs«, wirft Daphne ein. »Hört auf zu streiten. Nicht vor Bertie. Und Anise, Liebes, komm doch her und setz dich neben Bertie. Bitte. Er will bei seiner Mama sein.«

Wieder sieht Anise Regan an, der jedoch nur mit den Schultern zuckt. »Von mir aus.«

Anise rutscht vom Sofa und hockt sich reichlich umständlich und steif neben ihn.

»Wieso spielen wir nicht noch etwas?«, schlage ich vor. »Bertie wollte vorhin Jenga spielen. Hast du Lust, Anise?«

»Gern.« Anise wirft Regan einen Blick zu.

»Spiele sind was für Kinder, Anise«, sagt er.

»Oh. Ach … vielleicht sehe ich ja nur zu.« Sie lächelt Bertie verlegen an.

»Hier.« Ich ziehe das Jenga heraus und verteile die Holzteile auf dem Boden. »Du fängst an, Bertie.«

Wir legen los. Der Turm aus Holzklötzchen wird immer höher und wackliger.

Dann fällt ein Schatten auf uns.

»Ist das eine Privatparty, oder darf man hier noch mitmachen?«

Zara.

Und sie ist nicht allein.

Blake Thornburn ist bei ihr.

46

Regan setzt sich aufrecht hin. »Wo ist Riley?«

»Der pflügt den Wald mit seinem Quad um«, antwortet Blake und sucht meinen Blick. Seine braunen Augen funkeln. »Aber nicht alle Thornburns sind so. Einige von uns können sich auch ganz zivilisiert benehmen.«

»Du?« Zara hakt sich bei ihm unter. »Zivilisiert? Wärst du zivilisiert, Blake Thornburn, könnte man sich mit dir bestimmt nicht mehr so gut amüsieren. Nein, nein, du bist keinen Deut anders als deine Brüder.«

»Komm mal wieder runter, so schlimm wie die beiden bin ich bestimmt nicht. Ich hab dich doch immer gut behandelt, oder etwa nicht?«, gibt er zurück.

»Na ja, du magst eher der Gentleman in eurem Verein sein, das ist wahr, aber du bist auch unersättlich.«

»So was aus deinem Mund macht mir Angst«, sagt er, ohne den Blick von mir zu lösen. »Also, spielen wir jetzt alle mit, oder wie sieht's aus? Bertie? Was sagst du?«

Bertie nickt. »Ja«, sagt er leise.

»Also gut, dann los.« Er setzt sich auf den Boden, rollt sich auf den Bauch und zieht einen Holzstein heraus.

Sein weiches braunes Haar fällt ihm in die Stirn.

»Oh, fast!«, ruft er, als der Turm gefährlich wackelt.

Er lächelt Bertie an, der das Lächeln zu meiner Verblüffung erwidert.

Wir verbringen einen netten, wenn auch reichlich schrägen Nachmittag.

Blake macht bei sämtlichen Spielen mit, wobei er darauf besteht, mit Bertie ein Team zu bilden, und jubelt jedes Mal vor Begeisterung, wenn sie einen Treffer landen.

Selbst Anise lässt sich mitreißen und erklärt sich bereit, eine Runde in ihrem Team mitzumachen.

Bertie strahlt vor Glück. Und ich spüre, wie Patricks Frostigkeit ein wenig nachlässt.

Ihm ist genauso wichtig wie mir, dass Bertie glücklich ist, und er scheint allmählich zu begreifen, dass das ohne Anise nicht möglich ist. Kein kleiner Junge sollte von seiner Mutter getrennt sein.

Regan führt sich wie ein kompletter Vollidiot auf, wie erwartet. Er kommandiert Louise herum und verlangt von ihr, dass sie ihm ein Bier nach dem anderen bringt, wobei er Mühe hat, den Inhalt nicht auf dem Seidenstoff zu verschütten.

Ich versuche, ihn zu ignorieren, aber es fällt mir schwer, und auch Patrick kann sich nur mühsam beherrschen.

Als es dunkel wird, ist Regan völlig betrunken.

Er rappelt sich auf und zieht Anise ebenfalls auf die Füße. »Zeit fürs Abendessen. Los, gehen wir runter und sehen, was die hübsche Kleine in den Töpfen hat.«

Anise wird rot.

»Ich habe auch Hunger.« Zara steht auf und streicht ihr Kleid glatt. »Blakey, Schatz, führ mich zum Essen aus, ja? Ich hab das Essen hier so satt, ich brauche dringend Sushi. Oder etwas Französisches. Das ist schon eher mein Ding.«

Regan lässt den Blick über Zara schweifen. »Und du bist mein Ding, Zara, das weißt du auch ganz genau.«

Anises Augen weiten sich, trotzdem sagt sie kein Wort.

»Danke, Schatz.« Zara lächelt ihn an, »aber Blake hält mich für den Moment sehr gut bei Laune.«

»Du brauchst bloß das Zauberwort zu sagen.« Ein lüsternes Lächeln spielt um Regans Lippen.

Blake sieht Anise an und verdreht die Augen. »Bitte entschuldige das Benehmen meines Bruders. Gib ihm etwas zu essen, dann hat er sich wieder halbwegs in der Gewalt.«

47

Nachdem ich Bertie ins Bett gebracht habe, machen Patrick und ich Hand in Hand einen Spaziergang ums Schloss.

Ein dicker Vollmond steht am milchig grauen Himmel, und der Duft nach frischem Gras und Blumen steigt auf.

»Denkst du immer noch über Bertie nach?«, fragt Patrick.

»Natürlich. Du nicht?«

»Im Moment nicht.«

»Wieso nicht?«

»Weil ich sehe, dass er sich allmählich fängt. Heute Nachmittag hatte ich das erste Mal wieder ein wenig Hoffnung, dass er über das hinwegkommt, was ihm passiert ist.«

Ich lächle. »Ich wünschte, ich könnte so zuversichtlich sein wie du. Du hast recht, heute war er tatsächlich nicht ganz so verstockt, aber die Situation zwischen Anise und Regan … alles, was vorgefallen ist … das macht mir Angst. Ich habe Angst, wir könnten ihn verlieren. May hat gesagt …«

»Ich weiß«, unterbricht er mich. »Eine Zeit lang hatten wir Bertie tatsächlich verloren. Aber er ist ein Mansfield und wird auch immer einer bleiben. Er braucht einfach nur Zeit.«

»Und Anise?«

Patrick seufzt. »Ich weiß es nicht. Fakt ist, dass Regan sie an der Kandare hat. Keine Ahnung, ob sie stark genug ist, jemals den Absprung zu schaffen.«

»Und was wird dann aus Bertie?«

»Eine halbe Mutter ist immer noch besser als gar keine.«

»Das sehe ich anders«, wende ich ein. »Seine Mutter nur halb für sich zu haben ist wahnsinnig schmerzlich. Damit kenne ich mich aus.«

»Die Vorstellung, dass du leidest, ist unerträglich für mich.«

»Ist schon gut, heute leide ich ja nicht mehr. Was mit meiner Mutter passiert ist, liegt viele Jahre zurück.«

»Hast du ihr von der Hochzeit erzählt?«

»Sie … nein, noch nicht. Aber ich habe gehört, dass es in den Zeitungen steht, deshalb hat sie vielleicht schon davon erfahren.«

»Du solltest sie anrufen und sie persönlich einladen. Sie sollte es nicht aus der Zeitung erfahren.«

»Ich bin nicht mal sicher, ob ich sie überhaupt dabeihaben will.«

»Mach dich nicht lächerlich, Seraphina. Sie ist deine Mutter. Sie muss dabei sein.«

»Und was ist mit deinem Vater?«, wende ich ein. »Findest du nicht, dass auch er bei deiner Hochzeit dabei sein sollte?«

»Natürlich nicht.«

»Wieso muss dann meine Mutter kommen?«

»Weil zwischen euch immer noch so etwas wie eine Beziehung besteht, auch wenn sie etwas kompliziert sein mag. Außerdem würde ich sie gern kennenlernen.«

»Genau davor habe ich ja so Angst.«

»Das brauchst du nicht.« Er beugt sich herunter und küsst mich.

Ich lasse mich gegen ihn sinken, während er die Arme um mich schließt. Schließlich löst er sich von mir.

»Sie mal da.«

»Wo?«

»Glockenblumen. Deine Blumen.«

Beim Anblick der hübschen blauen Blüten an der Schlossmauer muss ich lächeln. »Meine Blume? Bist du dir da so sicher?«

»Ja, bin ich. Die sind bestimmt eigens für die Hochzeit aufgeblüht. Du wirst eine bildschöne Braut werden, Seraphina Harper.«

»Ich habe mein Kleid gefunden. Hat Hugo es dir schon erzählt?«

»Ja.«

»Ich wusste es von der ersten Sekunde an.«

Patrick hebt neckend eine Braue. »Genauso wie bei mir?«

Ich lächle ihn an. »Ehrlich gesagt, hat es einige Zeit gedauert, bis ich mich für dich entschieden habe.«

»Nein, hat es nicht. Du wusstest es vom ersten Moment an. Genauso wie ich.«

Mein Lächeln wird noch eine Spur breiter. »Kann sein.«

»Und hättest du auf deinen Instinkt gehört, wären wir schon viel früher zusammengekommen.«

»Aber es hat ja nicht sehr lange gedauert.«

»Für meinen Geschmack ging es nicht schnell genug.«

»Kann ich dir ein Geheimnis anvertrauen?«

»Natürlich.«

»Ich bin immer noch ziemlich nervös wegen der Hochzeit.«

»Ich weiß, aber es wird alles wunderbar klappen. Es wird unglaublich werden. Okay?«

»Okay.«

48

Den restlichen Abend verbringe ich mit Wila in ihrem Zimmer.

Sie bricht morgen früh nach London auf, deshalb haben wir beschlossen, einen Mädelsabend mit Fudge-Eiscreme, Popcorn, Coke und romantischen Komödien zu veranstalten.

Ich glätte ihr die Haare, und sie nimmt sich meine Mähne vor, während wir plaudern – über die Hochzeit und darüber, was für eine bildhübsche Brautjungfer sie abgeben wird.

»Bist du denn gar nicht nervös?«, fragt sie.

»Du meinst, weil ich einen Lord in einer riesigen Kathedrale heirate?«, frage ich. »Offen gestanden, ich habe die Hosen gestrichen voll.«

Sie sieht mich aus ihren großen blauen Augen an. »Das kann ich mir bei dir gar nicht vorstellen.«

»Nicht?«

»Nein.«

»Normalerweise lasse ich es mir eben vor dir nicht anmerken.«

»Hast du Angst vor … na ja, der Hochzeitsnacht und all dem?«

Ich lächle. »Du meinst Sex?«

Wila nickt.

»Na ja, bisher haben wir ja nie über Sex geredet, oder?«

»Nein.«

»Ich wünschte, wir hätten es getan. Ich dachte eben … Na ja, du warst auf einer reinen Mädchenschule, deshalb habe ich nie darüber nachgedacht, dass du einen Freund haben könntest.«

»Ist schon okay. Ich hatte auch nicht gedacht … du weißt schon. Das mit meinem Lehrer. Es ist einfach irgendwie passiert.«

»So läuft es normalerweise«, sage ich lächelnd. »Wenn man am wenigsten damit rechnet, passiert es meistens. Ich hätte dich einfach besser darauf vorbereiten müssen.«

»Ich dachte immer, es sei etwas ganz Besonderes.« Wila schlägt die Beine unter. »Mein erstes Mal. Ich dachte, es würde mit meinem Freund passieren, in den ich wahnsinnig verliebt bin. Ein gut aussehender, süßer Junge.«

»Ich wünschte wirklich, es wäre so für dich abgelaufen. Wäre ich doch nur in London gewesen …«

»Nein, damit hatte es gar nichts zu tun. Wir haben uns schon früher getroffen, bevor ich aufs Internat gekommen bin. Er war der Grund, weshalb ich mich um das Stipendium beworben habe. Er wollte mich häufiger sehen. Auch abends.«

»Dieser elende Mistkerl.«

»Ich weiß. Inzwischen sehe ich das auch so. Ich habe keine Ahnung, was ich überhaupt an ihm gefunden habe.«

»Du bist ein Teenager in einer Schule voller Teenager. Und ein Mann hat sich um dich bemüht.«

»Aber er ist so alt.«

Ich lache. »Damals ist dir das nicht aufgefallen?«

»Anfangs schon, aber dann habe ich es irgendwie vergessen. Er benimmt sich eher wie jemand meines Alters. Er kannte alle Filme, die ich mag. Und die Musik.«

Ich ziehe vielsagend eine Braue hoch.

»Ja, ich weiß ja«, sagt sie. »Wahrscheinlich hat er alles absichtlich auswendig gelernt, damit er kriegt, was er wollte.«

»Er ist weg und wird auch nicht wieder zurückkommen.«

»Aber für mich ist es trotzdem so, als hätte er mir etwas Wichtiges gestohlen. Etwas, das ich lieber meinem ersten Freund geschenkt hätte. Es hätte etwas … Magisches sein sollen. So wie bei dir und Patrick.«

»Ich weiß nicht, wie ich es dir sagen soll, Wila, aber … Patrick und ich sind auch nicht mehr … Nun ja, ich werde jedenfalls nicht unschuldig in meine Hochzeitsnacht gehen.«

»Nicht?«

»Nein.«

»Oh.«

»Du weißt doch, dass ich früher auch schon einen Freund hatte.«

»Schon, aber ich dachte immer …« Sie runzelt die Stirn.

»Ist dir das zu eklig? Die Vorstellung, dass deine Schwester mit einem Jungen … du weißt schon?«

»Ein bisschen. Aber irgendwie fühle ich mich dadurch auch besser. Es bedeutet, dass ich nicht alles ruiniert habe. Dass ich trotzdem noch jemanden wie Patrick finden kann. Und dass er mich nicht ablehnen würde wegen dem, was passiert ist.«

»Wila, ein Mann hat dich schamlos ausgenutzt. Jeder anständige Kerl wird das verstehen. Und noch was – bei den meisten ist das erste Mal nicht so toll. Das ist es nicht mal mit jemandem, den man liebt.«

»Das weiß ich. Aber ich wollte, dass es bei mir so ist.«

Ich umarme sie. »Manchmal läuft es eben anders, als man es sich vorstellt. Im Leben geht es nicht immer darum, dass man bekommt, was man sich wünscht. Sondern darum, wieder aufzustehen, wenn man hingefallen ist. Und glaub mir, du wirst hinfallen, aber du wirst auch wieder aufstehen, das verspreche ich dir. Weil du stark bist.«

»Ich fühle mich aber nicht so. Ich will in die Schule zurück, aber es ist … es wird so peinlich werden. Das ganze Gerede.«

»Du bist stark«, beteuere ich noch einmal. »Wenn ich dich auf der Bühne sehe, wie du deine Pirouetten drehst, so mühelos und wunderbar. Und all das Training, das viele Üben, auch wenn du todmüde bist. Du bist stark, Wila. Du wirst all das überwinden. Und wenn die Mädels klatschen … na und? Immer noch besser, als wenn sie dich überhaupt nicht beachten.«

Wila lächelt. »Bestimmt hast du recht.«

»Also, alles bereit für morgen?«

»So ziemlich. Aber ich würde gern ein paar Sachen hierlassen. Ich komme doch bald zurück, oder? Zur Hochzeit.«

»In ein paar Tagen.«

»Ich werde eine ganz tolle Brautjungfer für dich sein.«

»Natürlich.«

»Pheeny, was ist mit Mum?«

»Was soll mit ihr sein?«

»Kommt sie auch?«

»Dasselbe hat Patrick mich auch schon gefragt. Ich habe ihr noch nichts von der Hochzeit erzählt. Ich … ich weiß noch nicht mal, ob ich sie einladen soll oder nicht.«

»Und Dad?«

Wila und ich haben verschiedene Väter. Trotzdem nennt sie den meinen Dad, weil er ihr eher ein Vater war als ihrer.

»Ich muss erst den Mut finden, es ihm zu sagen.«

Wila lacht. »Weil wir beide wissen, wie er reagieren wird.«

»Das geht alles viel zu schnell«, rufen wir aus einem Mund.

»Ich wollte ihn morgen anrufen. Vielleicht muss er ja arbeiten und kann nicht kommen.« Ich seufze. »Was Mum angeht, bin ich noch nicht sicher, wie ich mich verhalten soll.«

»Du solltest es ihr sagen. Sie einladen.«

»Ich weiß nicht recht …«

»Wieso?«

»Ganz ehrlich? Eigentlich will ich lieber nicht, dass Patrick sie kennenlernt.«

»Oh.« Wila nickt. »Verstehe. Aber … er liebt dich. Daran kann auch unsere Mum nichts ändern.«

»Und was, wenn doch?«

49

Am nächsten Tag verabschieden Danny und ich unsere kleine Schwester. Mit einem Anflug von Traurigkeit winke ich ihr hinterher.

»Schicken wir sie auf dem direkten Weg in die Höhle des Löwen?«, frage ich.

»Sie schafft das schon, Schwesterherz.« Er legt mir den Arm um die Schultern. »Sie ist hart im Nehmen.«

»Da bin ich mir nicht so sicher.«

»Ich schon. Immerhin hast du sie gehen lassen, damit sie ihr Leben selbst in die Hand nimmt. Außerdem ist sie in ein paar Tagen ohnehin wieder hier.«

Danny ist immer noch ziemlich blass. Die Ärzte sagen, er hätte sehr viel Blut verloren und es würde noch einige Zeit dauern, bis er vollständig wiederhergestellt wäre. Aber er scheint sich hier sehr gut zu erholen. Ich sehe ihm an, dass es ihm mit jedem Tag besser geht.

»Ich wünschte, ich könnte sie mit deinen Augen sehen«, erwidere ich. »Für mich wird sie immer meine kleine Schwester bleiben. Jemand, um den ich mich kümmern muss.«

»Sie ist auch meine kleine Schwester«, erklärt Danny.

»Aber du bist weniger um sie besorgt als ich.«

»Weil ich weiß, dass sie es schon schaffen wird.«

»Solche Sachen sagst du immer, Danny, aber manchmal ist das Leben nicht so einfach. Du hättest es doch selbst um ein Haar nicht geschafft.«

»Aber ich bin noch hier. Und Ray King ist Geschichte.

Alles ist in bester Ordnung. Und du – du heiratest einen Lord.«

»Hör endlich auf damit. Er ist ein Mensch aus Fleisch und Blut.«

»Ich weiß, und ich kann ihn sogar gut leiden. Ich sollte mal auf ein Bier mit ihm gehen und reden, so richtig, von Mann zu Mann. Ich meine, es ist hochanständig von ihm, mich hier wohnen zu lassen. Für ihn bin ich doch ein Niemand.«

»Du bist kein Niemand«, widerspreche ich. »Sondern mein Bruder. Und schon bald werdet ihr beide verwandt sein.«

»Noch ein Grund mehr, ihn auf ein Bierchen einzuladen.«

»Ein Bierchen mit dir? Vor der Hochzeit? Pass bloß auf. Ich will nicht, dass er mich am Ende vor dem Altar stehen lässt.« Meine Worte sind nur halb scherzhaft gemeint, was Danny sehr wohl weiß.

Ich sehe die Kränkung in seinen Augen.

»Also bin ich nicht gut genug für den edlen Hausherrn, ja? Ist das der Grund?«

»Nein, das ist nicht der Grund, Danny. Es ist … unsere Familie. Zur obersten Liga gehören wir ja wohl nicht gerade.«

»Du schon. Und Wila auch. Bloß ich bin derjenige, der in der Regionalklasse spielt.«

»Und Mum«, fahre ich vorsichtig fort. »Soll ich sie zur Hochzeit einladen, was meinst du?«

»Es würde sie kränken, wenn du es nicht tätest, Sez. Und herausfinden wird sie es über kurz oder lang sowieso.«

In diesem Moment ertönen laute Stimmen, als Regan und Riley Thornburn heraustreten.

»Nimm nächstes Mal gefälligst den Gang raus!«, schreit Regan.

»Ich sag's zum letzten Mal – ich hab den Gang nicht dringelassen!«, brüllt Riley.

In diesem Moment fällt Regans Blick auf mich. »Na sieh mal einer an, wen wir da haben. Unsere kleine rothaarige Lady und einen geheimnisvollen Begleiter.«

»Wer seid ihr denn?«, krächzt Danny. »Mitglieder der königlichen Mansfield-Familie?«

»Sozusagen.« Regan wirft sich in die Brust. »Ich bin der Besitzer dieses Schlosses. Also raus mit der Sprache – wer bist du?«

»Sezzas Bruder.«

»Wer ist Sezza?«, will Riley wissen.

»Sie, du Schwachkopf«, antwortet Regan mit einem Nicken in meine Richtung, ehe er Danny in Augenschein nimmt. »Und du bist ihr Bruder, oder was? Was ist denn mit dir passiert, Kumpel? Wohl mit dem superwichtigen Lord Mansfield angelegt, wie?«

»Nein, an der falschen Stelle das Maul zu weit aufgerissen«, antwortet Danny. »Dir gehört also das Schloss, ja? Ich dachte immer, es gehört Lord Mansfield.«

»Bloß die Hälfte. Mir gehört die andere.«

»Er hat Patricks Schwester breitgeschlagen, ihn zu heiraten«, erkläre ich Danny mit einem finsteren Blick in Regans Richtung.

»Pass auf, was du sagst, Mädchen«, knurrt er.

»Vorsicht, Freundchen«, warnt Danny. »Du sprichst mit

meiner Schwester. Wenn du nicht aufpasst, verpasse ich dir eins mit meinem Gips.«

Riley lacht.

Ein Lächeln flackert auf Regans Zügen auf. »Du gefällst mir, Bürschchen. Was hat dich hierher verschlagen, zu all diesen geschniegelten Affen?«

»Ich bin wegen der guten Luft hier«, antwortet Danny. »Und wenn ich Glück habe, auch wegen der Hochzeit. Sofern Sezza sich nicht zu sehr für mich schämt.«

»Blödsinn, Danny«, wiegle ich ab. »Ich schäme mich für gar niemanden. Es ist nur … mit Mum …« Ich unterbreche mich, als ich Regans kalte Augen auf mir spüre.

»Oh, ein Familienzwist, oder wie? Lass mich raten. Seraphina ist zu Kopf gestiegen, dass sie neuerdings mit Mister Superlord in die Kiste steigt, und jetzt ist ihre Familie plötzlich abgemeldet.«

»Holla!« Danny hebt die Hände. »Hier nimmt einer den Mund ein bisschen voll. Du redest immer noch von meiner Schwester, kapiert?«

»Denkst du. Aber wart's ab. Sobald sie Lord Allmächtig erst mal vor den Altar gezerrt hat, lässt sie dich wie eine heiße Kartoffel fallen.«

»Das ist Schwachsinn, Danny«, wende ich ein.

»Wenn dein Arm wieder in Schuss ist, solltest du mal auf eine Spritztour mit uns kommen«, fährt Regan fort.

»Was fahrt ihr denn?«

»Quads. Motorräder. Traktoren. Das ganze Programm.«

»Klingt gut.«

»Wo ist Anise?«, frage ich.

Regan zuckt die Achseln. »Wahrscheinlich hockt sie irgendwo herum und wartet auf mich.« Er hält inne. »*Oh, Regan, wo bist du denn? Lass mich nicht allein, Regan*«, jammert er mit Kleinmädchenstimme.

»Du solltest nicht so über sie reden.« Ich stemme die Hände in die Hüften. »Sie ist immerhin deine Frau. Zeig gefälligst etwas Respekt.«

»Respekt? Für diese Jammersuse? Die kann froh sein, dass ich überhaupt mit ihr rede.«

»Du benutzt sie nur«, herrsche ich ihn an. »Du solltest dich schämen.«

»Wieso? Wir sind schließlich nicht mit dem silbernen Löffel im Mund geboren, so wie die Mansfields. Anise hat doch keine Ahnung vom echten Leben. Deshalb bringe ich ihr alles bei, was sie wissen muss. Ich nehme, was ich kriegen kann. So läuft es nun mal. Und je schneller ihr das kapiert, umso besser.«

Damit stapfen die beiden unter schallendem Gelächter davon.

50

Wie kommen die beiden denn hierher?«, fragt Danny.

»Lange Geschichte.«

»Ich hab Zeit.«

Ich seufze. »Patricks Schwester hat vor ein paar Tagen Regan geheiratet. Und jetzt gehört ihm die Hälfte des Schlosses. Aber er ist ein echtes Arschloch, das Anise nur benutzt.«

»Eine Schwester?« Danny grinst. »Vielleicht kann man sich hier ja doch ein bisschen amüsieren.«

»Komm.« Ich schlinge mir die Arme um den Oberkörper. »Ich muss Bertie suchen. Und du gehörst ins Bett.«

»Ich hab's satt, ewig nur herumzuliegen.«

»Wieso machst du dann nicht einen Waldspaziergang?«

»Wald? Wann bist du eigentlich zur Landpomeranze geworden?«

»Seit ich mit Patrick zusammen bin.«

Danny schnaubt. »Vor ein paar Wochen hast du noch in einem überfüllten Pub in Camden auf der Bühne gestanden. Und jetzt bist du hier, bei diesem Karotypen, und heiratest in einer Riesenkathedrale. Bist du sicher, dass es das ist, Schwesterherz? Das ganze Brimborium? Dass du nicht in etwas reinschlitterst, was du in Wahrheit gar nicht bist?«

»Glaubst du etwa, ich hätte mich das nicht auch längst gefragt? Jeden Morgen wache ich mit dem Gedanken auf, ob Patrick heute wohl merkt, dass er einen Riesenfehler gemacht hat. Und diese Hochzeit ... in dieser Kathedrale. Das ist purer Stress für mich, Danny.« Ich seufze. »Aber ich liebe Patrick. Das weiß ich ganz sicher.«

»Tja, wenn du ihn wirklich liebst, bleibt dir wohl nur eins.«

»Und zwar?«

»Heirate den Kerl.«

51

Ich finde Bertie gemeinsam mit Daphne im großen Saal.

Er hat etwas Toast und Ei gefrühstückt, was mich sehr freut.

»Willst du Seraphina erzählen, was wir heute vorhaben?«, fragt Daphne.

Bertie zuckt die Achseln.

»Ach, Bertie, komm schon. Sprich doch, damit ich deine hübsche Stimme hören kann.«

»Mir egal«, sagt Bertie, was Daphne mit einem Strahlen quittiert.

»Na, so schwer ist das doch nicht, oder? Und wir hören dich so gern sprechen, stimmt's, Seraphina?«

»Ja, ganz ehrlich, Bertie«, bekräftige ich. »Es ist wunderbar.«

»Ich nehme Bertie heute Morgen mit in die Stadt«, sagt Daphne. »Wir müssen ihm doch etwas Anständiges zum Anziehen für die Hochzeit besorgen, schließlich wird er doch Pagenjunge sein.«

Ich lächle ihn an. »Willst du das denn, Bertie?«

Bertie nickt.

»Ich kann mir niemand Geeigneteren vorstellen.«

»Was ist mit deinen Brautjungfern?«, erkundigt sich Daphne. »Haben sie ihre Kleider schon?«

»Das kann ich dir nicht sagen. Ich habe jedenfalls nichts für sie ausgesucht. Ist das denn meine Aufgabe?«

»Kommt darauf an, wie anspruchsvoll du bist. Manche Bräute machen lieber alles selbst, andere überlassen die Entscheidung den Brautjungfern.«

»Ich habe ja nur zwei, meine Freundin Sharon und meine kleine Schwester.«

»Das macht dann mit Anise und Zara insgesamt vier.«

»Wie bitte?«

»Anise und Zara. Es ist Familientradition, dass die

Schwestern und Cousinen Brautjungfern sind. Hat dir Patrick das denn nicht gesagt? Du kannst von Glück sagen, dass du bloß zwei hast. Bei meiner Hochzeit hatte ich fünf Cousinen und zwei Schwestern.«

»Aber Zara wird auf keinen Fall meine Brautjungfer«, erkläre ich. »Anise vielleicht, mit Betonung auf *vielleicht*. Aber Zara – ausgeschlossen. Ich will sie noch nicht mal bei der Hochzeit dabeihaben, das habe ich Patrick auch schon gesagt.«

Daphne lächelte. »Aber es ist nun mal Tradition. Und bei den Mansfields steht die Tradition an oberster Stelle.«

»Ich bin aber noch keine Mansfield, sondern immer noch eine Harper. Und für mich steht an oberster Stelle, dass Zara nicht an meiner Hochzeit teilnimmt.«

»Ist das denn tatsächlich so wichtig?«, fragt sie. »Es ist doch nur ein einziger Tag, und danach hast du Patrick für den Rest eures Lebens ganz für dich allein.«

»Ja, es ist wichtig. Ich will sie nicht in dieser Kathedrale haben, ganz zu schweigen davon, dass sie hinter mir den Gang zum Altar hinunterschreitet. Wo ist Patrick eigentlich?«

»Er hatte ganz früh einen Anwaltstermin. Hat er nichts gesagt?«

»Nein, nur, dass er gleich am Morgen etwas zu erledigen hätte. Hat der Termin etwas mit …« Ich sehe zu Bertie hinüber.

Daphne nickt. »Ich gehe davon aus.«

»Ich muss ihn dringend sprechen.«

»Ich habe eine Visitenkarte hier.« Daphne kramt eine Karte aus ihrer weißen Lederhandtasche. »Hier ist sie. Veronica Daniels.«

»Moment mal.« Ich runzle die Stirn. »Hat Grey nicht gesagt ... Ich dachte, sie vertritt Dirk Mansfield? Das hat er doch gesagt, als wir ihm das erste Mal im Wald begegnet sind.«

»Sie ist seit vielen Jahren die Anwältin der Mansfields«, antwortet Daphne. »Wer kann schon genau sagen, auf wessen Seite sie steht? Ich persönlich mochte sie nie. Sie ist eine eiskalte Frau. Mit einem fürchterlichen Kleidergeschmack. Und viel zu dürr.«

»Wieso trifft Patrick sich dann mit ihr?«

»Keine Ahnung. Aber wenn du ihn sprechen willst, solltest du es dort versuchen. Veronica hat ihre Kanzlei in der Stadt. Du kannst uns gern begleiten, wenn du willst. Vielleicht essen wir ja gemeinsam zu Mittag. Was sagst du dazu, Bertie?«

»Ja, bitte«, sagt Bertie.

52

In Edinburgh lässt Daphne unseren Chauffeur einen Umweg zur Kathedrale machen, wo in wenigen Tagen die Hochzeit stattfinden wird.

»Ich finde, du solltest den Ort des Geschehens doch vorher einmal gesehen haben«, meint sie. »Sie ist atemberaubend.«

Daphne hat völlig recht – atemberaubend und Furcht einflößend.

Der Wagen hält am Straßenrand an.

Ich lasse den Blick an der gräulichen Sandsteinfassade emporschweifen.

Mit dem hohen Turm und den Buntglasfenstern wirkt die Kathedrale unglaublich imposant und prachtvoll. Aber auch ein bisschen kalt. Auch wenn ich mich noch so sehr bemühe, kann ich mir nicht vorstellen, in wenigen Tagen hier vor dem Altar zu stehen, an der Seite einer lokalen Berühmtheit.

»Nervös?«, fragt Daphne.

Ich nicke.

»Ging mir genauso«, sagt sie und berührt meine Hand. »Und ich hatte wesentlich mehr Grund dazu, das kannst du mir glauben.«

»Wie gut kanntest du Dirk, als du ihn geheiratet hast?«

»Nur flüchtig, was im Grunde ein Segen war. Hätte ich gewusst, was für ein Ungeheuer er ist, wäre ich vor Angst wahrscheinlich gestorben.« Sie lächelt. »Damals bekam man den Bräutigam praktisch erst am Hochzeitstag zu sehen, das war gang und gäbe. Ich habe Dirk bei einer Tanzveranstaltung kennengelernt. Er stammte aus einer angesehenen Familie, war charmant, gut aussehend und ein ausgezeichneter Tänzer. Unsere Eltern waren sich einig, also habe ich Ja gesagt, als er um meine Hand angehalten hat. Und ich war eine gute Partie, wenn ich das so sagen darf. Jung. Blond. Ziemlich hübsch. Außerdem mochten die schottischen Männer meinen Akzent.«

Sie zwinkert mir zu. »Bevor ich wusste, wie mir geschah, wurde die Hochzeit arrangiert«, fährt sie fort. »Meine Mutter hat alles in die Hand genommen, weil sie sich über die Gefahr bewusst war, eine hübsche blonde Tochter im Haus zu haben. Sie hatte Angst vor einem Skandal, deshalb hat sie zugesehen, dass sie mich möglichst schnell unter die Haube bringt.«

»Kein Wunder, dass du Angst hattest«, sage ich und blicke zu den Türmen hinauf. »Ich habe ja schon die Hosen voll, obwohl ich den Mann kenne, mit dem ich vor den Altar treten werde.«

»Du heiratest einen wunderbaren Mann, das kann ich dir versprechen.«

»Ja, das weiß ich.« Unsere Blicke begegnen sich. »Wie lange hat es gedauert, bis du herausgefunden hast, wie Dirk in Wahrheit ist?«

Daphne lacht. »Ich wusste es schon in der Hochzeitsnacht. Er war sehr grob. Unfreundlich. Rücksichtslos. Nicht der Gentleman, als der er sich in der Öffentlichkeit präsentiert hat. Er hat sich genommen, was er wollte, und dann ist er zum Schlafen in den Raum nebenan gegangen. Er hat nicht ein einziges Mal im selben Bett geschlafen wie ich. In unserer ganzen Ehe nicht. Seine Launenhaftigkeit wurde immer schlimmer. Alles, was ich getan habe, ging ihm gegen den Strich – wie ich mich geschminkt habe, dass es manchmal so lange dauerte, bis ich fertig angezogen war … Aber das war lange, bevor ich gemerkt habe, was für ein Ungeheuer er ist und wie skrupellos er sein kann. *Zuhause bin ich König*, heißt es immer so schön. Und Dirk hat wie ein König mit eiserner Hand in Mansfield Castle geherrscht. Niemand durfte sich ihm widersetzen.«

Sie sieht zu Bertie hinüber. »Es stellte sich heraus, dass er bis ins Mark verderbt war. Damals wusste ich nichts von diesen jungen Mädchen. Von Margaret Calder … aber ich wusste, dass Dirk zu allem fähig ist. Dass er ein Mann ohne jede Moral ist. Ich wusste aus eigener Erfahrung, wie sehr es ihm gefällt, andere zu demütigen und zu erniedrigen, damit er sich größer fühlen kann. Wann immer ein Geschäft in die Hose ging oder er eine Menge Geld verspielt hatte, ließ er mich im Schlafzimmer antreten und … den Rest kannst du dir ja denken.«

»Das klingt ja fürchterlich. Du musst entsetzliche Angst gehabt haben.«

Sie zuckt die Achseln. »Ich dachte eben, dass es in einer Ehe immer so läuft. Schließlich kannte ich ja die Klagen vieler Frauen, über ihre Ehe und … na ja, die Dinge, die ihre Männer im Schlafzimmer von ihnen verlangt haben. Deshalb dachte ich, das sei völlig normal. Erst nach einer halben Ewigkeit wurde mir bewusst, wie schlimm es ist. So schlimm, dass ich gehen musste. Aber inzwischen hatte ich ja schon zwei Kinder von ihm bekommen. Damals war es nicht an der Tagesordnung, dass sich eine junge Frau über ihren Ehemann beschwert. Eine Scheidung, das war schlicht und einfach unvorstellbar. Es war eine Riesenschande für meine Familie, als ich ihn endlich verlassen habe. Ich bin nicht sicher, ob meine Mutter es jemals verwunden hat. Und ich kann es mir auch nicht verzeihen.«

Ich nehme ihre Hand. »Du hast das Richtige getan.«

»Wenn man Kinder hat, kann man manchmal nur die falsche Entscheidung treffen.«

Ich denke an meine Mutter und die Entscheidungen, die sie getroffen hat. Ich habe ihr immer die Schuld an allem gegeben, dabei war sie blutjung, als sie mich zur Welt gebracht hat. Im Grunde hatte sie nie ernsthaft eine Wahl. Sie hatte nie die Chance, wirklich erwachsen zu werden, sondern war dazu verdammt, ewig ein Teenager zu bleiben.

Daphne drückt meine Finger. »Du und Patrick, ihr werdet eine wunderbare Ehe führen. Und wunderbare Kinder bekommen. Eine glückliche Familie sein. Du hast keinen Grund, ängstlich zu sein, Liebes.« Sie deutet auf die Kathedrale. »Wenn das ganze Brimborium erst vorbei ist, werdet ihr beide ein ganz besonderes Leben führen. Lass dich nicht zu sehr von dem ganzen Zirkus um deinen Hochzeitstag verrückt machen. Es ist ein wunderschöner Tag, aber nicht real. Was wirklich zählt, ist die Ehe, die man später führt.«

»Hast du deinen Hochzeitstag denn genossen?«, frage ich.

»Ob du's glaubst oder nicht, aber das habe ich tatsächlich. Alle meine Freunde und meine Familie waren da. Die Hochzeitstorte, ein gewaltiges Ungetüm, wurde eigens aus Frankreich eingeflogen. Und mein Brautkleid – von Kopf bis Fuß aus Spitze. Ich war eine bildschöne Braut. Wenn man die Fotos sieht, würde man im Traum nicht darauf kommen, wie dramatisch schief unsere Ehe gegangen ist. Damals kannte ich die Wahrheit über Dirk noch nicht, deshalb war ich glücklich und dachte, es sei alles wie im Märchen. Ich in einem weißen Kleid mit einem gut aussehenden Mann an meiner Seite.« Sie lacht. »Wie naiv ich doch war.«

Ich lächle. »Ich sollte froh sein, wie es bei mir läuft, was?«

»Allerdings«, bestätigt Daphne. »Allerdings.«

53

Vor einem hohen Gebäude aus rotem Ziegelstein setzt der Chauffeur mich ab. Ich trete vor die Glastür, auf der ihr Name eingraviert ist – *Veronica Daniels & Co. Rechtsanwälte.*

Daphne und Bertie winken mir hinterher.

Plötzlich bin ich nicht sicher, ob ich das Richtige tue.

Patrick hat mir nichts von dem Termin erzählt. Vielleicht hatte er ja seine Gründe. Aber wenn es etwas mit Bertie zu tun hat, sollte ich doch Bescheid wissen, oder nicht?

Außerdem muss ich ihn dringend sprechen. Ich will Zara nicht als Brautjungfer haben, und das muss er so schnell wie möglich erfahren.

Der Empfangsbereich ist feudal, mit viel Leder und Messing.

Eine blonde Mitarbeiterin mit akkuratem Haarschnitt mustert mich.

»Kann ich ihnen helfen?«, fragt sie kühl.

»Ich bin auf der Suche nach Patrick Mansfield«, sage ich. »Ich habe gehört, er sei hier. Bei Mrs Daniels.«

»Miss Daniels«, korrigiert sie mich und mustert mich aus ihren blauen Augen. »Haben Sie einen Termin?«

»Das nicht, aber ich bin sicher, Patrick macht die Störung nichts aus.«

Sie hebt eine Braue. »Tut mir leid, aber wer sind Sie bitte?« Die Arroganz dringt ihr aus sämtlichen Poren.

»Ich bin Patricks Verlobte.«

Ihre Brauen schießen bis zum Haaransatz hoch. »Sie sind Patricks Verlobte?«

»Ja.«

»Oh. Ah. Verstehe. Es ist nur …«

»Was?«

»Ich hatte wohl erwartet … egal.«

»Was erwartet?«

»Bitte verstehen Sie mich nicht falsch, aber die Mansfields tun sich normalerweise mit ihresgleichen zusammen. Mit Angehörigen derselben Schicht, die sie von Bällen und Wohltätigkeitsveranstaltungen kennen. Und ich habe Sie bisher noch nirgendwo gesehen. Haben Sie sich in Frankreich kennengelernt? Seine Mutter ist doch Französin, richtig?«

»Nein, ich bin Engländerin.«

»Oh.«

Ich sehe ihr an, dass sie krampfhaft überlegt, wo sie mich hinstecken soll.

Sie runzelt die Stirn. »Sind sie eine Verwandte der Herzogin von Cambridge?«

Ich lache. »Nein, ich bin niemand. Nur Bertie Mansfields Kindermädchen.«

Ihr fallen fast die Augen aus dem Kopf. »Das Kindermädchen? Sie und Patrick sind verlobt?« Sie lehnt sich über ihren Schreibtisch. »Nicht übel. Wie haben Sie das angestellt?«

»Ganz ehrlich? Ich habe keine Ahnung. Es ist einfach passiert. Ich habe es nicht geplant oder so was.«

»Ich bin so was von eifersüchtig.« Sie lächelt mich an. »Ich war jahrelang hinter ihm her, aber er hatte noch nicht mal einen flüchtigen Blick für mich übrig. Das ist eine echte Seltenheit. Normalerweise heiraten die Adelsfamilien grundsätzlich untereinander. Eigentlich kommt es sogar überhaupt nicht vor. Also, was auch immer Sie getan haben, machen Sie weiter so.« Sie greift nach dem Hörer. »Miss Daniels? Hier ist jemand, der Patrick sprechen möchte. Seine Verlobte. Kann ich sie reinschicken?«

Sie legt auf und nickt mir zu. »Die Tür direkt hinter Ihnen.« Sie senkt die Stimme. »Es gab eine Menge Schreierei. Nur als Warnung.«

54

Patrick runzelt die Stirn, als ich eintrete.

In seinem dunklen Anzug mit einem weißen Hemd dazu sieht er wie üblich unglaublich gut aus.

Die Frau hinter dem auf Hochglanz polierten Walnussschreibtisch mustert mich ebenfalls stirnrunzelnd. Sie hat dunkle Locken und kreidig weiße Haut. Wie Daphne gesagt hat, ist sie klapperdürr und trägt ein schlecht sitzendes braunes Kostüm, das wie ein Sack an ihr herunterhängt.

»Ich dachte, Sie seien geschäftlich hier, Patrick, und nicht, um Besuch von Ihren Liebsten zu empfangen«, sagt sie mit der klaren, strengen Stimme einer Schuldirektorin.

»Seraphina hat bestimmt wichtige Gründe herzukommen«, gibt Patrick zurück und wendet sich mir zu. »Oder?«

Ich spüre, wie ich rot werde, als mir bewusst wird, wie albern und kindisch meine Einwände gegen Zara als Brautjungfer in Wahrheit sind.

»Zumindest habe ich es anfangs so empfunden«, räume ich ein.

»Setz dich doch, Seraphina.« Patrick zieht einen ledernen Drehstuhl für mich heran. »Eigentlich ist es sogar gut, dass du hier bist, weil es auch dich etwas angeht, was wir hier besprechen.«

»Geht es um Bertie?«

»Unter anderem, ja.«

Miss Daniels stützt die Ellbogen auf den Tisch. »Sie waren seine Nanny, richtig?«

»Na ja, im Grunde bin ich das immer noch«, antworte ich. »Ich kümmere mich nach wie vor um ihn.«

»Dann muss er Ihnen ja sehr am Herzen liegen«, fährt sie fort.

»Sehr sogar.«

»Wenn das so ist, schaffen Sie es ja vielleicht, Patrick zur Vernunft zu bringen.«

»Inwiefern?«

»Dirk Mansfield ist bereit, ein Arrangement zu treffen«, erklärt Miss Daniels. »Aber nur, wenn Bertie im Prozess nicht gegen ihn aussagt. Der Junge muss aus dem Gerichtssaal herausgehalten werden. Ich bin sicher, Sie verstehen das, Miss …«

»Harper«, sage ich.

»Miss Harper.« Sie steht auf und tritt zu der Kaffeemaschine in der Ecke. »Der kleine Bertie hat einige Traumata in seinem Leben erlitten, da stimmen Sie mir doch bestimmt zu, oder?«

»Ja, allerdings.«

»Und wir sind uns vermutlich auch einig, dass es keine

gute Idee wäre, ihm noch weiteren Schaden zuzufügen, beispielsweise durch den Druck, dem er durch eine Aussage vor Gericht ausgesetzt wäre. Angesichts dessen, was er ihm vorwirft, ist es wohl kaum ratsam, dass er seinen Großvater von Angesicht zu Angesicht gegenübertreten muss.«

»Das stimmt«, antworte ich mit einem Seitenblick auf Patrick, »trotzdem muss Dirk für seine Verbrechen bestraft werden. Und das ist nur möglich, wenn Bertie aussagt, oder nicht?«

»Das kommt darauf an, welche Strafe Sie für angemessen halten«, sagt Miss Daniels. »Dirk hat bereits gebüßt. Er leidet. Immerhin sitzt er im Augenblick im Gefängnis. Inmitten von Verbrechern.«

»Er ist doch auch einer«, wirft Patrick ein.

»Er ist ein alter Mann, Patrick«, schränkt Veronica ein. »Gebrechlich. Und er hat seinen Anteil an Mansfield Castle hergegeben, um eine Art Einigung herbeizuführen. Ich denke, er hat genug gelitten.

»Nein«, widerspricht Patrick. »Wenn es nach mir ginge, müsste er bis zum Ende seiner Tage im Gefängnis verrotten. Er hat meinen Neffen gefoltert. Es wird keine Einigung geben. Bertie wird aussagen. Und mein Vater bleibt im Gefängnis.«

»Aber Patrick …« Ich halte inne. »Können wir das Bertie ernsthaft antun? Nach allem, was er durchgemacht hat?«

»Das ist keine Frage des Könnens, sondern wir müssen es tun. Ganz einfach«, gibt Patrick zurück.

»Welche Art von Einigung stellt Dirk sich denn vor?«, frage ich Miss Daniels.

»Seraphina!«

»Ich will doch nur die einzelnen Möglichkeiten kennen. Bitte. Ich liebe Bertie und würde alles tun, um ihn nicht zu verletzen. Wenn es eine Möglichkeit gibt …«

»Ihre Verlobte macht einen sehr vernünftigen Eindruck auf mich«, sagt Miss Daniels. »Zumindest sie begreift, worum es hier in Wahrheit geht.« Sie schenkt sich einen Kaffee ein und nippt daran. »Miss Harper, die Überschreibung von Mansfield Castle war eine temporäre Maßnahme. Dirk hat mich gebeten, den entsprechenden Vertrag aufzusetzen. Er kann seinen Anteil jederzeit zurückfordern.« Sie räuspert sich. »Wie ich höre, leben die Thornburn-Brüder im Moment ebenfalls dort.«

»Korrekt«, sagt Patrick.

»Und nach allem, was ich über diese Familie weiß, dürfte Ihnen die Situation ganz und gar nicht behagen.«

»So könnte man es ausdrücken«, bestätigt er.

»Kein sonderlich angenehmer Start in eine junge Ehe«, meint sie. »In einem Haus voll unwillkommener Gäste leben zu müssen. Und für den kleinen Bertie ist die Situation gewiss ebenso schwierig.«

»Allerdings«, sage ich.

»Dirk kann seinen Anteil am Schloss zurückfordern, damit würden auch die Thornburns ihr Wohnrecht verlieren. Aber dazu ist er lediglich bereit, wenn Bertie nicht im Prozess aussagt. Und diese Vereinbarung muss mit Patrick schriftlich fixiert werden.«

»Das ist keine Vereinbarung, sondern Erpressung«, wende ich ein.

Patricks Lippen verziehen sich zu einem Lächeln.

Ich wende mich ihm zu. »Bertie wird aussagen müssen, oder? Eine andere Möglichkeit gibt es nicht.«

Patrick nickt.

»Dann werden wir ihm eben helfen. Er muss aussagen, sonst steht Dirk Tür und Tor offen, noch mehr Menschen wehzutun.«

»Ich dachte, Sie würden sich vernünftig zeigen«, erwidert Miss Daniels stirnrunzelnd. »Hat Bertie nicht schon genug durchgemacht, Miss Harper?«

»Das hat er, trotzdem ist es die einzige Möglichkeit.«

»Ich denke, wir sind für heute fertig.« Patrick erhebt sich. »Ich finde es höchst bedauerlich, dass Sie immer noch auf der Seite meines Vaters stehen, Miss Daniels. Ich halte das für äußerst dumm.« Er nimmt meine Hand. »Komm, Seraphina, wir gehen.«

55

Also?«, sagt Patrick, als wir auf die Straße treten. »Willst du mir jetzt vielleicht den Grund für deinen Besuch verraten?«

»Ach, eigentlich ist es im Moment nicht wichtig«, sage ich. »Patrick, ich habe solche Angst um Bertie. Wenn er tatsächlich aussagen muss, es könnte seine Seele vollends zerstören.«

»Das ist wahr«, meint er. »Aber ich glaube es nicht. Wenn ich nicht sicher wäre, dass er es schafft, würde ich es nicht vorschlagen.«

Ich beiße mir auf die Lippe. »Ich wünschte, es gäbe eine andere Möglichkeit.«

»Ich auch.« Patrick zieht mich an sich. »Glaub mir, ich auch. Aber trotzdem interessiert mich, weshalb du hier bist. Es muss etwas Wichtiges sein, wenn du den ganzen Weg herkommst, nur um mich zu sprechen.«

»Errätst du es etwa nicht?«, necke ich ihn. »Sonst weißt du doch auch immer, was in mir vorgeht.«

»Es hat etwas mit der Hochzeit zu tun. Lass mich raten. Du hast mit meiner Mutter geredet und von der alten Familientradition erfahren, dass die Cousinen und Schwestern Brautjungfern sind?«

»Genau.«

»Und jetzt bist du stocksauer, weil Zara dazugehören würde? Richtig?«

Ich lache. »Wieder Volltreffer.«

»Tradition ist Tradition.« Er streicht mir übers Haar. »Meine Großmutter wird es genauso haben wollen.«

Ich spüre, wie mein Blutdruck ansteigt. »Heiratest du mich oder deine Großmutter?«

»Definitiv dich.«

»Wie wär's, wenn ich meinen Exfreund zur Hochzeit einlade?« Ich schäume vor Wut. »Und mich von ihm zum Altar führen lasse. Wie würde dir denn das gefallen?«

Patricks Miene verfinstert sich. »Das wäre die reinste Katastrophe für mich, das weißt du ganz genau.«

»Wieso verstehst du dann nicht, dass ich Zara nicht als Brautjungfer haben will?«

»Ich verstehe es ja, aber wenn du eine Mansfield werden willst, musst du dich eben auch an die Traditionen gewöhnen, denn nach der Hochzeit wird es noch eine ganze Reihe davon geben, glaub mir.«

»Ach ja? Welche denn?«

»Beispielsweise wird ein Porträt von uns in der Ahnengalerie aufgehängt. Und sobald du den Namen Mansfield trägst, bekommst du dein eigenes Silberbesteck. Tradition ist auch, dass wir in der Hochzeitsnacht versuchen werden, ein Baby zu zeugen.« Er legt seine Hand auf meinen Po und zieht mich an sich.

»Wie war das? Dieser letzte Punkt, meine ich.«

»Das ist eine unserer wichtigsten Traditionen.« Er beugt sich vor und streift mit den Lippen an meinem Ohr entlang. »Und ich bin fest entschlossen, beim ersten Versuch erfolgreich zu sein.«

»Moment.« Ich lege die Hände auf seine Schultern. »Eine Sekunde. Du willst, dass ich gleich in der Hochzeitsnacht schwanger werde?«

»Natürlich. Das wäre absolut perfekt.«

Ich lache. »Also, ich weiß ja nicht. Vielleicht wollen wir ja erst einmal ein paar Jahre verheiratet sein, findest du nicht? Und was ist mit meiner Karriere? Ich habe schließlich eigene Aufgaben, die ich gern erledigen möchte.«

»Du würdest dich nach wie vor um Bertie kümmern, das nimmt dir keiner weg. Aber wir bekämen eben auch ein eigenes Kind.«

»Patrick, ich bin noch nicht bereit für eigene Kinder. Es gibt noch so vieles, was ich vorher tun möchte. Mit dir gemeinsam.«

»Wenn du willst, dass ich dich in der Hochzeitsnacht fessle, kann ich das gern tun …«

»Hör auf damit.« Ich verpasse ihm einen Klaps auf den Arm. »Ich meine es ernst. Willst du wirklich so schnell Kinder haben? Bevor wir etwas Zeit zu zweit hatten? Bloß wegen so einer blöden Tradition?«

»Traditionen sind nicht blöd, Seraphina, sondern wichtig.«

»Wieso?«

»Weil sie definieren, woher wir stammen. Sie symbolisieren unsere Geschichte.«

»Aber nicht meine, Patrick Mansfield. Die einzige Tradition in meiner Familie war, dass wir das Geld für die Miete nie pünktlich beisammenhatten.«

»Trotzdem hast du dich zu der Tradition der Ehe entschlossen.«

»Mit dir. Ich will dich gern heiraten, nicht der Tradition der Ehe folgen. Ich möchte meine Bindung mit dir besiegeln, und deine mit mir …«

Ein Lächeln spielt um Patricks Mundwinkel. »Und genau das tun wir durch die Tradition der Ehe. Vor allem in meiner Familie legen wir Wert darauf, Dinge so zu tun, wie wir es immer getan haben. Irgendwann wirst du das schon verstehen.«

Ich stemme die Hände in die Hüften. »Hör auf, mich so von oben herab zu behandeln, Patrick Mansfield. Zara wird nicht meine Brautjungfer, Tradition hin oder her! Und ich werde auch nicht in der Hochzeitsnacht schwanger. Sharon wird meine Brautjungfer. Und Wila. Und wenn Anise endlich aufhört, sich wie eine Idiotin aufzuführen, kann sie von mir aus auch mitmachen.«

Das Lächeln erreicht Patricks Augen. »Sehr großzügig von dir.«

»Ja. Das ist auch meine Hochzeit, Patrick. Ich habe mich

schon bereit erklärt, in einer Riesenkathedrale zu heiraten …«

»Ist das so ein großes Opfer? In einem der schönsten Gebäude der Welt vor den Traualtar zu treten?«

»Ja, weil dieses Gebäude rein gar nichts mit mir zu tun hat, sondern nur mit dir und deiner Familie.«

»Die auch bald die deine sein wird.«

»Aber noch ist es nicht so weit.«

»Aber bald.«

»Nicht wenn du darauf bestehst, dass Zara meine Brautjungfer wird.«

»Ist dir das wirklich so wichtig?«

»Natürlich!«, platze ich heraus.

»Na gut, vielleicht können wir mit dieser einen Tradition brechen«, sagt er und zieht mich wieder an sich, »aber auf die Hochzeitsnachttradition muss ich bestehen.«

»Patrick!«

»Da vertritt aber heute jemand seine Standpunkte.«

»Ich vertrete meine Standpunkte immer.«

»Natürlich, wie konnte ich das vergessen. Wie wär's damit – ich werde in der Hochzeitsnacht einfach versuchen, dich zu überzeugen, dir ein Kind von mir machen zu lassen. Und wenn ich es nicht schaffe, hast du alle Zeit der Welt, dich um deine Karriere zu kümmern. Oder was auch immer du sonst tun willst.«

»In Ordnung«, stimme ich zu, wenn auch mit einem Rest Argwohn. »Je nachdem, was du genau unter *überzeugen* verstehst. Was hast du vor?«

»Ich werde dir bestimmt nicht die ganze Überraschung vermiesen.«

»Hör auf, mich zu ärgern.«

»Überzeugen heißt, dass ich versuchen werde, dir klarzumachen, dass mein Plan der bessere ist.«

»Gut. Solange du nicht böse bist, wenn ich Nein sage.«

»Das wirst du nicht.«

»O doch, das werde ich.«

»Warten wir's ab.«

56

Wir treffen uns mit Bertie und Daphne zum Lunch im Mitgliedersalon des Parlamentsgebäudes, einem feudalen, sehr förmlichen Raum mit langen roten Vorhängen und hohen, mit Blattgoldverzierungen versehenen Bücherregalen.

Allmählich beschleicht mich der Verdacht, dass Patrick mich auf die Hochzeit vorbereiten will – auf den Moment, wenn ich in der Kathedrale den Gang entlangschreite.

Mein Unbehagen nach dem Gespräch mit Miss Daniels hält immer noch an, deshalb behalte ich Bertie während des ganzen Essens im Auge.

Patrick sagt zwar, er sei ein starker Junge, aber er hat so viel durchgemacht. Allein die Vorstellung, dass wir ihn einer weiteren traumatischen Situation aussetzen, bringt mich beinahe um den Verstand.

Bertie scheint von all dem nichts zu ahnen.

Er isst seine Suppe, lächelt sogar über meine Scherze und erzählt von *Just William*. Auch seine Wangen haben inzwischen wieder etwas Farbe.

Daphne ist sichtlich erfreut über seine Fortschritte, wohingegen ich mir die größten Sorgen mache. Gerade jetzt, da es so aussieht, als würde er sich uns öffnen, müssen wir besonders vorsichtig sein, um ihn nicht endgültig zu verlieren.

Möglicherweise denkt Patrick genau dasselbe, denn er wirkt während des Essens auffallend ernst.

Als der Kellner uns Kaffee und einen Milchshake für Bertie serviert, halte ich es nicht länger aus.

»Bertie, heute waren Patrick und ich bei einer Frau. Um mit ihr über Großvater zu reden.«

Bertie reißt die Augen auf.

»Du hast so viel durchgemacht, aber es könnte sein, dass du noch einmal stark sein musst. Vielleicht brauchen wir dich, damit du den Leuten erzählst, was Großvater mit dir gemacht hat.«

Ich rücke näher an ihn heran, aber er weicht zurück.

»Wir bitten dich wirklich nur, wenn es gar nicht anders geht«, fahre ich fort. »Aber wenn du nicht aussagst, darf dein Großvater frei herumlaufen.«

Ein tieftrauriger Ausdruck liegt in Berties Augen, und er schüttelt kaum merklich den Kopf. »Kann nicht.«

»Das verstehe ich, Bertie, und ich weiß genau, wie du dich fühlst. Aber …« Ich werfe Patrick einen Blick zu. »Onkel Patrick glaubt, dass du es schaffen kannst. Dass du ein starker Junge bist, trotz allem, was du durchgemacht hast. Ich weiß, dass dir viele schlimme Dinge passiert sind. Schlimmere, als ein Junge deines Alters sie erleben sollte. Aber wenn du vor Gericht aussagst, muss dein Großvater für immer im Gefängnis bleiben.«

»Wirklich für immer?«

»Für immer und ewig«, beteuere ich. »Und er wird nie wieder jemandem etwas antun können.«

Bertie starrt zu Boden. »Er hat mir wehgetan.«

»Ja, das weiß ich. Und genau das musst du diesen Leuten bei Gericht sagen. Wie er dir wehgetan hat.«

»Kann nicht.«

Wieder sehe ich Patrick an, und ich weiß, dass er recht hat: Bertie ist ein starker Junge. Stark genug, um diese Aussage zu machen. Es wird zwar schwer für ihn werden, aber er wird nicht daran zerbrechen. Stattdessen wird er es überstehen, so wie er alles andere auch überstanden hat.

»Bertie, du kannst das.« Ich lege ihm die Hände auf die Schultern. »Ganz sicher.«

»Nein.«

»Doch. Ich werde die ganze Zeit bei dir sein. Ununterbrochen. Wir werden es gemeinsam machen, als Familie. Du, ich und Patrick. Was aus deiner Mum wird, kann ich dir nicht sagen, aber ich werde immer bei dir sein. Immer. Ich lasse dich nie allein. Okay?«

Bertie blinzelt. »Okay«, sagt er leise.

Ich ziehe ihn an mich, und diesmal lässt er es zu. »Okay«, sage ich.

57

Zu Hause erkläre ich Daphne und Patrick, dass ich gern ein wenig Zeit mit Bertie allein verbringen will.

Wir machen uns auf in den Wald.

Nach einer Weile kommen wir an einem abgesägten Baumstumpf vorbei.

»Was vor dir liegt, ist sehr schwierig«, sage ich zu ihm, »aber wenn du es erst einmal hinter dir hast, ist es vorbei. Endgültig.«

Eingemummelt in seinem Dufflecoat sitzt Bertie neben mir und nickt traurig. Sein Haar flattert leicht in der Brise.

»Mein Dad hatte für schwierige Zeiten immer ein wunderbares Gebet. Willst du es hören?«, frage ich.

»Au ja.«

»Gott, gib mir die Gelassenheit, Dinge hinzunehmen, die ich nicht ändern kann, den Mut, Dinge zu ändern, die ich ändern kann, und die Weisheit, das eine vom anderen zu unterscheiden.« Ich lächle. »Und es gibt etwas, das du ändern kannst, Bertie. Aber dafür brauchst du Mut. Und mein Vater hat auch immer gesagt, dass die mutigsten Menschen diejenigen sind, die viel üben.«

Bertie sieht mich ausdruckslos an.

»Ich meine damit, dass man ein bisschen Übung braucht, um mutig zu sein. Und Vorbereitung. Also werden du und ich üben, was du vor Gericht sagen wirst. So lange bis es dir ganz leichtfällt, so als würdest du ein Lied singen, das du schon ganz lange kennst. Okay?«

»Ich will nicht«, sagt er.

»Ich weiß.« Ich rutsche zur Kante des Baumstumpfs. »Das weiß ich sehr wohl, aber vertrau mir, Bertie. Wenn wir es erst ein paarmal geübt haben, wird es leichter, versprochen. Früher habe ich mich um ein Mädchen gekümmert, das Angst vor Hunden hatte. Sogar große Angst. Und soll ich dir verraten, was wir getan haben?«

»Was denn?«

»Wir haben geübt, uns in der Nähe von Hunden aufzuhalten. Zuerst haben wir uns einfach in denselben Raum gesetzt, dann, als sie sich daran gewöhnt hatte, habe ich den Hund gestreichelt, und sie hat dabei ihre Hand auf meine gelegt. Und nach einer Weile konnte sie den Hund dann selbst streicheln und hatte nie wieder Angst vor ihnen.«

»Ich werde immer Angst haben.«

»Nein. Nein, das wirst du nicht. Aber du musst üben. Okay? Würdest du das tun? Bitte? Für mich?«

Bertie beißt sich auf die Lippe.

Ich muss grinsen. »Das mache ich auch immer, wenn ich nervös bin. Und Wila auch.«

Bertie ringt sich ein winziges Lächeln ab.

»Also, hier bist du sicher. Wir sind allein, nur du und ich. Niemand kann dir etwas tun, und es hört auch keiner zu. Kannst du mir jetzt sagen, was er getan hat?«

Bertie wird stocksteif.

»Es ist okay, Bertie. Lass dir so viel Zeit, wie du brauchst.«

»Er hat mir wehgetan.«

Mir wird ganz elend, trotzdem ist mir klar, dass er fortfahren muss. Er muss lernen, darüber zu sprechen. Sonst verlässt Dirk am Ende den Gerichtssaal als freier Mann.

»Wie genau hat er dir wehgetan, Bertie?«, frage ich beklommen.

»Er hat mir nicht erlaubt, etwas zu essen«, antwortet Bertie, während seine Hände zu zittern anfangen. »Er … er hat gesagt, wenn ich rede, bekomme ich nichts zu essen. Und er hat mich geschlagen. Mit so einem langen Ding.«

»Was meinst du? Einen Ledergürtel?«

Bertie nickt. »Ja.«

»Er hat dich also mit dem Gürtel geschlagen?«

Bertie nickt.

»Versuch, es auszusprechen«, fordere ich ihn auf und lege den Arm um ihn. »Okay? Kannst du die Worte laut aussprechen?«

»Er … er hat mich mit dem Gürtel geschlagen. Und er hat mir nichts zu essen gegeben. Manchmal hat er auch gesagt, dass er mein Essen vergiftet, wenn ich etwas sage. Und dass er meine Mummy umbringt. Ich soll am besten gar nichts mehr sagen, hat er gesagt.«

»Er wollte also, dass du nicht mehr sprichst. Weißt du, warum?«

Bertie nickt. »Weil ich alles gehört habe.«

»Was hast du gehört?«

»Das von Mummys Mummy. Margaret. Ich hab gehört, dass Margaret Mummys Mummy ist.«

»Margaret Calder?«

»Ja.«

»Okay, du machst das ganz wunderbar, Bertie.« Ich drücke ihn fest an mich. Er zittert zwar ein klein wenig, aber im Großen und Ganzen scheint es ihm gut zu gehen. Ich glaube nicht, dass er noch mehr sagen muss – diese Aussage sollte genügen, um Dirk für lange, lange Zeit ins Gefängnis zu schicken.

»Das hast du toll gemacht. Jetzt müssen wir es nur noch üben. Okay? Üben, üben, üben. Bis du keine Angst mehr hast und es vor anderen Menschen sagen kannst, die du nicht kennst. Okay?«

»Aber ich kann es nicht.« Wieder versteift er sich.

»Doch, du kannst, Bertie. Ich glaube an dich, und Onkel Patrick auch. Du bist ein starker Junge und kannst das. Versprochen.«

58

Bei unserer Rückkehr sehe ich Danny in seinem roten Morgenrock und Hausschuhen durch den Garten schlendern.

In der einen Hand hat er eine selbst gedrehte Zigarette, in der anderen ein Handy, dessen Display er stirnrunzelnd beäugt.

»Frierst du nicht, Danny?«, rufe ich und lege den Arm um Bertie.

»Schwesterherz! Ich hab mich schon gefragt, wo du steckst. Nein, mir ist nicht kalt. Im Gegenteil. Ein bisschen frische Luft tut gut. Das einzig Ärgerliche ist, dass man hier keinen anständigen Handyempfang hat.«

»Erzähl mir was Neues.« Ich lache. »Aber in einigen Teilen des Schlosses ist das Signal ganz gut. Soll ich dir zeigen, wo?«

»Ja. Ich muss den Kleinen anrufen. Bestimmt hat er mich schon fast vergessen.«

»Wieso holst du ihn nicht einfach her? Zur Hochzeit?«

»Das würde ihm bestimmt gefallen. Das klingt ja, als würdest du zur Königin von England gekrönt werden.«

»Nicht ganz. Aber man weiß nie …«

Danny beugt sich zu Bertie herunter. »Und du musst Bertie sein, stimmt's? Ich hab auch einen Jungen in deinem Alter. Wir sollten mal zusammen Fußball spielen.«

Gerade als ich Danny erklären will, dass Bertie ein wenig

schüchtern ist, antwortet Bertie mit klarer, heller Stimme: »Au ja.«

Ich sehe ihn verblüfft an. »Normalerweise redet er nicht mit Fremden.«

»Ich bin doch kein Fremder, oder, Bertie?«

»Nein«, antwortet Bertie. »Du bist Seras Bruder.«

»Genau! Woher weißt du das?«, ruft Danny.

»Du siehst genauso aus wie sie. Hattest du einen Unfall?«

»Ja, aber von jetzt an passe ich besser auf, damit ich keinen Ärger mehr kriege. Bekommst du auch manchmal Ärger, Bertie? Oder bist du ein braver Junge?«

»Ich kriege manchmal Ärger«, erwidert er.

»Aber nur ganz selten«, korrigiere ich. »An dem Ärger, den du bekommst, sind andere schuld. Du bist ein sehr braver Junge, Bertie. Los, lass uns reingehen und etwas essen.«

»Klingt gut.« Danny drückt seine Zigarette an der Schlossmauer aus. »Was gibt's denn?«

»Dein Magen, das Fass ohne Boden«, lache ich. »Mal sehen, was die Haushälterin vorbereitet hat.«

»Oh, du solltest dich mal hören. Die Haushälterin«, neckt Danny. »Klingt ja ganz so, als würdest du dich an das Leben als Adlige gewöhnen.«

»Da könntest du recht haben«, gebe ich grinsend zurück.

59

Nachdem Danny telefoniert hat, gehen wir in die Lounge im Westflügel, wo Daphne und Patrick bereits sitzen.

»So, und wer ist dieser reizende junge Mann hier? Ein weiteres Mitglied der Harper-Familie, nehme ich an. Er hat dieselben Augen wie du, Seraphina«, meint Daphne lächelnd.

»Guten Tag. Wie geht es Ihnen?« Danny ergreift ihre Hand, während er Patrick zunickt. »Alles klar, mein Freund? Ich hatte noch keine Gelegenheit, mich anständig bei dir zu bedanken, aber ich weiß deine Hilfe sehr zu schätzen, ehrlich.«

»Nicht der Rede wert«, entgegnet Patrick und wendet sich mir zu. »Wie geht es Bertie?«

»Gut.« Ich schiebe ihn zum Sofa. »Wir haben uns lange unterhalten. Und ich glaube, dass Bertie es schaffen kann. Er ist ein sehr starker kleiner Junge.«

»Allerdings«, bekräftigt Daphne.

Danny lässt sich aufs Sofa plumpsen, wobei sein Morgenmantel zur Seite fällt und den Blick auf seine roten Boxershorts freigibt. »Nett ist es hier.«

»Danny!«, rufe ich.

Er sieht an sich hinunter. »Oh. Äh. Entschuldigung. Ich vergesse immer wieder, dass ich hier nicht zu Hause bin.« Grinsend schlingt er den Stoff um seine Beine. »Also, was ist nun der Plan für die Hochzeit? Wann kommt Dad?«

»Äh, mit Dad habe ich noch nicht darüber geredet.«

»Nein?«

»Ich habe versucht, ihn anzurufen, kriege ihn aber nicht an die Strippe. Offenbar ist er unterwegs.«

»Du solltest dich beeilen, sonst ist es am Ende zu spät«, meint Danny.

»Ich weiß. Aber je länger ich warte, umso schwerer fällt es mir.«

»Ich verstehe nicht, was daran so schwierig sein soll.«

»Seraphina will nicht, dass ich ihre Familie kennenlerne«, wirft Patrick grinsend ein. »Oder?«

»Na ja …«

»Das kann ich ihr nicht verdenken«, meint Danny. »Unsere Familie ist … na ja, sagen wir mal so – in ein Schloss passen wir vielleicht nicht besonders gut, verstehst du, was ich meine? Aber Dad ist ganz okay. Ein anständiger, ehrlicher Kerl.«

»Und ein absoluter Gegner von überstürzten Aktivitäten«, werfe ich ein. »Er ist bestimmt stocksauer auf mich, wenn er erfährt, dass wir so schnell heiraten wollen.«

»Da könntest du recht haben«, bestätigt Danny. »Trotzdem musst du dich beeilen. Wieso versuchst du es nicht gleich noch mal?« Er zieht sein Handy aus der Tasche. »Hier. Fang.«

»Na gut«, seufze ich. »Aber bestimmt springt sowieso wieder nur die Voicemail an.«

»Dann hinterlass ihm eben eine Nachricht.«

»Eine Nachricht, dass ich heiraten werde? Wohl kaum.«

60

Ich setze mich neben Patrick aufs Sofa und scrolle zu Dads Nummer.

Er hebt beim zweiten Läuten ab.

»Danny, mein Junge!«

»Nein, Dad, hier ist Sera.«

»Sera, Schatz, wieso rufst du mich von Dannys Telefon an?«

»Er ist hier bei mir.«

»Wie geht es euch?«

»Gut. Sogar sehr gut.« Ich hole tief Luft. »Ich versuche schon eine ganze Weile, dich zu erreichen, Dad. Ich wollte dir etwas sagen.«

»Oje.«

»Nein, eigentlich sind es sogar gute Nachrichten. Ich … äh, ich werde heiraten.«

Stille.

»Entschuldige, Schatz, die Verbindung ist so schlecht. Hast du gesagt … dass du *heiraten* wirst?«

»Ja.«

Wieder herrscht Stille.

»Du willst mich doch nicht auf den Arm nehmen, oder?«

»Nein.« Ich muss lächeln. »Das ist kein Scherz, Dad. Ich werde tatsächlich heiraten.«

»Aber ich wusste noch nicht mal, dass du einen Freund hast.«

»Hatte ich auch nicht. Erst seit Kurzem.«

»Und wer ist er? Kenne ich ihn?«

»Nein, aber vielleicht hast du schon von ihm gehört. Er heißt Patrick Mansfield.«

»Patrick … Patrick … nein, da klingelt bei mir nichts. Moment mal. Er ist doch nicht einer von Dannys Kumpels. Lieber Gott, bitte sag mir, dass es nicht so ist. Du findest doch bestimmt jemand Besseres …«

»Nein«, lache ich. »Er … na ja, man könnte sagen, ich habe ihn bei der Arbeit kennengelernt.«

»Aha? Und was macht er beruflich?«

»Er ist so eine Art Hausmeister. In einem Schloss.« Ich

beschließe, ihm nicht zu sagen, dass Patrick Lord und Schlossbesitzer ist. Er hat für den Moment schon mehr als genug zu verdauen.

»Ah. Sera, Schatz, glaubst du nicht auch … Ich meine, das scheint alles sehr kurzfristig zu sein. Wie gut kennst du diesen Mann?«

»Sehr gut.«

»Aber wie ist das möglich, wenn du ihn erst vor Kurzem kennengelernt hast?«

»Ich … ich kenne ihn einfach Dad. Und er mich. Er ist der Richtige.«

»Deine Mutter und ich haben völlig überstürzt geheiratet. So etwas ist nie gut. Dieser Mann könnte sich als Ungeheuer entpuppen.«

»Er ist ein anständiger Mann, Dad. Das verspreche ich dir. Frag Danny und Wila. Oder sonst jemanden, völlig egal, alle werden dir dasselbe sagen.«

Patrick legt die Finger um meinen Arm. »Darf ich mit ihm reden?«, fragt er.

»Dad, Patrick … er möchte mit dir reden.«

»Dann gib ihn her.« Dads Tonfall verrät, dass er sich aufzuregen beginnt. »Ich will sehr gern ein Wörtchen mit diesem Mann reden, der meine Tochter völlig überstürzt vor den Altar schleppen will.«

Ich halte die Hand über das Mikrofon. »Bist du sicher, dass das eine gute Idee ist, Patrick? Er ist ziemlich sauer.«

»Ich mache das schon, Seraphina.« Er nimmt mir das Handy aus der Hand. »Mr Harper? Ihre Tochter ist das Beste, was mir je passiert ist. Sie ist die schönste, tapferste, großherzigste Frau, die mir je begegnet ist. Und ich fühle mich geehrt, Teil Ihrer Familie zu werden. Dürfte ich Sie zu einem Diner hier ins Schloss einladen?«

Bei der Vorstellung, wie mein Dad am anderen Ende der Leitung nicht weiß, wie ihm geschieht, muss ich grinsen. Ich weiß, dass er regelrecht dahinschmilzt, wenn jemand nette Dinge über seine Kinder sagt.

»Aha. Gut, dann wäre das geklärt. Ich arrangiere den Flug für Sie. Und ich freue mich sehr, Sie kennenzulernen, Sir«, sagt Patrick.

Er legt auf und wirft Danny das Handy zu.

»Sir!«, gackert Danny. »Das war garantiert das erste Mal, dass ihn jemand so genannt hat.«

»Aber bestimmt nicht das letzte Mal«, gibt Patrick mit stählerner Stimme zurück. »Ich habe die Absicht, euren Vater mit dem gebotenen Respekt zu behandeln.«

»Also kommt er?«, frage ich.

»Ja.«

»Wann?«

»Morgen.«

»Hervorragend«, ruft Danny und klatscht begeistert in die Hände. »Ich liebe es, wenn es knallt und raucht.«

»Was meinst du damit?«, frage ich.

»Eine Art Hausmeister?« Danny hebt vielsagend eine Braue. »Das war deine Art, Dad zu sagen, dass Patrick halb Schottland gehört?«

»Eins nach dem anderen. Zuerst soll er Patrick kennenlernen.«

»Da will ich unbedingt dabei sein!« Er reibt sich die Hände. »Ich kann es kaum erwarten.«

61

Am nächsten Tag fahren Patrick, Danny und ich zum Flughafen von Edinburgh, während Daphne sich um Bertie kümmert.

Endlich tritt Dad durch die Schranke im Empfangsbereich. Er sieht erschöpft aus und älter, als ich ihn in Erinnerung habe.

Mein Dad ist ziemlich klein, mit schlohweißem Haar und einem freundlichen, faltigen Gesicht. Mich erinnert er immer an einen Gartenzwerg, nur ohne Bart.

Er trägt seine übliche Trucker-Uniform: Jeans, ein schwarzes T-Shirt und eine Jeansjacke darüber.

Danny winkt ihm zu. »Hey, Dad! Hier drüben!«

Ich winke ebenfalls, wenn auch plötzlich leicht verlegen. Als wäre ich eine schlechte Tochter.

Patrick steht hinter mir, aufrecht, unbewegt, wie ein Fels in der Brandung. Er hat es sich nicht nehmen lassen, beim ersten Zusammentreffen mit meinem Vater einen Anzug anzuziehen, obwohl ich ihm gesagt habe, dass das nicht nötig ist, sondern meinem Dad vermutlich wohler wäre, wenn er ebenfalls in Jeans käme. Aber Patrick wollte nichts davon hören.

Als mein Dad mit seinem abgenutzten Rucksack auf den Schultern näher kommt, tritt Patrick vor.

»Es ist mir eine Ehre, Sie kennenzulernen, Mr Harper. Eine Ehre, Sir.«

Er packt Dads Hand und schüttelt sie herzhaft.

Dad lässt den Blick an ihm emporwandern. »Sie sind

also der Mann, der meine Tochter heiraten will, ja? Und wie kommen Sie auf die Idee, gut genug für sie zu sein?«

Ich lege mir die Hand auf die Stirn. »Super, Dad. Das ist ja ein Spitzenanfang, schönen Dank.«

Patrick lacht. »Niemand ist gut genug für Seraphina, Mr Harper, aber ich kann Ihnen versprechen, dass ich für den Rest meines Lebens versuchen werde, mein Möglichstes zu geben.«

»Sie beide kennen sich ja kaum fünf Minuten«, fährt Dad fort. »Deshalb sollten Sie sich nicht in etwas verrennen.«

»Mr Harper, wussten Sie bei Seraphinas Geburt, dass Sie sie lieben?«

»Natürlich!« Dad wirft sich in die Brust. »Ich wusste vom ersten Moment an, dass ich alles für sie tun und sie beschützen würde, solange ich lebe.«

»Dabei kannten Sie sie gerade mal fünf Minuten.«

»Aber das ist doch was völlig anderes …«

»Ist es nicht. Wenn man jemanden liebt, weiß man es. Hier drin.« Er klopft sich auf die Brust. »Seraphina ist dafür bestimmt, an meiner Seite zu sein. Ich werde sie glücklich machen, das verspreche ich Ihnen.«

»Wir versprechen alle jeden Tag irgendetwas …«

»Patrick würde niemals ein Versprechen brechen«, wende ich ein und ergreife seine Hand. »Er ist der aufrichtigste Mann, dem ich je begegnet bin. Dad, es tut mir leid, dass das alles so überstürzt auf dich wirkt. Ich hätte es dir schon früher sagen sollen. Aber ich hatte Angst, du könntest etwas dagegen haben. Ich liebe Patrick, Dad. Mehr als alles andere auf der Welt. Und wie er schon gesagt hat – man weiß es einfach.«

»Nun ja.« Er kratzt sich die grauen Bartstoppeln. »Wie wär's, wenn wir erst mal irgendwo eine schöne Tasse Tee trinken?«

»Eine hervorragende Idee«, sagt Patrick. »Wo möchten Sie gern hin, Mr Harper? Im Schloss wird nachmittags Tee serviert, wir können aber auch eine Erfrischung in der Lounge hier zu uns nehmen. Sie ist sehr gemütlich, und der Kaffee und die Sandwiches sind wunderbar.«

»Wenn Ihr Arbeitgeber Ihnen erlaubt, Tee im Schloss zu trinken ... Das klingt doch sehr nett.«

Ich höre schnaubendes Gelächter.

»Hör auf, Danny!«, zische ich.

Ich werfe Patrick einen Blick zu.

»Ehrlich gesagt, Mr Harper ...«

»Ja!«, falle ich ihm ins Wort. »Das ist tatsächlich eine prima Idee. Das Schloss wird dir gefallen! Es ist wunderschön.«

»Muss schön sein, in einem Schloss zu arbeiten«, fährt Dad fort, als wir aus dem Flughafengebäude und zu der wartenden Limousine treten.

»Ja«, bestätige ich.

»Eigentlich habe ich mit Pa...«

»Wie war der Flug?«, frage ich schnell und bugsiere Dad in Richtung Limousine.

62

Dad sitzt auf dem Rücksitz und sieht aus dem Fenster.

»Ich war seit Jahren nicht mehr in Schottland«, sagt er. »Dabei habe ich das Land immer geliebt. Diese wunderschöne Landschaft. Und die Schotten mit ihrem Whisky … eine echte Leidenschaft, was, Patrick?«

»Ich trinke gern mal ein, zwei Gläschen«, erklärt Patrick. »Wie wäre es, wenn wir nachher eine Flasche aufmachen? Wir könnten die Gelegenheit nutzen, uns ein wenig näher kennenzulernen.«

»Nein!«, platze ich heraus. »Ich meine, du hast einen langen Flug hinter dir und bist bestimmt müde. Bestimmt willst du dich erst ein Weilchen hinlegen, oder?«

»Aber es ist erst Nachmittag«, meint Dad. »Ein kleiner Whisky wäre genau das Richtige, um mich mit deinem jungen Mann in Ruhe zu unterhalten.«

Genau das macht mir ja so Angst, denke ich.

»Also, ich hätte auch nichts gegen einen Tropfen einzuwenden«, sagt Danny, der die Füße lässig auf den Ledersitz gelegt hat, und zwinkert mir zu. »Ist immer nett, vor dem Kamin zu sitzen und zuzusehen, wie es knallt.«

Ich werfe ihm einen finsteren Blick zu.

»Nun, Patrick, Ihr Arbeitgeber scheint ja sehr großzügig zu sein«, fährt Dad fort.

»Entschuldigung?«, fragt Patrick.

»Dass er seine Angestellten in einer Limousine herumfahren lässt, ist doch ziemlich nett, oder?«

Patrick wirft mir einen Blick zu. »Ich habe das Gefühl, viel mehr als bei dem Telefonat hast du deinem Vater nicht von mir erzählt, Seraphina.«

»Äh, vielleicht können wir das später besprechen.«

»Ich mag Unaufrichtigkeit nicht«, wendet Patrick ein. »Das ist nicht gut. Man sollte keine Geheimnisse machen, sondern von Anfang an Klarheit herrschen lassen.«

»Seraphina«, sagt Dad mit seiner Dad-Stimme. »Dein junger Mann hat völlig recht. Du solltest mir gegenüber ehrlich sein. Es ist doch nichts Schlimmes, oder? Es geht dir gut, und alles ist in Ordnung, ja?«

»Mir geht's gut.«

»Besser als gut«, wirft Danny ein. »Sie gehört neuerdings quasi zur Königsfamilie.«

»Danny!«

»Okay, das reicht jetzt«, sagt Dad. »Erklärt mir vielleicht mal jemand, was hier los ist?«

»Ich denke, wir sollten warten, bis wir zu Hause sind und du einen Drink in der Hand hast«, wende ich ein.

63

Als Erstes zeige ich Dad sein Zimmer, das sich unmittelbar neben Dannys befindet. Wieder betont er, wie nett er es von Patricks Boss findet, die Familienangehörigen der Mitarbeiter hier übernachten zu lassen.

Patricks Kiefer ist zum Zerreißen gespannt, aber er schweigt. Als Dad sich eingerichtet hat, folgen wir Patrick in die Turmbar, einem gemütlichen Raum mit einer Dachterrasse, der mit roten Sofas und Barhockern und einer langen, mit allerlei Whiskysorten bestückten Bar ausgestattet ist; außerdem gibt es einen Billardtisch und eine Dartscheibe.

Patrick nimmt drei Gläser aus dem Regal hinter der Bar. »Ich serviere den Herren einen der besten Tropfen Schottlands – McDouglas Triple Distilled. So klar wie ein Hochlandsee im Frühjahr.«

Er schenkt die drei Gläser voll und schiebt zwei davon Dad und Danny zu.

»Moment mal«, rufe ich lachend. »Die Herren kriegen Whisky, aber ich nicht?«

»Ich wollte dir ein Malzbier holen.«

»Ein Whisky wäre mir lieber. Ich glaube, den kann ich heute gebrauchen.«

»Aber der wird dir die Schädeldecke wegblasen.«

»Ich schaffe das schon.«

»Vertrau ihr«, wirft Danny ein. »Sera hat schon so manchen Mann unter den Tisch getrunken.«

»Bertie ist bei Daphne, das heißt, ich kann mir einen Drink genehmigen. Und ich liebe Whisky, er passt so gut zu meiner Haarfarbe«, erkläre ich.

»Dann einen kleinen.« Patrick gießt einen winzigen Schluck in ein Glas.

»Wieso kriege ich nicht dasselbe wie alle anderen?«, hake ich nach.

»Gegen die Biologie kann man nun mal nichts machen, Seraphina. Frauen sind kleiner als Männer, Punkt.«

»Aber ich bin größer als mein Dad.«

»Ich an deiner Stelle würde ihr einen richtigen Drink einschenken, Kumpel, sonst kaut sie dir endlos das Ohr ab«, wirft Danny ein.

Patrick gießt noch einen Schluck nach. »Aber ich bin nicht schuld, wenn er dir zu Kopf steigt. Der ist enorm stark.«

Unsere Finger berühren sich, als er mir das Glas reicht, und ich zucke zusammen, als hätte ich einen elektrischen Schlag bekommen.

»Betrinken Sie sich bitte nicht, Miss Harper«, warnt Patrick.

»Das werde ich hübsch bleiben lassen.«

»Also.« Danny nimmt sein Glas. »Wer wird Dad jetzt Patricks Beschäftigungsverhältnis erklären?«

»Danny, musst du immer Unruhe stiften?« Ich werfe ihm einen finsteren Blick zu.

»Zumindest gibt es bei mir etwas zu lachen.«

Ich seufze. »Aber auch nur manchmal.«

Dad nippt an seinem Whisky. »Wow, das ist aber ein edler Tropfen, allerdings haut er einen ganz schön aus den Socken.«

»Dad …«

»Ist schon gut, Seraphina«, wiegelt Dad ab. »Ich glaube, inzwischen weiß ich, was hier los ist. Hat dein junger Mann seinen Job verloren? Ist das das große Geheimnis?«

Danny bricht in schallendes Gelächter aus. »Patrick kann seinen Job nicht mal verlieren, wenn er es versuchen würde.«

»Oh, dann hatte er also gar keinen Job?«

»Patrick ist … Er arbeitet nicht im Schloss«, erkläre ich.

»So?«

»Es gehört ihm.«

Dads Augen weiten sich. »Ihm *gehört* das Schloss?«

»Ja. Er ist Lord Patrick Mansfield.«

»LORD Patrick Mansfield?«, wiederholt Dad.

»Ich kann Ihnen aber versichern, dass ich auf den Titel keinen Wert lege. Patrick reicht vollkommen.«

»Lord Patrick Mansfield?« Dads Augen weiten sich noch mehr. »Sie sind ein Lord … ein reicher Mann?«

Patrick lacht. »Nicht alle Lords sind zwangsläufig reich.«

»Aber Sie sind es.«

Patrick zuckt die Achseln. »Kommt darauf an, wen man fragt. Für manche ist mein Vermögen kaum mehr als ein Tropfen Wasser im Ozean. Aber im Grunde spielt das keine Rolle. Wichtig ist, dass Seraphina und ich uns lieben. Und dass ich gut auf sie aufpassen werde.«

»Ich freue mich ja, dass Sie beide glücklich sind«, erwidert Dad. »Trotzdem klingt das alles nicht richtig für mich. Sie kennen sich doch so gut wie gar nicht, und die Unterschiede zwischen Ihnen könnten kaum größer sein. Ich meine, Sera – er ist ein Lord.«

»Und sie wird schon bald eine Lady sein«, wirft Patrick ein.

»Auf dem Papier vielleicht«, widerspricht Dad. »Sera, das ist alles … ich meine, das ist doch nicht unsere Liga. Ein Schloss? Willst du allen Ernstes einen Mann heiraten, der völlig anders ist als du?«

»Ich hatte dieselben Bedenken«, gebe ich zu. »Lange Zeit sogar. Und auch jetzt sind sie noch da, aber in Wahrheit sind die Unterschiede zwischen uns gar nicht so groß. Nicht in den Punkten, die wirklich wichtig sind. Patrick hat alles, was ich mir von einem Mann nur wünschen kann. Er ist tapfer, aufrichtig und so nett zu mir. Ehrlich. Wenn du ihn erst besser kennst …«

Dad seufzt. »Soll ich dir sagen, wie sich das für mich anhört? Nach Teenie-Liebe. Sera, das ist keine Entscheidung einer erwachsenen Frau, sondern viel zu überstürzt. Es ist zu früh für so einen großen Schritt.«

»Mr Harper, ich liebe Ihre Tochter«, sagt Patrick. »Ich

habe noch nie jemanden so geliebt wie sie. Was uns verbindet, ist keine Teenie-Schwärmerei. Nicht mal ansatzweise. Sondern echte, aufrichtige Liebe. Und ich gelobe, dass ich bis zu meinem seligen Ende für sie da sein werde.«

Ich sehe, dass Dads Züge etwas weicher werden. »Sie sind ein anständiger Mann, daran habe ich keinerlei Zweifel. Aber ich mache mir eben Sorgen um meine Tochter. Sie ist ein wunderbares Geschöpf, und ich habe Angst, dass sie hier nicht glücklich wird, so weit weg von allem, was sie kennt. Du bist doch ein Stadtkind, Seraphina. Das warst du schon immer.«

Ich berühre Dads Arm. »Das war ich auch, aber jetzt nicht mehr. Ich lebe gern hier oben, Dad. Und ich liebe Patrick.«

Danny nimmt die Füße vom Sofa. »Er ist ein anständiger Kerl, Dad. Ich glaube, die beiden kommen schon zurecht. Garantien gibt es nicht, für keine Ehe. Sieh dir bloß an, was aus mir und Amy geworden ist – wir sind in derselben Straße aufgewachsen, hatten dieselben Freunde, dasselbe Umfeld, dasselbe Leben. Und trotzdem hat es am Ende nicht funktioniert.«

»Sie war ein echtes Miststück«, sagt Dad.

»Absolut«, bestätigt Danny. »Es ist doch prima, wenn Sera einen netten Mann heiratet, glaubst du nicht auch? Mistkerle hatte sie definitiv genug.«

Dad seufzt. »Es ist schwer, weil ich nicht will, dass dir jemand wehtut, Sera. Das ist alles.«

»Dann sag einfach, dass du dich für mich freust. Und führ mich zum Traualtar. Denn das ist das Einzige, was mir im Moment wirklich wehtun würde – wenn ich deinen Segen nicht bekäme.«

»Okay. Ja, ich verstehe es ja. Gib mir einfach etwas Zeit, um mich an den Gedanken zu gewöhnen. Okay? Wenn ich das erst mal getan habe … Danny hat völlig recht. Garantien gibt es nicht.«

»Dann lassen Sie uns endlich anstoßen«, sagt Patrick. »Mr Harper, Sir, ich hoffe, ich kann Sie überzeugen, dass es für diese Ehe sehr wohl eine Garantie gibt.« Er wendet sich mir zu. »Wieso gehst du nicht los und verbringst den Nachmittag im Spa, solange dein Vater und ich uns noch ein wenig besser kennenlernen? Ich habe jemanden engagiert, der sich um deine Frisur und dein Make-up für heute Abend kümmert.«

»Was?«

»Ja, es ist ein feierliches Diner.«

Ich kippe meinen Whisky hinunter. »Okay«, sage ich widerstrebend. »Ich werde dich zwar vermissen, aber … Schätzungsweise ist es ganz gut, wenn ihr beide etwas Zeit miteinander verbringt. Sehen wir uns dann zum Abendessen?«

Patrick beugt sich über den Tresen und küsst mich auf die Wange. »Ja.«

»Äh, was genau bedeutet feierliches Diner?«

»Ballkleid und Smoking, aber keine Angst, Hugo kommt später mit ein paar Roben vorbei. Und er bringt auch Smokings für deinen Vater und Danny mit.«

Ich lächle. »Du denkst wirklich an alles, was?«

64

Wohlriechender, warmer Dampf schlägt mir entgegen, als ich das Spa betrete. Jemand hat flauschige weiße Handtücher und einen Badeanzug auf einem Korbstuhl für mich bereitgelegt.

Der Badeanzug ist sehr schlicht – schwarz mit breiten Trägern.

Ich muss lächeln.

Offenbar hat Patrick die Haushälterin gebeten, ihn für mich zu besorgen.

Vermutlich will er, dass ich nicht allzu aufreizend aussehe; vielleicht hat er Angst, Grey könnte in der Wanne liegen.

Ich ziehe mich um, gleite ins warme Wasser und spüre, wie die Düsen zu sprudeln beginnen; minutenlang liege ich im warmen, nach Lavendel duftenden Wasser und lausche der Musik, die aus den eingelassenen Lautsprechern dringt.

Gerade als ich mich entspanne, erscheint eine Gestalt im Türrahmen.

»Hi!«

Ein junges Mädchen mit blondem, zu einem Knoten im Nacken frisiertem Haar in weißer Kosmetikerinnenkluft steht vor mir.

»Oh, hi.« Ich setze mich auf.

»Ich bin Natalie. Sie müssen Seraphina sein.«

»Ja.« Ich lächle.

»Ich habe schon so viel über Sie gehört.«

»Ehrlich? Von wem denn?«

»Von Patrick natürlich. Er sagt, Sie seien etwas ganz Besonderes. Und so etwas aus Patricks Mund zu hören … Nun ja, offenbar ist es ihm ernst. Aber egal.« Sie klatscht in die Hände. »Ich werde Ihnen jetzt eine schöne Gesichtsbehandlung machen und mich dann um Ihr Make-up kümmern.« Sie greift nach einem flauschigen Bademantel. »Wenn Sie den hier anziehen, dann legen wir gleich los.«

65

Natalie führt mich in einen weiß gestrichenen Raum mit allerlei Kosmetikutensilien, Tiegeln und Tuben und fordert mich auf, es mir auf der lederbezogenen Liege bequem zu machen.

Dann streift sie mein Haar aus dem Gesicht, fixiert es mit einem Haarband und trägt eine wohlriechende Creme auf.

»Augen schön geschlossen lassen«, tadelt sie, als ich einen Blick riskieren will.

»Okay.« Lächelnd lasse ich die Prozedur über mich ergehen.

Als sie allerlei Seren und Feuchtigkeitsprodukte in meine Haut eingearbeitet hat, zieht sie einen Spiegel auf Rollen heran und meint, ich solle mich aufsetzen.

»Jetzt können wir Ihr Make-up besprechen. Die Farben, die wir heute benutzen, können Sie auch am Hochzeitstag verwenden. Sind Sie schon aufgeregt?«

»Ein bisschen nervös«, gestehe ich. »Normalerweise trage ich nur wenig Make-up, aber ich spiele gern ein bisschen mit meinem Look herum. Es ist eine feine Sache, mal jemanden zu haben, der sich damit auskennt.«

»Patrick meinte, Sie hätten eine künstlerische Ader.«

»So?«

»Ja. Also, ich finde, ein dunkler Eyeliner und rote Lippen würden Ihnen wunderbar stehen. Das gibt einen tollen Vintage-Look. Was meinen Sie?«

»Ich würde es gern ausprobieren. Ich kriege den Lidstrich nie richtig sauber hin, vor allem den Schwung am Ende nicht.«

»Genau dafür bin ich ja hier.« Lächelnd zaubert sie zwei perfekte Lidstriche über meine Augen und gibt etwas Puder auf meine Wangen.

»Sie haben eine so makellose Haut, dass wir nicht mal Grundierung brauchen. Allerdings sind Sie etwas blass. Für Ihren Teint brauche ich den hellsten Puderton, den ich habe.« Sie runzelt die Stirn. »Normalerweise gebe ich einen Hauch Bronzer auf die Wangen, aber bei Ihnen … Nein, ich glaube, Rouge passt besser.«

»Rouge?« Automatisch kommen mir die älteren Damen mit ihren rosa Bäckchen in den Sinn. »Wirklich?«

»Nur die Ruhe«, beschwichtigt sie mich. »Ich habe sehr hübsche, ganz diskrete Farben hier. Für Sie passt am besten ein weiches Rosé. Okay?«

»Okay. Ich vertraue Ihnen.«

»Sehr gut, denn ich werde dafür sorgen, dass Sie wunderschön aussehen. Ihre Wangenknochen und Ihre schönen großen Augen – die bringen wir so richtig zum Strahlen. Warten Sie's nur ab.«

Eine halbe Stunde später sehe ich in den Spiegel und muss zugeben, dass ich mich noch nie so strahlend, so lebendig gesehen habe.

Fassungslos vor Begeisterung drehe ich mich hin und her.

»Das ist ja unglaublich«, schwärme ich.

»Ihr Gesicht war ein Kinderspiel.« Natalie späht über meine Schulter. »Ich habe nur hervorgeholt, was ohnehin da ist. Bei Ihnen gibt es weder etwas abzudecken noch zu kaschieren. Sie werden eine wunderschöne Braut sein.«

»Und eine nervöse.«

»Alle Bräute sind doch nervös, oder?«

»Vermutlich. Aber nicht alle heiraten in einer riesigen Kathedrale. Vor so vielen Leuten.«

»Zerbrechen Sie sich darüber nicht den Kopf. Sie sind doch auch Sängerin, oder?«

»Ja, woher wissen Sie das?«

»Patrick hat es mir erzählt.«

Ich muss lachen. »Was hat er Ihnen eigentlich noch so alles erzählt?«

»Oh, eine ganze Menge.« Sie lacht. »Er konnte gar nicht mehr aufhören. Dabei habe ich ihn bloß gefragt, womit Sie Ihre Zeit verbringen, um eine Vorstellung davon zu bekommen, welches Make-up passend sein könnte. Und er fing sofort an zu schwärmen, was für eine tolle Sängerin sie seien und wie sehr Sie Ihre kleinen Schützlinge lieben würden. Aber wenn Sie Sängerin sind, müssen Sie doch auch schon vor Publikum aufgetreten sein, oder?«

»Mehr oder weniger.«

»Dann sehen Sie es doch einfach als einen Auftritt. Oh, da ist ja Tracy.«

Eine zweite junge Frau kommt herein, ebenfalls in einem weißen Outfit, nur ist sie nicht blond wie Natalie, sondern dunkelhaarig.

»Klopf, klopf«, sagt sie leise. »Darf ich reinkommen?«

»Natürlich.« Natalie winkt sie herein. »Ich habe gerade Seraphina erzählt, wie sehr Patrick von ihr geschwärmt hat.«

»Bei mir war es genauso. Er konnte gar nicht mehr aufhören«, bestätigt Tracy. »Ich glaube, es hat ihn voll erwischt. Was ein gutes Zeichen ist, immerhin werden Sie heiraten. Also, haben Sie sich schon Gedanken über Ihre Frisur gemacht?«

Tracy und ich entscheiden uns für eine Hochsteckfrisur mit viel Volumen und einer silbernen Spange neben meinem linken Ohr.

Wahnsinn.

»Das sieht fantastisch aus«, rufe ich, als Tracy mir den Spiegel hinhält.

»Jetzt sind Sie bereit, die Stadt unsicher zu machen«, sagt Natalie.

»Oh, es ist ein formelles Dinner, das hier im Haus stattfindet.«

»Oh«, ruft Natalie. »Von diesen förmlichen Abendgesellschaften der Mansfields habe ich schon gehört. Dafür kaufen sie die Hälfte der Fleischvorräte, Gemüse und Whisky im Dorf auf.«

»Ach, so feudal wird es schon nicht werden«, wiegle ich ab und spüre, wie mir plötzlich heiß und kalt wird. »Es ist ja nur mein Dad zu Besuch gekommen.«

»Ein Glückspilz«, sagt Natalie. »Als Prinz Fedora aus Griechenland kam, haben die Mansfields eigens eine Ziege zu Ehren seiner Ankunft geschlachtet. Und bei einem Besuch der spanischen Königsfamilie gab es eine Paella in der

Größe eines Pools. Das ganze Dorf wurde noch wochenlang damit verköstigt.«

»Aber es ist doch nur meine Familie«, sage ich. »Wir sind nichts Besonderes. Ich bin sicher, Patrick hat ein ganz normales Essen organisiert.«

»Sie kennen ihn vermutlich am besten.« Natalie gibt etwas Puder auf meine Wangen. »So, fertig! Sie sehen absolut perfekt aus. Entspannen Sie sich noch ein bisschen, während ich Ihnen die Nägel mache, und gleich kommt auch Hugo mit den Kleidern. Soweit ich mitbekommen habe, hat er einen ganzen Lastwagen voll Designer-Roben ankarren lassen. Ich bin ja so neidisch!«

66

Ich muss zugeben, dass ich mich daran gewöhnen könnte, umsorgt und bedient zu werden.

Ich mache es mir auf einer Sonnenliege bequem, nippe an einem Glas Eistee und esse Kekse, während Natalie meine Hände zuerst massiert und mir dann die Nägel feilt. Sie verwöhnt sie mit Öl, schiebt die Nagelhäutchen zurück und lackiert die Nägel dann mit einem satten Burgunderrot. Es sieht toll aus.

In diesem Moment ertönt ein Rattern, und Hugo biegt mit einem fahrbaren Kleiderständer mit Ganzkörperspiegel um die Ecke.

»Einen wunderschönen Nachmittag, die Damen! Ich bringe hier Cinderellas Ballkleider.«

Ich lache. »Hi, Hugo. Wow! Die sehen ja fantastisch aus.«

»Und sie sind alle in Ihren Farben – Grün, Orange, Braun.«

Ich setze mich auf. »Die sind wirklich bildschön.«

»Ja, nicht? Und genau Ihr Stil. Schön, aber auch ein bisschen ausgeflippt.«

Ich muss wieder lachen. »Ein bisschen ausgeflippt?«

Hugo zuckt die Achseln. »Ist doch gut.«

»Und mein Kleiderstil ist auch ausgeflippt?«

»Und wie. Nicht viele können das tragen. Aber Sie, Seraphina, sind eine Künstlerin. Kühn und mutig.«

»Nicht immer.« Ich stehe auf, um die Kleider in Augenschein zu nehmen.

»Die Auswahl ist großartig, oder?«, meint Hugo. »Die Designer haben sich geradezu überschlagen. Jeder wollte die neue Mrs Mansfield ausstatten.«

»Tatsächlich?« Ich bin ein wenig verunsichert.

»O ja. Sie werden sich allmählich daran gewöhnen müssen, zur Prominenz zu gehören.«

»Ich bin nicht sicher, ob ich das je schaffen werde. Ich bin Seraphina, ein ganz normales, unauffälliges Mädchen, völlig egal, welches Kleid ich trage.«

»O nein, unauffällig sind Sie ganz bestimmt nicht. Sie sind eine Persönlichkeit. Und genau die will die Welt gern sehen, das schwöre ich Ihnen. Sie werden noch an mich denken.«

»Hm.« Ich ziehe ein dunkelorange Kleid heraus, dessen Rock wie ein Tutu geschnitten ist.

»Ich bin nicht sicher, ob das das Richtige ist«, meint Hugo und tritt vor. »Der Designer wollte unbedingt, dass ich es mitnehme, aber für ein feierliches Diner? Eher nicht. Hier, wie wäre es mit dem hier?«

Er zieht eine tannengrüne, elegant geschnittene Robe heraus. »Stellen Sie sich bloß vor, wie es beim Gehen raschelt. Wunderbar. Einzigartig.«

»Es gefällt mir, aber …«

»Okay, das Nächste.« Hugo zieht ein anderes Kleid hervor. »Ah, wie wäre es hiermit? Carvallia. Sehr aktuell in dieser Saison.«

Das senfgelbe Kleid ist ebenfalls bodenlang und hat einen sehr weit geschnittenen Rock und ovale Cutouts an den Ärmeln und auf dem Rücken.

Hugo hält es vor mich hin, damit ich mich im Spiegel ansehen kann.

»Bildschön«, schwärmt er.

Ich muss zugeben, dass mir die Farbe gut steht. Eigentlich ist es auch ziemlich cool, trotzdem …

»Ich weiß nicht recht. Irgendwie fühlt es sich nicht an, als wäre es das Richtige für mich.«

»Das Nächste!«, ruft Hugo, hängt das Kleid zurück und geht mit gefurchter Stirn die Auswahl durch.

Mein Blick fällt auf etwas Eisblaues.

»Was ist denn mit dem hier?«

Im Gegensatz zu all den anderen ist dieses Kleid sehr schmal geschnitten, mit einer Korsage, ovalem Ausschnitt und winzigen aufgestickten Kristallen, die es wie einen Wasserfall glitzern lassen.

»Das ist etwas ganz Besonderes«, sagt Hugo. »Die Steine sind handgestickt. Es ist ein Original, um das ich den Designer regelrecht anbetteln musste. Eigentlich ist es für die nächste Wintersaison gedacht, das heißt, Sie sind wieder mal derart Ihrer Zeit voraus.«

»Ich liebe dieses Kleid.« Ich nehme es vom Bügel und halte es vor mich.

»Und ich glaube, die Liebe beruht auf Gegenseitigkeit«, bemerkt Hugo.

»Wahnsinn«, wirft Natalie ein. »Es sieht umwerfend aus.«

»Sie hat es noch nicht anprobiert«, meint Tracy. »Was, wenn es nicht passt?«

»Das wird es«, bemerkt Natalie. »Es muss passen. Es ist absolut perfekt für sie.«

»Ich muss Sie allerdings warnen«, sagt Hugo. »Dieses Kleid hat eine Besonderheit.«

»Welche?«

»Es ist ein Unikat. Und die Dame, die es trägt, muss etwas beachten.«

»Was denn?«

»Es muss ohne Unterwäsche getragen werden.«

»*Was?*«

»Keine Dessous.« Hugo nickt. »Das ist Teil des Designs. Die Korsage hält alles wunderbar zusammen, und ein Höschen würde nur die Linienführung stören. Deshalb – nichts drunter.«

Ich muss lachen. »Sie wollen mir damit sagen, dass das ein Nackedei-Kleid ist?«

»Ganz genau.«

»Patrick wird begeistert sein«, erkläre ich lachend.

Natalie und Tracy kichern.

»Ich finde es sensationell.« Behutsam streiche ich über den seidigen Stoff.

»Wieso probieren Sie es nicht an?«, schlägt Hugo vor.

Ich grinse. »Ja, wieso eigentlich nicht?«

67

Ich nehme das Kleid mit in die Umkleidekabine, streife meinen Badeanzug ab und schlüpfe in das Abendkleid.

Der Stoff fühlt sich unglaublich auf meiner nackten Haut an. Seidig und sinnlich.

Hugo hat völlig recht – die Korsage sitzt perfekt und sorgt dafür, dass alles dort ist, wo es sein soll.

Da es keinen Spiegel gibt, habe ich keine Ahnung, wie ich aussehe.

»Und?«, ruft Hugo. »Möchten Sie sich uns zeigen?«

Ich drehe mich hin und her, spüre den Stoff auf meiner Haut. Es fühlt sich fantastisch an.

Ich trete aus der Kabine und stelle fest, dass mich der schmale Schnitt zwingt, die Füße direkt voreinander zu setzen, wie ein Model auf dem Laufsteg.

»Wow«, stößt Hugo hervor. »Absolut wow, Mädchen. Dieses Kleid ist wie geschaffen für Sie.«

Natalie und Tracy starren mich nur wortlos und selig grinsend an.

»Hier.« Hugo dreht den Spiegel herum, damit ich mich sehen kann – eine atemberaubende Rothaarige in einem Kleid, das wie ein in der Sonne glitzernder Ozean aussieht. Der Stoff schmiegt sich wie eine zweite Haut an meinen Körper. Mein Lächeln wird breiter und breiter.

»Ich bin schon ganz grün vor Neid«, sagt Natalie schließlich.

»Sie sehen bildschön aus«, meint Tracy. »Wie aus einem Modemagazin. Patrick ist ein echter Glückspilz.«

»Moment!« Hugo zieht einen Schuhkarton hervor. »Das Wichtigste kommt ja noch! Die Schuhe, Cinderella.«

Er öffnet die Schachtel. Auf schwarzem Satin liegt ein Paar gläserner High Heels.

»Gehärtetes Glas«, erklärt Hugo. »Das heißt, Sie brauchen keine Angst zu haben, dass der Absatz abbrechen könnte. Aber laufen Sie um Mitternacht nicht weg, Cinderella!«

»Das werde ich nicht, versprochen. Diese Schuhe lasse ich keine Sekunde aus den Augen.«

68

Den Rest des Nachmittags verbringe ich im Spa, wo ich mir noch eine Pediküre und eine Hot-Stone-Massage verpassen lasse.

Natalie gibt sich alle Mühe, meine Frisur nicht durcheinanderzubringen, trotzdem bleibt Tracy in der Nähe, für den Fall, dass sie »noch mal nachtunen muss«, wie sie es nennt.

Um fünf kommt Louise mit einer Nachricht herunter. Bertie und Daphne werden im Dorf zu Abend essen. Sie wollen um sieben Uhr wieder zu Hause sein, und Daphne wird Bertie zu Bett bringen. Ich bin froh, dass ich Bescheid weiß – ich hatte gerade angefangen, mir Sorgen um ihn zu machen.

Und ich soll mich auf den Weg in die Gläserne Bar machen, wo Patrick mich zu einem Cocktail erwartet.

»Und wo ist die Gläserne Bar?«, frage ich.

»Im hinteren Teil des Schlosses«, antwortet Louise. »In der Nähe der Sternwarte.«

»Oh.« Dieses Schloss ist das reinste Labyrinth. Vermutlich werde ich auch in ein paar Jahren noch Zimmer finden, in denen ich noch nie vorher war.

»Soll ich Ihnen den Weg zeigen?«, fragt Louise freundlich.

»Gern.«

Natalie und Tracy legen letzte Hand an, dann gehe ich in die Umkleidekabine und schlüpfe in mein Kleid.

»Wow!«, haucht Louise, als ich wieder heraustrete. »Könnte mal jemand die *Hello!*-Redaktion anrufen und sagen, dass wir ein Foto für die Titelseite haben?«

»Allerdings«, bestätigt Natalie. »Sieht sie nicht unglaublich aus?«

»Atemberaubend«, bekräftigt Tracy.

»Ich folge Louise durchs Schloss und nach draußen zu einem ovalen Ziegelgebäude mit Glasdach.

Der Horizont färbt sich rosagrau, als die Sonne hinter dem Schloss untergeht.

»Hier ist die Gläserne Bar«, sagt Louise und hält mir die Tür auf.

69

Der Raum ist komplett rund, mit rohen, unverputzten Ziegelwänden und einer runden Glasbar in der Mitte.

Patrick steht hinter dem Tresen und schleudert einen silbernen Cocktailshaker in die Luft, den er gerade auffangen will, als ich eintrete.

Der Shaker knallt mit einem lauten Scheppern auf die Bar. Eine blaue Flüssigkeit und Eiswürfel ergießen sich über die gläserne Oberfläche und die roten Bodenfliesen.

Ich muss lachen. »Warst du nicht Olympionike? Da gehört Werfen und Fangen doch zum Standard, oder nicht?«

Patrick kann den Blick nicht von mir wenden. »Wahrscheinlich würden es die meisten Männer auf der Stelle vergessen, wenn sie sehen würden, was ich gerade sehe. Ehrlich gesagt, mir bleibt sogar fast die Spucke weg.«

Ich trete einen Schritt vor. Der Stoff raschelt leise.

»Ist das Ihre Art, mir zu sagen, dass ich hübsch aussehe, Mr Mansfield?«

»Hübsch ist gar kein Ausdruck. Du siehst atemberaubend aus.«

»Wo sind Dad und Danny?«

»Noch in ihren Zimmern. Sie machen sich fürs Abendessen fertig.«

»Aha. Hattet ihr einen schönen Nachmittag?«, frage ich.

»Es lief ganz gut«, antwortet er, ohne mich aus den Augen zu lassen. »Großer Gott, wie du dich bewegst …«

»Gefällt es dir?«

»Allerdings.«

»Das ist eine hervorragende Übung für die Trauung. Wenn ich vor den Altar trete und wir uns das Jawort geben.«

»Ja, ja, ja!« Patrick tritt hinter der Bar hervor und kommt auf mich zu.

»Vorsicht, Mr Mansfield. Du darfst das Kleid nicht zerknittern. Das ist ein Designer-Stück.«

Patrick legt die Hand auf meinen Po und zieht mich an sich. »Das hat mich noch nie interessiert.« Ich spüre, dass er betonhart ist.

»Nein?«

»Nein.«

»Soll ich dir ein Geheimnis verraten?«, flüstere ich.

»Was denn?«

»Ich trage keine Unterwäsche.«

»Oh, wow!!« Patrick legt beide Hände auf meine Pobacken und zieht mich noch näher heran. »Zieh es aus. Sofort.«

»Aber ich habe es gerade erst angezogen.«

»Das ist mir egal.«

Er dreht mich an den Schultern herum und zieht den Reißverschluss bis zum Po herunter.

Beim Anblick meiner nackten Gesäßbacken saugt er scharf den Atem ein.

»Wer um alles in der Welt hat dich in dieses Kleid gesteckt?«, fragt er.

»Ich selbst.«

»Ist dir klar, was für eine Qual es für mich sein wird, wenn wir später beim Abendessen zusammensitzen?«

»Ein Glück, dass wir noch ein bisschen Zeit haben«, bemerke ich.

Patrick befreit meine Arme aus dem Kleid und lässt es zu Boden gleiten, sodass ich splitternackt in meinen gläsernen High Heels vor ihm stehe.

»Hübsche Schuhe«, bemerkt er und streicht mit den Fingerspitzen über meine Waden.

Ein wohliges Prickeln überläuft mich.

Er richtet sich auf und nimmt meine Hand, damit ich aus

dem Kleid steigen kann, dann hebt er mich hoch und setzt mich auf die gläserne Bar.

»Oh, kalt!«, quieke ich.

»Dir wird gleich warm werden.« Er hebt mein Bein an und küsst meinen Knöchel, ehe er die Lippen weiter an der Innenseite meines Schenkels emporwandern lässt.

»Wo sind nur meine Manieren?«, raunt er. »Ich habe dir ja noch nicht mal einen Drink angeboten.«

»Wie unhöflich von dir«, hauche ich.

Er hebt den Shaker vom Boden auf.

»Ich wollte gerade meinen Spezialcocktail mixen«, erklärt er. »Ice Lake heißt er – wie geschaffen für dich in diesem Kleid, findest du nicht?«

»Wie schade, dass er auf dem Boden gelandet ist.«

Patrick hält immer noch mein Bein in die Höhe.

»Da ist noch ein kleiner Rest drin«, sagt er, stellt den Shaker auf den Tresen und nimmt einen Eiswürfel heraus. »Hier, probier mal.«

Er hält ihn mir vor die Lippen, sodass ich daran lecken kann – es schmeckt kühl, süß und stark.

»Sehr lecker.«

»Ich weiß.«

Er schließt die Finger um den Eiswürfel und streicht damit über meinen Knöchel.

Ich zucke zusammen.

»Kalt kann auch ganz reizvoll sein«, bemerkt er und lässt den Würfel über meine Wade wandern. »Wenn man sich erst mal dran gewöhnt hat.«

»Oh.« Ich schließe die Augen, als Patrick den Eiswürfel über meinen Po wandern lässt.

»Das fühlt sich gut an«, murmle ich. »Sogar sehr gut.«

»Und wie wär's damit?« Er führt ihn zwischen meine Schenkel und lässt ihn auf und ab gleiten, ehe er ihn in mich hineinschiebt.

Ich schnappe nach Luft.

»Wahnsinn!« Ich reiße die Augen auf und hebe abrupt den Kopf. Allmählich gewöhne ich mich an das Gefühl. Patrick nimmt eine weitere Handvoll aus dem Shaker und schiebt sie in mich hinein, einen nach dem anderen.

Der Alkohol und das Eis brennen, und ich spüre, wie das kalte Wasser über meinen Hintern läuft.

Patrick macht seine Smokinghose auf, zieht meine Pobacken auseinander und schiebt sich dazwischen.

Das kalte Wasser erleichtert es ihm, sodass ich seine Härte spüren kann.

Ich schreie vor Lust und Verlangen, spüre, dass mein Körper förmlich in Flammen steht, wenn auch auf eine angenehme, lustvolle Weise.

Er beginnt sich zu bewegen, ohne den Blick von mir zu lösen.

»Gott, o Gott!«, rufe ich, als er die Finger in mein Fleisch gräbt und seinen Rhythmus beschleunigt.

Das geschmolzene Eis rinnt zwischen meinen Pobacken hinab.

Patrick nimmt noch mehr Eiswürfel aus dem Shaker und reibt sie zwischen meinen Beinen hin und her, bis ich vor Lust schreie.

Ich komme, noch bevor ich weiß, wie mir geschieht, während ich mein Hinterteil an ihm reibe.

Aber Patrick macht weiter – erbarmungslos.

Es ist zu viel. Ich will, dass er aufhört. Aber gerade als ich glaube, es keine Sekunde länger auszuhalten, komme ich ein zweites Mal – eine gewaltige Woge reißt mich förmlich mit sich, sodass ich auf der Bar zusammensinke.

Halt suchend klammere ich mich an Patrick fest, der vollends in mich eindringt und mit einem lauten Aufschrei ebenfalls zum Höhepunkt kommt. Er zieht mich an sich und versenkt sich ein letztes Mal in mir.

Schwer atmend und mit geschlossenen Augen hält er mich fest an sich gepresst.

Ich stütze mich mit den Ellbogen auf dem Tresen auf und ringe um Atem.

Ganz langsam schlägt Patrick die Augen auf, während ich ihn immer noch mit den Beinen umschlinge.

Ich lächle ihn an.

»Was ist so lustig?«, fragt er und zieht sich aus mir heraus.

»Ich … ich hatte bloß noch nie so einen Orgasmus«, sage ich.

Er beugt sich vor, als wollte er mir übers Haar streichen, hält jedoch inne. »Ich sollte dieses Kunstwerk besser nicht anfassen, oder?«, fragt er. »Sonst kriege ich noch Ärger.«

»Tja.«

»Tja.«

»Ich kann wohl kaum den Abend hier auf dem Tresen verbringen, oder?«

»Wieso nicht?«

»Erstens sind wir zum Abendessen mit meiner Familie verabredet.«

»Stimmt.«

»Und zweitens wird mir wohl irgendwann kalt werden.«

»Halb so wild.« Er zieht mich an seine Brust, »solange du jemanden hast, der dich wärmt.«

70

Patrick hilft mir beim Anziehen. »Wenn du keine Unterwäsche unter diesem Kleid trägst, kann es passieren, dass ich dieses Abendessen vorzeitig für beendet erkläre …«

»Aber dafür kann ich nichts. Der Designer hat das Kleid nun mal so entworfen.«

»Ich glaube, das ist gerade mein neues Lieblingskleid geworden.«

»Und ich hoffe, du kannst dich beherrschen. Es wäre ziemlich unangemessen, mich mitten während des Essens auf den Tisch zu werfen.«

»Sagt wer?«

»Ich.«

»Jetzt habe ich dir immer noch keinen Cocktail gemixt.«

»Stimmt.«

»Kann ich die Dame zur Spezialität des Hauses verführen?«

»Nachdem ich sie ja schon in mir hatte, ist das gar keine schlechte Idee.«

»Wenn du so weitermachst, muss ich dir dieses Kleid gleich noch einmal ausziehen.«

»Okay, okay, schon gut. Und, ja bitte, ich möchte gern einen Drink.«

»Zweimal Hausmarke, kommt sofort.«

Patrick springt über den Tresen, schnappt den Shaker

und gibt eine Handvoll Eiswürfel und die leuchtend blaue Flüssigkeit hinein.

»Ich wusste ja gar nicht, dass du Cocktails mixen kannst.«

Patrick schleudert den Shaker hinter seinem Rücken in die Luft und fängt ihn wieder auf. »Wir haben alle unsere verborgenen Talente. Welche sind deine?«

»Ich kann Rollschuhlaufen, und zwar rückwärts.«

»Wie schade, dass du deine Rollschuhe nicht mitgebracht hast. Das würde bestimmt toll in diesem Kleid aussehen.« Er zieht vielsagend eine Braue hoch.

»Wirklich sehr schade.«

»Also.« Er nimmt zwei Cocktailgläser und verteilt den Inhalt des Shakers auf sie. »Bitte sehr. Der Ice Lake, der Hauscocktail von Mansfield Castle.« Er schiebt mir ein Glas zu und beobachtet, wie ich daran nippe.

»Sehr lecker«, lobe ich.

»Magst du ihn?«

»Ja.«

»Sehr gut, ich habe ihn nämlich selbst kreiert.«

»Ehrlich? Ich bin beeindruckt. Nach dem Sandwich, das du für mich zubereitet hast …«

»Willst du jetzt endlich vor deinem Vater zugeben, dass du mich vom ersten Moment an geliebt hast?«

»Das haben wir doch schon x-mal durchgekaut. Vielleicht war es so …«

»Vielleicht! Du warst von der ersten Sekunde an verliebt in mich. So wie ich in dich.«

»Vergiss es!«

»Wie bitte?« Er beugt sich vor. »Nicht mal, als ich dir den Eisumschlag gemacht habe?«

»Nein«, necke ich ihn. »Ich fand dich nur ein bisschen seltsam … bei dieser Kälte bloß im T-Shirt herumzulaufen, das kam mir reichlich merkwürdig vor.«

»Schon komisch, dein Herz hat nämlich ganz wild geklopft, als ich dich hochgehoben habe.«

»Ich habe dich nicht darum gebeten, sondern du hast darauf bestanden, oder hast du das etwa vergessen?«

»Nein, ich erinnere mich sogar noch ganz genau daran. Und Sie, Miss Harper, sind eine grottenschlechte Lügnerin. Als ich dich hochgehoben habe, haben wir es beide gespürt. Es war wie ein Blitzschlag.«

Unwillkürlich muss ich lächeln. »Na gut, ich gebe es ja zu, ich habe tatsächlich etwas empfunden.«

»Und ich wusste, dass du meine Frau werden würdest.«

»Ehrlich?«

»Ja.«

»Tja, und bald ist es so weit. Wir heiraten. Wer hätte das gedacht?«, sinniere ich.

»Ich. Vom ersten Tag an.«

Wir sitzen da, nippen an unseren Cocktails und sehen einander tief in die Augen.

»Darf ich Sie nun zum Diner führen, Miss Harper?«, fragt er schließlich.

»Ja, Lord Mansfield, Sie dürfen.«

71

Patrick führt mich den Korridor entlang und eine mit rotem Teppich ausgelegte Wendeltreppe mit kleinen Bogenfenstern hinauf, durch die sich ein herrlicher Ausblick auf die Wälder bietet.

»Wohin führst du mich? Ist das ein weiterer Teil des Schlosses, den ich noch nicht kenne?«, frage ich. »Kein Wunder, dass ich mich ständig verirre.«

»Wir gehen in den Speisesaal, wo all unsere wichtigen Diners stattfinden.«

»Natalie sagt, ihr hättet schon Königsfamilien zu Besuch gehabt und eigens Tiere zu Ehren besonderer Gäste schlachten lassen.«

»Das ist wahr. Und auch dieses Diner ist etwas ganz Besonderes für mich.«

»Dir ist aber klar, dass wir ganz normale Leute und weit von königlichen Kreisen entfernt sind. Dad und Danny würden sich genauso über Fish and Chips freuen.«

»Für mich ist deine Familie etwas ganz Besonderes.«

»Du hast doch nicht etwa eine Ziege schlachten lassen oder so was? Ich liebe meine Familie zwar, aber wie gesagt, wir sind ganz einfache Leute.«

»Ein feierliches Diner ist ein feierliches Diner«, erklärt er. »Wir müssen den Anlass mit dem Respekt zelebrieren, den er verdient.«

»Jetzt rechne ich fast damit, ein ganzes Schwein auf dem Tisch vorzufinden«, lache ich.

Patrick lächelt.

»Bitte sag mir, dass das nicht so ist.«

»Wart's ab.«

72

Dies ist der Speisesaal von Mansfield Castle«, verkündet Patrick und führt mich in einen Raum, den ich definitiv noch nie gesehen habe – er ist sehr groß, länglich, mit hohen Bogenfenstern und gewölbter Decke.

Ich bleibe stehen, um all die Pracht auf mich wirken zu lassen.

Kristallene Kronleuchter mit roten Kerzen hängen über einer mit erlesenem Geschirr und goldenem Besteck gedeckten Tafel.

Der Tisch ist mit Distelarrangements geschmückt, und auf den Leinenservietten erkenne ich das eingestickte Familienwappen der Mansfields.

Ich lasse den Blick über die Motive in den acht Buntglasfenstern schweifen – Kreuze, Schiffe und Schilder.

»Wie viele Leute erwarten wir genau?«, frage ich.

»Nur wir, deine Familie sowie Grey und seine Begleitung, aber traditionell ist die Tafel vollständig gedeckt. Erst wenn die Gäste Platz genommen haben, werden die überflüssigen Gedecke entfernt.«

»Wieso das?«

»Damit wollen wir unsere Großzügigkeit und Gastfreundschaft signalisieren. Es symbolisiert, dass wir jeden an unsere Tafel bitten, der Hunger hat, selbst unerwartete Gäste.«

Patrick führt mich ans Ende der Tafel und zieht einen Stuhl hervor.

»Wir beide werden nicht nebeneinander sitzen. Auch das ist Tradition. Dein Vater bekommt den Platz am Kopfende, dein Bruder und du, ihr sitzt links und rechts neben ihm. Und ich sitze neben Danny.«

»Wir sitzen nicht nebeneinander?«, wiederhole ich.

»Das ist die traditionelle Art der Respektsbekundung. Um meine eigene Bescheidenheit ihm gegenüber zu zeigen. Er ist der Ehrengast am heutigen Abend.«

Ich lache. »Für einen Naturliebhaber bist du ziemlich traditionsverhaftet, was?«

»Nicht grundsätzlich. Ich respektiere nur die Traditionen meiner Familie. Setz dich.«

Patrick rückt meinen Stuhl zurecht, dann geht er auf die andere Seite der Tafel und nimmt ebenfalls Platz.

»Du bist so weit weg«, sage ich lächelnd. »Bist du sicher, dass du heute Abend keine Ausnahme machen kannst?«

»Absolut sicher. Ah, hier sind ja dein Bruder und dein Vater.«

Louise führt Dad und Danny herein.

Sie tragen beide Smokings.

Eigentlich hatte ich damit gerechnet, dass Dad sich unwohl fühlen würde, aber er bewegt sich mit verblüffender Eleganz und scheint sehr stolz zu sein.

Auch Danny wirkt sehr gediegen in seinem Anzug, trotz seines breitbeinigen Gangs und der Aura unterschwelliger Gefährlichkeit, die ihn umgibt. Aber so ist er nun einmal.

Patrick steht auf und verbeugt sich, dann führt er die beiden zu ihren Plätzen.

»Ich soll hier sitzen?« Nun wirkt Dad doch ein wenig verunsichert. »Sollte dies nicht Ihr Platz sein, Patrick? Sie sind immerhin der Hausherr.«

»Und Sie sind der Ehrengast«, erklärt Patrick. »Daher ist genau das Ihr Platz und kein anderer.«

»Wieso gab es eigentlich kein Festmahl zu meinen Ehren?«, fragt Danny.

»Danny!« Ich sehe ihn entsetzt an. »Als du hergekommen bist, konntest du ja noch nicht mal richtig gehen.«

»Ist doch nur ein Scherz. Moment mal, wer kommt denn da?«

Grey kommt herein, im Smoking und, zu meiner Verblüffung, mit Vicky am Arm.

»Hi!«, forme ich lautlos mit den Lippen und strahle sie an.

Sie erwidert mein Lächeln etwas schüchtern und sieht sich staunend in dem feudalen Raum um. Ich sehe ihr an, dass sie ziemlich überwältigt ist – ein Gefühl, das ich gut nachvollziehen kann.

Sie trägt ein schlichtes Wollkleid und Ballerinas dazu; das Haar hat sie hochgesteckt und mit einem Samtband gebändigt.

Patrick steht erneut auf.

»Mr Harper. Danny. Das sind mein Bruder Grey und seine Begleiterin Victoria.«

Grey schüttelt Dad und Danny die Hand, dann nehmen auch er und Vicky Platz.

»Ich war noch nie hier oben«, flüstert Vicky mir zu. »Ich habe zwar schon häufiger für Bankette gekocht, aber nie gesehen, wo die Gäste es dann letztlich essen. Das ist ein echtes Privileg. Ich fasse es nicht, dass mein Essen in so einem schönen Raum serviert wird.«

»Ich hoffe, du hast kein Problem damit, dass heute jemand für dich einspringt und du nicht kochen darfst«, flüstert Grey.

»Ich habe nicht alles aus der Hand gegeben«, sagt sie. »Den Lachs habe ich vorbereitet, und die Rote Bete auch. Außerdem die Kartoffeln, den Apfelkuchen und all die anderen Desserts.«

Grey schüttelt den Kopf. »Du solltest doch heute nicht in der Küche stehen, junge Dame.«

»Ich konnte mich nicht beherrschen.«

»Wann genau hast du das alles vorbereitet?«

»Im Lauf des Vormittags, als du auf der Jagd warst. Ich konnte den neuen Koch doch nicht alles alleine machen lassen. Ein Diner dieser Größe in einer Küche zuzubereiten, die man nicht kennt, ist eine ziemliche heikle Aufgabe.«

»Rücksichtsvoll wie immer«, bemerkt Grey.

Ein Ploppen ertönt, als Louise die Champagnerflasche öffnet und einschenkt.

Einen Moment lang sehen wir einander etwas verlegen an.

»Mr Harper«, ergreift Patrick schließlich das Wort, »Sie sagten vorhin, wie gern Sie angeln gehen. Grey ist ebenfalls leidenschaftlicher Angler.«

»Angeln, Schießen, Fallen stellen. Die Jagd ist mein großes Steckenpferd«, erklärt Grey. »Wie es der Zufall so will, habe ich das Moorhuhn erlegt, das wir heute Abend essen werden.«

»Ehrlich?« Dad beugt sich interessiert vor. »Wo? In den Wäldern ringsum?«

Grey nickt. »Die Wälder hier sind ein hervorragendes Jagdgebiet.«

»Ich würde Sie gern bei Gelegenheit mitnehmen, Mr Harper«, sagt Patrick. »Vielleicht könnten wir drei ja bald einen kleinen Ausflug machen.«

»Oh, von der Jagd verstehe ich nicht allzu viel, sondern mich begeistert eher die Vorstellung. Wie die meisten Männer«, meint Dad.

»Ach, so schwierig ist es gar nicht«, beharrt Patrick. »Grey und ich bringen Ihnen gern alles bei, was man wissen muss.«

»Absolut. Wenn ich es schaffe, schafft es jeder«, wirft Grey ein.

»Ich hätte auch Riesenlust, mal etwas zu erlegen«, erklärt Danny.

»Warst du schon mal auf der Jagd?«

»Nein, aber ich hab schon mal geschossen.« Danny grinst.

Großer Gott.

Gerade als ich ihm über den Mund fahren will, erscheint ein Schatten im Türrahmen.

73

Alle drehen sich um.

»Na, sieh mal einer an«, sagt Regan Thornburn. »Also hat der Typ in der Küche doch nicht gelogen. Hier findet ein tolles Familienessen statt, aber du hast die eine Hälfte des Clans vergessen einzuladen.« Er sieht meinen Dad an. »Ich bin der Schwager, falls Patrick und Grey es nicht erwähnt haben sollten. Und das ist meine Frau.«

Er verpasst Anise einen leichten Schubs, woraufhin sie vorwärtstaumelt.

Sie ist schrecklich dünn – hohlwangig und kreidebleich. Trotzdem ist sie immer noch bildhübsch mit ihrem langen blonden Haar.

»Das ist also die Schwester«, raunt Danny und starrt Anise mit diesem Wie-vom-Blitz-getroffen-Blick an – sein Lieblingszitat aus *Der Pate*, das nur eines bedeuten kann: Es hat ihn schwer erwischt.

Regans Miene wird eisig, als er es bemerkt. »Pass auf, wo du hinglotzt, Alter. Ich kann's nicht leiden, wenn ein Kerl meine Frau mit den Augen auszieht.«

»Schauen wird man wohl noch dürfen«, gibt Danny zurück, lehnt sich auf seinem Stuhl nach hinten und trinkt einen Schluck Champagner.

O nein.

»Ich ramme dir gleich dein Scheißglas in den Hals«, droht Regan.

»Versuch's doch.« Danny setzt sich mit einem Ruck wieder auf.

Ich sehe, dass Patrick neben ihm stocksteif wird, während Grey zwar eine beiläufige Miene aufsetzt, aber dennoch merklich das Gewicht auf seinem Stuhl verlagert.

Regan sieht zuerst Danny an, dann richtet er den Blick auf Patrick und Grey. »Ich? Bei so einem netten Familienessen? Das würde mir nicht mal im Traum einfallen. Wir sind hergekommen, weil wir uns zu euch gesellen wollten. Oder spricht etwas dagegen? Anise meinte, es sei Familientradition, dass alle Gäste mit offenen Armen willkommen geheißen werden.«

»Das stimmt.« Patricks Kiefer ist angespannt.

»Und wie ich sehe, ist ja auch für uns gedeckt«, fügt Regan hinzu. »Das heißt, wir sind hier willkommen. Los, Weib, schaff deinen Hintern auf einen der Stühle.«

Zögernd tritt Anise zu einem Stuhl in Vickys Nähe, während Regan sich auf den Platz zwischen den beiden Frauen fallen lässt und sich einen großzügigen Schluck Champagner einschenkt.

Anise hingegen geht leer aus.

»Ein Toast, auf die Familie!« Er hebt sein Glas, aber keiner macht Anstalten, es ihm nachzutun. Nach ein paar Sekunden kippt er den Champagner hinunter und knallt das Glas auf den Tisch. »Mehr!«, schnauzt er Louise an.

Louise sieht Patrick an.

Patrick nickt knapp, woraufhin sie ihm nachschenkt.

»Na, ist das nicht nett?«, höhnt er. »Die ganze Familie, friedlich vereint. Mit Ausnahme meiner Brüder. Aber keine Angst, die sind schon unterwegs.«

O nein.

Ich sehe Patrick an, dass er innerlich vor Wut schäumt. »Du hast Glück, dass die Tradition es verlangt, dich hier willkommen zu heißen, Regan. Denn eines kann ich dir versichern – am liebsten würde ich dich hochkant rauswerfen.«

»Und deine Schwester gleich mit dazu?«

»Anise würde ich niemals vor die Tür setzen«, antwortet Patrick. »Das weiß sie ganz genau. Sie wird immer meine Schwester bleiben, völlig egal, welcher Mistkerl sie breitgeschlagen hat, ihn zu heiraten.«

»Ich hab überhaupt niemanden breitgeschlagen«, widerspricht Regan. »Sie wollte unbedingt meine Frau werden.«

»Wo ist Bertie?«, fragt Anise leise.

»Schon im Bett«, antworte ich. »Daphne hat sich um ihn gekümmert. Ich hoffe, er schläft inzwischen. Aber wir können gern nach ihm sehen, wenn du möchtest.«

»Gern.« Anise macht Anstalten aufzustehen.

»Halt! Regan hebt die Hand. »Setz dich wieder hin.«

»Aber …«

»Hinsetzen!«, dröhnt Regan.

Patrick umklammert seine Gabel so sehr, dass ich Angst habe, er könnte sie zerbrechen. »Vielleicht achtest du auf deine Manieren, Regan. Tradition hin oder her, aber selbst meine Toleranz hat Grenzen. Louise, bitte räumen Sie die Teller weg, die nicht benötigt werden. Und dann können Sie den ersten Gang servieren.«

74

Der erste Gang besteht aus einer in Butter und Zitrone sautierten Lachshälfte, dazu gibt es Bratkartoffeln, Püree, Rote Bete und Frühlingszwiebeln.

Die Portionen sind so üppig, dass sie als Abendessen genügen würden.

»Wow, das ist ja ein Festmahl, was?«, stellt Dad fest.«

»Warten Sie ab, bis der Hauptgang serviert wird«, sagt Vicky.

»Sie sind also Seraphinas Dad, ja?« Regan fuchtelt mit seiner Gabel in Dads Richtung.

»Richtig, der bin ich«, antwortet er mit einem Blick in Patricks Richtung.

»Dann erzählen Sie uns doch mal ein bisschen was von Seraphina.« Regan schaufelt einen Berg Bratkartoffeln auf seinen Teller. »War sie immer schon so hübsch?«

Patrick knallt den Griff seines Messers auf den Tisch.

»Was denn?«, fragt Regan. »Ist doch wahr. Hübscher als die da.« Er deutet mit dem Daumen auf Anise. »Die wird mit jedem Tag langweiliger.«

»Das würde ich aber nicht sagen«, wendet Danny ein.

Regan häuft noch mehr Essen auf seinen Teller. »Also ich würde sie jederzeit eintauschen.«

Anise starrt auf ihren Teller.

»Aber ist ja auch egal. Anises Vater gehört das halbe Schloss.« Er wirft den Kopf in den Nacken und bricht in schallendes Gelächter aus. »Moment. *Gehörte*, sollte ich lieber sagen. Denn jetzt gehört sie mir.«

»Uns«, wirft Anise leise ein.

»Was hast du gesagt?«, fragt Regan.

»Nichts«, antwortet Anise.

»Noch ein Glas Wein?« Danny schenkt ihm nach.

Ich versuche, seinen Blick aufzufangen. Was hat er vor?

Regan sieht ihn verblüfft an. »Ja, wieso eigentlich nicht?«

Danny gießt noch einen Schluck mehr ein. »Mit ein paar Drinks sind die Leute gleich viel lustiger, was? Ehrlicher.«

Danny zwinkert mir zu.

Ich schüttle kaum merklich den Kopf. Es gefällt mir gar nicht, dass er offenbar auf Ärger aus ist.

75

Die Vorspeise wird abgeräumt, dann folgt der Hauptgang: gebratenes Moorschneehuhn, Fasan und Rebhuhn mit Gemüsechips, gratiniertem Blumenkohl, mit Speck ummantelten Bohnen und Mini-Haggis.

»Irgendwie finde ich es gut, dich als Schwager zu haben«, sagt Danny zu Patrick. »Du isst wenigstens anständig.« Er schenkt Regan noch einmal nach. »Und was sind wir eigentlich? Verwandtschaftstechnisch, meine ich? Du bist mit Patricks Schwester verheiratet. Wozu macht uns das?«

Oje.

Für jeden anderen mag die Frage ganz unschuldig geklungen haben, aber ich kenne meinen Bruder. Er sucht Streit.

»Keine Ahnung.« Regan zuckt die Achseln. Ich sehe ihm an, dass er sichtlich Mühe hat, sich zu konzentrieren.

»Der ganze Stammbaumscheiß hat mich noch nie interessiert«, fährt er fort. »Ich hab meine Brüder, und das war's für mich. Diese Bagage hier ist mir völlig schnuppe.«

»Deine Frau auch?«, bohrt Danny nach.

Regan zuckt die Achseln. »Ach, die ist ganz okay. Erfüllt ihren Zweck. Aber so wie mit meinen Brüdern und mir ist es mit ihr trotzdem nicht. Die sind eine richtige Familie.«

Danny hat völlig recht – Alkohol macht die Leute tatsächlich ehrlich, und allmählich dämmert mir, was er vorhat.

»Ich bin also nicht Teil deiner richtigen Familie?«, fragt Anise gekränkt. »Aber wir sind doch verheiratet … Und du hast gesagt, dass wir eine Familie sind. Dass ich jetzt eine richtige Familie hätte …«

Einen Moment lang wirkt Regan überfordert. »Hey, hey, reg dich ab, okay? Ich hab ja nicht gemeint …« Er runzelt die Stirn. »Moment mal, was habe ich eigentlich gemeint?«

»Hier, trink noch einen Schluck.« Danny schenkt ihm erneut nach. »Das hilft immer, ein bisschen klarer zu denken.«

»Prost, Kumpel. Allmählich kann ich dich echt leiden. Vielleicht leihe ich dir ja irgendwann mal sogar meine Frau.« Er lacht dröhnend.

»Aber gern«, flüstert Danny und sieht Anise aus seinen braunen Augen an.

Anise lächelt. Nur ein winziges bisschen. Und nippt an ihrem Wasser.

76

Als das Dessert serviert wird, ist Regan stockbetrunken.

Er singt leise vor sich hin und kann nur noch lallen.

Louise stellt einen Berg Profiteroles mit Zuckerkruste und Schokoladensauce auf den Tisch, dann folgt eine große Schlüssel Cranachan, ein schottisches Trifle aus Himbeeren, Sahne, Haferflocken, Honig und Whisky. Und Apfelkuchen.

»Regan«, ruft Danny. »Willst du ein Dessert?«

»Mir egal«, nuschelt Regan und schwenkt ziellos sein Weinglas.

»Ich mache dir einen Vorschlag«, fährt Danny fort und bedeutet Louise, etwas von dem Cranachan für Regan in ein

Schälchen zu geben. »Wir geben einen Extraschuss Whisky dazu und machen ein anständiges schottisches Dessert daraus.«

»Wieso nicht.«

Anise schüttelt den Kopf, aber Regan beachtet sie nicht. »Reg dich ab, Frauchen. Ich weiß schon, was ich tue.«

»Klar«, bekräftigt Danny, schnappt den Whisky und gießt einen kräftigen Schluck in Regans Schälchen. »Du bist doch ein richtiger Mann, der so was locker wegsteckt.« Er schiebt Regan das Schälchen hin.

Ich bin so satt, dass ich nur noch zwei kleine Profiteroles schaffe.

Dad, Vicky und Danny lassen sich ebenfalls nur eine kleine Portion von allem aufhäufen, während Patrick und Grey beherzt ihre Teller füllen.

»Ihr Jungs verdrückt ja Portionen«, bemerkt Dad.

»So sind wir Schotten nun mal«, erklärt Grey. »Wir können einfach nicht zusehen, wie Essen verkommt. Außerdem stammen die Köstlichkeiten von meiner wunderbaren Freundin. Es wäre doch eine Schande, nicht von allem zu probieren, oder?«

Vicky grinst – etwas sagt mir, dass dies das erste Mal ist, dass er sie offiziell als seine Freundin bezeichnet hat.

»Ihr beide seid also unzertrennlich?«, frage ich.

»Sind wir«, bestätigt Grey. »Und du brauchst gar nicht so überrascht dreinzublicken, Seraphina. Nur weil ich gern flirte, heißt das noch lange nicht, dass ich kein Herz habe.«

»Daran habe ich nie gezweifelt.«

»Doch, eine Zeit lang schon«, widerspricht er.

»Na gut, vielleicht eine kleine Weile«, räume ich ein.

»Hast du es auch schon mal mit Seraphina getrieben, oder was?«, nuschelt Regan und zeigt mit der Gabel in Greys Richtung. »Ich könnt's dir nicht verdenken. Die ist bestimmt die totale Rakete im Bett, glaubst du nicht auch?«

Grey starrt ihn finster an. »Vorsicht, du sprichst über die Verlobte meines Bruders.«

Anise legt behutsam ihr Besteck zur Seite. »Du bist betrunken, Regan. Wir sollten lieber gehen.« Sie greift nach seinem Arm.

»Nein, nein, nein.« Er schlägt ihre Hand weg.

»Erzähl mir doch ein bisschen was über deine Familie, Regan«, fordert Danny ihn auf. »Deine Brüder sind also deine Familie, deine Frau aber nicht. Ist das so?«

»Die gehört nicht zu meiner Familie.« Wieder wedelt Regan mit der Gabel herum. Er ist so betrunken, dass es ihm völlig egal zu sein scheint, ob ihn jemand hört. »War's nie und wird's auch nie sein. Sie ist bloß eine Schlampe, die ich vor ein paar Jahren mal geschwängert hab. Ehrlich gesagt wollte ich sie noch nicht mal heiraten. Aber …« Er deutet um sich. »… du siehst ja selber, was ich dafür gekriegt habe. Ein halbes Schloss. Nicht übel für einen Kerl in meinem Alter, was?«

Anises Hände zittern. »Regan.« Sie ist den Tränen nahe. »Du bist betrunken.«

»Und?«, blafft er, dann sieht er einen Moment lang verwirrt in die Runde. »Ich brauch 'ne Kippe.«

Er steht auf und taumelt hinaus.

Anise erhebt sich ebenfalls, zögert jedoch kurz, als sie Dannys Gesicht sieht. »Ich … Es bringt nichts, ihm nachzugehen, solange er in diesem Zustand ist.«

»Möchtest du ein Glas Wein?«, fragt Danny.

Anise starrt auf die Tischplatte. »Regan mag nicht, wenn ich Alkohol trinke.«

»Er braucht es ja nicht zu erfahren.«

In diesem Moment dringt lautes Motorengeräusch herauf, und Anise reißt die Augen auf. »O nein, er fährt wieder mit diesem Ding durch die Gegend. Er bringt sich noch um.«

»Das wäre kein großer Verlust«, bemerkt Patrick.

»Nein. Nein.« Anise fummelt nervös mit ihrer Serviette herum. »Er ist doch mein Mann, ich sollte ihn aufhalten ...«

»Soll er doch ein bisschen Dampf ablassen«, meint Danny. »Wenn du versuchst, ihn daran zu hindern, wird er nur noch wütender.«

Anise legt die Hand auf die Stuhllehne. »Vielleicht hast du recht. Ich will bloß nicht, dass er sich verletzt.«

»Der kommt schon klar«, sagt Danny. »Ich wette, er hat schon Hunderte Male auf dem Ding gesessen. Oder?«

»Schon, aber ...« Angespannt blickt sie in Richtung Fenster.

»Entschuldige, wenn ich das so sage, aber etwas Besseres als das hier kriegst du doch an jeder Straßenecke.«

Anise schüttelt den Kopf. »Ich liebe ihn. Er ist mein Mann ... Ich sollte nach ihm sehen.« Sie hastet davon.

Danny legt seinen Löffel weg. »Wie um alles in der Welt kommt es, dass dieses Mädchen bei einem Kerl wie ihm hängen bleibt?«

»Sie bildet sich ein, dass sie ihn liebt«, antworte ich.

»Es ist ein Trauerspiel«, meint Danny.

»Allerdings«, bestätigt Patrick, »aber leider muss meine

kleine Schwester ihr Leben selbst in den Griff bekommen. Uns sind die Hände gebunden.«

»Vielleicht kann ich ja helfen«, wendet Danny ein.

»Das kann ich mir nicht vorstellen.«

»Da wäre ich mir nicht so sicher«, sagt er. »Ihr habt doch gesehen, dass sie alles andere als glücklich war. Diese Bemerkung über die Familie, das hat ihr echt zugesetzt.«

»Sie wünscht sich eine Familie für Bertie«, erkläre ich. »Das ist teilweise der Grund, weshalb sie bei ihm bleibt.«

»Ja, ja, Familie. Das ist nie einfach«, meint Dad.

»Und ich dachte immer, unsere sei eine Katastrophe«, sagt Danny.

77

Ich sehe Patrick an, dass ihm etwas zu schaffen macht, als wir unser Schlafzimmer betreten.

Er setzt sich auf die Bettkante, schlüpft aus den Schuhen und stellt sie ordentlich nebeneinander, dann zieht er seinen Smoking aus und legt ihn zusammengefaltet auf einen Sessel, damit er gleich morgen in die Reinigung gebracht wird.

Schließlich sitzt er nackt auf der Bettkante, den Kopf in die Hände gestützt.

Nachdem ich mein Kleid ebenfalls ausgezogen habe, klettere ich auf die Matratze und umschlinge ihn von hinten.

»Du wirkst so ernst, was beschäftigt dich?«

»Anise.«

»Mir ist heute Abend etwas aufgefallen. Als ich sie gefragt

habe, ob wir zusammen nach Bertie sehen sollen. Und als Danny mit ihr geredet hat. Ich habe den Eindruck, als wäre noch nicht alles verloren. Noch nicht.«

Patrick seufzt. »Kann sein. Man soll die Hoffnung nie aufgeben. Das hat mein Großvater immer gesagt. Ohne Hoffnung hat man gar nichts.«

»Es muss dir heute Abend sehr schwergefallen sein, Ruhe zu bewahren.« Ich lege mein Kinn auf seine nackte Schulter.

»Am liebsten wäre ich Regan an die Gurgel gegangen.«

»Dann hättest du Anise für immer verloren.«

»Kann sein, andererseits ist sie vielleicht ohnehin längst verloren.«

»Das glaube ich nicht.«

Ich setze mich auf seinen Schoß und streiche ihm eine Haarsträhne aus dem Gesicht. »Also, Lord Mansfield, wie fanden Sie denn meine Familie?«

»Ich mag sie, allerdings muss ich deinen Bruder im Auge behalten.«

Ich muss lachen. »Da bist du nicht der Erste, der das sagt.«

»Aber noch kenne ich ja nicht alle Mitglieder.« Er schlingt die Arme um mich. »Was ist mit deiner Mutter?«

Mein Lächeln verblasst. »Was soll mit ihr sein?«

»Ich sollte sie doch auch kennenlernen, am besten noch vor der Hochzeit.«

»Das halte ich für keine gute Idee.«

»Seraphina …«

»Vielleicht würde sie nicht mal kommen. Ich habe sie nicht gefragt …«

»Nein?«

»Nein. Und vielleicht tue ich es auch nicht. Ehrlich gesagt, ich fände es sogar besser, wenn sie nicht käme.«

»Wieso?«

»Um das zu verstehen, müsstest du sie kennen.«

»Aber irgendwann muss ich sie kennenlernen.«

»Wieso?«

Patrick lacht. »Weil sie deine Mutter ist. Ein Teil von dir. Ich will deine ganze Familie kennenlernen.«

»Sie ist definitiv kein Teil von mir«, herrsche ich ihn an.

»Nur die Ruhe«, mahnt er. »O Gott, ich liebe es, wenn du wütend wirst.«

»Wieso?«, frage ich lachend.

»Ich finde es unglaublich anziehend, wenn du so tough bist. Dass du eine Herausforderung für mich bist und dich von mir nicht unterbuttern lässt. Das schaffen nicht viele Frauen.«

»Männer auch nicht.«

Patrick sieht zu meinem Kleid hinüber, das auf einem Sessel ausgebreitet liegt. »Was hat dich bewogen, heute Abend so ein Kleid zu tragen? Macht es dir Spaß, mich um den Verstand zu bringen?«

»Ja«, gebe ich neckend zurück. »Sehr großen sogar.«

Er beugt sich vor und küsst mich. Hart. Seine Zunge schiebt sich zwischen meine Lippen. Ich lasse mich gegen ihn sinken und genieße die Art, wie er meine Mundhöhle erforscht.

Er steht auf und hebt mich hoch.

Ich schlinge die Schenkel um ihn und halte mich an ihm fest, während er mich weiterküsst und sich umdreht.

Behutsam lässt er mich auf die Matratze sinken, streicht über meine Brüste, meinen Nabel und meine Hüften.

Nackt liege ich vor ihm.

Er zögert einen Moment und mustert mich. »Du bist so wunderschön, Seraphina Harper. Ich bin ein echter Glückspilz.«

»Allerdings«, murmle ich. »Nicht viele Mädchen würden so einen sexistischen Neandertaler heiraten.«

»Ich würde auch nie ein anderes Mädchen bitten, es zu tun.« Er streichelt meine Brust. »Nur dich. Niemanden sonst. Dich, dich, dich.«

Er presst seine Lippen auf meine Vulva und beginnt, seine Zunge kreisen zu lassen.

»Hm.«

Seine Hände streichen über meinen Körper, der lustvoll unter seiner Berührung zuckt, während sich eine glühende Hitze in mir ausbreitet.

»Patrick, o Patrick, nicht aufhören!«

Und das tut er auch nicht. Stattdessen kreist seine Zunge immer weiter, während ich die Schenkel zusammenpresse, als die Erregung in mir aufsteigt.

Schließlich löst er sich von mir, richtet sich auf und drängt sich zwischen meine Beine, ehe er sich Stück für Stück in mich schiebt.

Ich spüre, wie er mich vollständig ausfüllt.

Der Mondschein fällt auf seinen gebräunten Rücken, als er sich rhythmisch zu bewegen beginnt.

Ich schlinge die Beine um ihn und sehe ihm tief in die Augen.

Patrick ist zärtlich und geduldig. Wieder und wieder

versenkt er sich in mir, bis ich erneut die Schenkel anspanne.

Mit einem lauten Stöhnen lasse ich den Kopf nach hinten fallen.

Er bewegt sich immer schneller.

Ein sanfter, warmer Orgasmus breitet sich in mir aus, von den Knöcheln über meine Schenkel bis hinauf zum Nabel.

»Ich liebe dich, Patrick«, stöhne ich. »Ich liebe dich.«

Ich klammere mich an ihn, ziehe ihn mit einem leisen Stöhnlaut tiefer in mich hinein, während er meine Pobacken umfasst und sich noch weiter in mir versenkt, bis auch er Erlösung findet.

Schließlich rollt er uns beide herum, sodass wir eng umschlungen daliegen.

Seine Finger wandern über meine Arme, meinen Rücken, meinen Hals, mein Haar … scheinbar endlos. Bis ich einschlafe.

78

Was ist das für ein Geräusch?

Es klopft. An der Tür.

Es ist noch früh. Sehr früh. Noch nicht einmal Bertie ist um diese Uhrzeit schon wach.

Auf einen Schlag wird mir bewusst, dass ich morgen heiraten werde.

Nur noch ein Tag …

Aber wer könnte das sein?

Patrick hat sich auf einen Ellbogen aufgestützt und sieht mit gerunzelter Stirn zur Tür.

»Wer ist da?«, bellt er.

»Bitte entschuldigen Sie, Sir«, sagt Louise. »Ich bin's. Sie haben Besuch.«

»Besuch?«, wiederholt Patrick.

»Ich habe sie in die Galerie geführt. Ich hoffe, das war richtig.«

Patrick springt aus dem Bett und schlüpft in eine Cargohose und einen Armeepulli. »Ich bin gleich da.«

»Äh, sie wollte auch Miss Harper sprechen«, sagt Louise.

»Mich?«

Wir hören Louises Schritte auf dem Flur verklingen.

Ich stehe auf, streife die neuen Sachen über, die ich mit Hugo gekauft habe – enge schwarze Jeans und einen weiten Kaschmirpulli –, und schlüpfe in meine neuen rosa Ballerinas.

»Wer könnte das sein?« Ich trete zu Patrick.

»Keine Ahnung, aber gleich werden wir es ja wissen.«

79

Die Galerie befindet sich ein Stockwerk über unserem Schlafzimmer – es ist ein langer, schmaler Raum mit den Porträts der Mansfields an den Wänden und rosa bezogenen Sofas mit weißen, kunstvoll gedrechselten Holzfüßen.

Auf einem davon sitzt unser Gast.

Großer Gott.

Halt suchend klammere ich mich an Patricks Arm fest.

»Mum!«

Meine Mutter trägt eine weite, knallbunte Strickjacke, eine braune Cordhose und Doc Martens. Ihr kurz geschnittenes Haar ist in einem leuchtenden Pinkton gefärbt. Ein strahlendes Lächeln liegt auf ihrem elfenhaften Gesicht.

»Was um alles in der Welt machst du denn hier?« Ich wende mich Patrick zu. »Hast du sie eingeladen? Nachdem wir gestern darüber geredet haben?«

»Nein. Aber ich bin entzückt, dass deine Mutter uns besucht. Sie ist jederzeit gern willkommen.«

Zu Mums Füßen steht ein mit bunten Aufnähern übersäter Rucksack. O Gott. Sie hat also vor, länger zu bleiben.

»Hallo, Kind. Bestimmt freust du dich, mich hier zu sehen!«

»Und wie.«

»Ich dachte, es wird höchste Zeit, dass ich dich mal besuchen komme.« Sie wirkt so winzig in dem riesigen Raum.

»Wieso bist du hier?«

»Darf eine Mutter nicht mal ihre Tochter besuchen?«

»Solange ich in London war, hast du auch nie eine Veranlassung dazu gesehen«, gebe ich zurück. »Wieso also ausgerechnet jetzt, da ich in Schottland lebe?«

»Du hast mir gefehlt, Kleines. Wir haben uns so lange nicht gesehen.«

»Jemand hat dir von der Hochzeit erzählt, stimmt's?«

Mum lächelt schuldbewusst. »Könnte sein, dass ich davon gehört habe, ja.«

»Freut mich, Sie kennenzulernen, Mrs Harper.« Patrick streckt ihr die Hand hin.

Mum strahlt ihn an. »Eigentlich Miss Clacton. Aber Sie dürfen mich gern Dita nennen.«

»Freut mich, Ihre Bekanntschaft zu machen, Dita.« Patrick schüttelt ihr die Hand.

»Wie bist du überhaupt hergekommen?«, frage ich. »Es ist sechs Uhr morgens.«

»Ich habe den letzten Zug genommen, und jetzt bin ich hier.«

»Wieso hast du nicht angerufen?«

»Du weißt doch, wie sehr ich Überraschungen liebe.«

»Ich aber nicht.«

Mum setzt ihre typische gekränkte Miene auf. »Tut mir leid, ich wollte nichts verkehrt machen. Da komme ich den ganzen Weg hierher, um meine Kleine zu sehen, und du sagst, du willst mich nicht sehen?«

»Sei nicht albern, Mum. Natürlich will ich das, aber …«

»Welche Rolle spielt es dann, wie ich hergekommen bin? Oder warum?«

»Sie müssen nach der langen Reise doch bestimmt hungrig sein«, wirft Patrick ein. »Darf ich Ihnen Frühstück servieren lassen? Oder zumindest eine Tasse Kaffee?«

»Kaffee klingt prima«, sagt sie und strahlt ihn an.

Ich verdrehe die Augen.

Da hätten wir es wieder mal.

80

Patrick führt uns in den großen Saal, wo Vicky bereits in der Küche werkelt und meint, es sei überhaupt kein Problem, Mum Kaffee und Toast zu servieren, obwohl sie selbst gerade beim Frühstücken ist.

»Ich hatte keine Zeit, mir ein Hotelzimmer zu reservieren«, sagt Mum. »Gibt es hier eine nette Pension?«

»Wir lassen Ihnen ein Zimmer herrichten«, erklärt Patrick. »Schließlich ist hier Platz genug.«

»Wie lange wolltest du bleiben, Mum?«, frage ich spitz.

»Oh, nur so lange, wie ich gebraucht werde.«

»Ich denke, ich habe alles im Griff. Was ist mit Loverboy? Fühlt er sich nicht einsam ohne dich?«

Mums Züge verzerren sich. »Das weiß ich nicht.«

Oje.

»Habt ihr euch schon wieder mal getrennt?«

»Er … er hat mich gestern verlassen.«

»Gestern. Klar. Lass mich raten – kurz danach hast du eine Fahrkarte gekauft und bist in den Zug gestiegen?«

»Wenn eine Mutter noch nicht mal mehr ihre eigene Tochter besuchen darf …«

»Ach, hör mir doch mit diesem Mutter-Quatsch auf«, unterbreche ich sie barsch. »Du bist nicht hier, weil dich plötzlich Muttergefühle überkommen haben, sondern weil du Beziehungsstress hast.«

Mums Augen füllen sich mit Tränen. »Ach, Seraphina, das tut mir alles so weh. Ich liebe dich doch so sehr. Weißt du das denn nicht?«

»Du hast eine seltsame Art, es mir zu zeigen.«

»Seraphina, so darf man nicht mit seiner Mutter sprechen«, wirft Patrick ein.

»Du kennst sie nicht«, gebe ich zurück. »Genau das ist ja ihre Masche – einem das Gefühl zu geben, dass man sie bedauern muss.«

»Wenn ich hier nicht willkommen bin, dann fahre ich eben mit dem nächsten Zug wieder nach London«, sagt sie. »Und gehe in meine Wohnung zurück, obwohl es dort ziemlich beängstigend ist, wenn man ganz allein ist.«

Ich seufze. »Also gut, dann bleib eben hier. Du läufst sowieso zu ihm, sobald er anruft.«

»Nein, das werde ich nicht«, erwidert sie leise.

»Nein?« Ich glaube ihr kein Wort.

»Nein, dieses Mal nicht, Seraphina. Er hat mich endgültig verlassen.«

»Das sagst du jedes Mal.«

»Aber dieses Mal meine ich es ernst. Und ich will ihn auch gar nicht zurück. Mir reicht's. Genug mit den Drogen, all den Lügen und Streitereien. Es wird höchste Zeit, dass ich mich von all dem befreie.«

»Das erzählst du seit Jahren. Woher kommt dieser plötzliche Sinneswandel?«

»Er hat eine andere Frau geschwängert. Sie ist kaum älter als du.« Ihre Stimme bricht. »Wie konnte er mir das antun? Nach all den Jahren, die ich ihm geschenkt habe? Nach allem, was ich ihm verziehen habe?«

»Weil er ein Arschloch ist, Mum. Das erzählen wir dir seit Jahren, aber du wolltest es ja nie glauben.«

»Du hast ja recht. Ich war so dumm. Egoistisch. Aber

ich war eben schrecklich einsam. Du verstehst nicht, wie schwer das alles für mich war. Kinder zu haben, die ich großziehen musste. Männer wollen keine Frau mit Ballast.«

»So einen wie den findest du an jeder Ecke.«

»Dita, Sie können so lange hierbleiben, wie Sie möchten«, sagt Patrick. »Das Personal kümmert sich um alles. Seraphinas Familie ist mehr als willkommen hier, das habe ich auch bereits Ihrem Sohn gesagt.«

»Danny ist ebenfalls hier?«

Ich nicke. »Er hatte ein bisschen Ärger in London und bleibt eine Weile hier.«

»Das klingt ganz nach Danny.«

Ich sehe auf die Uhr. »Bertie ist bestimmt schon wach. Ich sollte ihn holen gehen, aber …«

Ich will Patrick unter keinen Umständen mit meiner Mutter allein lassen. Leute um den Finger zu wickeln gehört zu ihren Spezialitäten. Patrick wird sie für die absolute Supermum halten, und ich stehe als die bockige Tochter da.

»Ich brauche keinen Babysitter, falls es das ist, was dir Sorgen macht«, sagt sie und nippt an ihrem Kaffee. »Ich unterhalte mich gern noch ein Weilchen mit Patrick.«

»Ich bleibe gern hier«, wirft er ein. »Damit wir beide uns besser kennenlernen können.«

»Genau das ist ja das Problem«, murmle ich.

81

Bertie sitzt mit bis zum Hals hochgezogener Decke in seinem Bett.

»War es schön mit Daphne?«, frage ich ihn.

Er nickt.

»Das freut mich. Hey, rate mal, wen ich gestern gesehen habe? Deine Mummy.«

Bertie starrt auf die Bettdecke.

»Sie hat dich sehr lieb, auch wenn sie … ein bisschen anders ist als sonst.«

»Ich habe schlecht geträumt.«

»So?«

»Von Großvater.«

»Willst du mir davon erzählen?«

»Ich war in seinem Haus. Du hast mir dauernd gesagt, dass ich sagen muss, was er getan hat. Aber ich konnte nicht sprechen. Und dann kam er, um dich und Mummy und Onkel Patrick zu holen.«

»Bertie, du brauchst keine Angst vor ihm zu haben. Patrick sorgt dafür, dass uns nichts passiert, okay?«

Berties Hände zittern. »Aber wenn sie ihn rauslassen … Wenn ich nichts sage, lassen sie ihn aus dem Gefängnis.«

»Denk einfach immer daran, dass Patrick uns beschützt. Ich vertraue ihm. Und das solltest du auch tun.«

»Ich will aber nicht, dass er aus dem Gefängnis darf«, fährt er fort. »Ich kann nichts sagen. Ich kann nicht.«

»Doch, du kannst, Bertie. Wir sind bei dir. Ich glaube fest daran, dass du es kannst.«

Bertie wendet den Blick ab.

»Jetzt konzentrieren wir uns erst mal auf die Hochzeit. Nur noch einmal schlafen. Es wird bestimmt toll. Du bekommst einen superschicken Anzug. Es werden viele, viele Gäste da sein. Und wir heiraten in einer ganz großen Kirche. Freust du dich schon?«

»Kommt Mummy auch?«

»Ja. Sie wird eine meiner Brautjungfern. Wahrscheinlich.«

»Ich will sie so gern sehen.«

»Ja, ich weiß, Bertie. Ich weiß.«

82

Ich gehe mit Bertie hinunter in den großen Saal, wo inzwischen auch Dad, Danny und Grey beim Frühstück sitzen.

»Guten Morgen, Seraphina«, ruft Grey. »Du meine Güte, du bist mir ja vielleicht eine!«

O Gott. Was ist jetzt wieder los?

»Morgen!« Ich quetsche mich auf die Bank neben Patrick, sodass Mum ein Stück zur Seite rücken muss. »Mum, das ist Patricks Neffe Bertie, um den ich mich kümmere.«

»Guten Morgen, Bertie.« Lächelnd schüttelt Mum ihm die Hand. »Seraphina hat mir schon alles über dich erzählt.«

Nicht ganz, denke ich, verkneife es mir aber.

»Mum und ich haben Patrick gerade erzählt, wie du als kleines Mädchen warst«, erklärt Danny. »Wie du deiner Barbie die Klamotten meiner Actionfiguren angezogen hast. Soldaten fandest du schon damals klasse.«

Ich laufe knallrot an. »Danny, halt den Mund!«

»Tut mir leid, aber ein Bruder *muss* einfach seine kleine Schwester blamieren, das ist Teil der Jobbeschreibung.«

Ich starre ihn finster an.

»Und mit dem Taschenmesser hat sie Muster in die Äpfel geschnitzt«, wirft Dad ein. »Eine künstlerische Ader hatte sie schon als Kind.«

»Ich erfahre gerade ganz neue Dinge über dich«, sagt Patrick.

»Gibt es kein interessanteres Gesprächsthema?«

»Ich finde es superlustig«, antwortet Danny. »Hey, weißt du noch, wie du dich nackt ausgezogen hast und in den Brunnen am Trafalgar Square gesprungen bist?«

»DANNY! Da war ich vier Jahre alt. So wie du es erzählst, klingt es, als …«

»Daran erinnere ich mich auch noch«, wirft Mum ein. »Das ist übrigens ein fantastisches Frühstück. Das beste, das ich je hatte.«

»Dafür können Sie sich bei Vicky bedanken«, sagt Patrick.

»Einige von uns haben das bereits getan.« Grey zwinkert Vicky durch die Durchreiche zu.

Bertie isst wenigstens ein paar Happen gekochtes Ei.

»Los, Bertie«, rufe ich, sobald er den Löffel beiseitelegt, »lass uns einen Waldspaziergang machen. Kommst du mit, Patrick?«

»Wieso die Eile, Schwesterherz?«, fragt Danny. »Willst du Patrick etwa weglocken? Keine Angst, ab morgen hast du ihn ohnehin für dich allein.«

»Keineswegs«, lüge ich. »Ich brauche nur etwas frische Luft, das ist alles.«

»Ich komme auch mit. Eine Zigarette wäre jetzt genau das Richtige«, sagt er.

»Darf ich auch mitkommen?«, fragt Dad und zupft sein Holzfällerhemd zurecht. »Ein herrlicher Spaziergang durch die schottische Landschaft – das klingt wunderbar.«

Ich seufze. »Na gut.«

»Zu Fuß gehen?«, meint Mum. »Eigentlich ist das ja nicht mein Ding, aber wenn ihr alle geht, muss ich wohl oder übel mitkommen.«

»Du musst nicht, wenn du nicht willst«, widerspreche ich eine Spur zu schnell.

»Ich will nicht ganz allein hierbleiben«, sagt sie. »Allerdings muss ich mir etwas Wärmeres anziehen.«

»Ich lasse Ihnen etwas in Ihr Zimmer bringen«, erklärt Patrick.

»Findest du den Weg? Das Schloss ist ein ziemliches Labyrinth«, sage ich.

»Nein, nein, ich komme schon zurecht«, beteuert Mum.

»Was, wenn sie sich verirrt?«, frage ich.

Danny zuckt die Achseln. »Zerbrich dir doch darüber nicht den Kopf. Sie ist deine Mutter, nicht deine Tochter.«

»Das hätte ihr mal jemand sagen sollen, als ich die Miete für sie bezahlt habe.«

83

Wir warten draußen auf meine Mutter.

Die Thornburns brettern wieder auf ihren Quads über den Rasen und hinterlassen hässliche Schneisen im Boden.

Anise steht an der Mauer und sieht ihnen zu. Sie scheint zu frieren.

Danny läuft zu ihr und bietet ihr seine Handschuhe an, doch sie schüttelt verängstigt den Kopf und klemmt die Hände in die Achselhöhlen. Trotzdem sieht sie ihm hinterher, als er kehrtmacht und sich wieder zu uns gesellt.

In diesem Moment geht das Portal auf.

»Danke, dass ihr auf mich gewartet habt.« Mum trägt ihren wollenen Dufflecoat, eine weite Saronghose und Doc Martens.

»Wieso hast du nicht die Wanderkleidung angezogen, die Patrick dir hat bringen lassen?«, frage ich. »Du reißt dir bloß die Hose an den Dornen auf.«

Mum zieht die Nase kraus. »Ich laufe doch nicht wie meine eigene Großmutter herum. Lieber sterbe ich, als dieses langweilige Zeug anzuziehen.«

»Wieso hast du dann so lange gebraucht?«

»Oh, es war nichts. Ich habe mich nur ein bisschen umgesehen.«

»Du meinst, du hast dich verlaufen?«

»Nein, ich habe bloß einen kleinen Umweg gemacht.«

Ich sehe Danny an, dass er dasselbe denkt wie ich.

Ja klar.

84

Bereits nach wenigen Metern fängt meine Mutter an zu jammern.

»Hier ist es eiskalt … Ich konnte ja nicht ahnen, dass es

hier so viele spitze Dornen gibt … Die Steine drücken durch meine Sohlen.«

Ich erinnere sie daran, dass sie nicht zu frieren bräuchte, hätte sie die dicken Wandersachen angezogen. Und dass ihr auch weder die Dornen noch die Steine etwas anhaben könnten.

Aber ich sehe ihr an, dass sie mir gar nicht richtig zuhört.

»Gib mir eine Zigarette, Danny, ja?«, sagt sie.

Danny gehorcht und gibt ihr Feuer.

»Was für eine lästige Angewohnheit«, bemerkt Dad.

»Fang doch nicht wieder damit an«, mault Mum. »Dein Gemecker hat mir schon während unserer Ehe gereicht.«

»Aber offenbar hat es nicht gereicht, um dich zum Aufhören zu bewegen«, kontert Dad.

»Lass gut sein.«

Patrick nimmt meine Hand.

»Familie«, flüstere ich. »Sind Sie nicht anbetungswürdig? Man *muss* sie einfach lieben.«

»Ich liebe dich, alles andere ist unwichtig.« Patrick sieht zum Himmel hinauf. »Wir sollten lieber zurückgehen. Ein Sturm zieht auf.«

85

Patrick hat recht.

Kaum haben wir einen Fuß über die Schwelle gesetzt, beginnt es wie aus Eimern zu schütten.

Wir gehen in den großen Saal zum Mittagessen.

»Ich hoffe nur, Hugos Elektrowägelchen bekommt bei

dem Regen keinen Kurzschluss«, bemerkt Patrick und schiebt sich eine Gabel voll Hackfleischauflauf in den Mund.

»Hugo?«, frage ich und nippe an meinem Mineralwasser.

Patrick nickt. »Er kommt gleich zur letzten Anprobe vorbei.«

»Aber was ist mit den anderen? Mit Bertie? Meinen Eltern? Ich kann sie doch nicht einfach hier sitzenlassen.«

»Alles kein Problem. Meine Mutter geht mit Bertie in die Dorfbibliothek, und für Danny und deine Eltern habe ich einen Ausflug organisiert. Eine Besichtigung der Kathedrale, wo morgen die Trauung stattfindet.«

Mum, Dad und Danny sind begeistert, und Bertie scheint sich auf seinen Nachmittag mit Daphne zu freuen, also gehe ich nach dem Essen in den Salon, wo die letzte Anprobe stattfinden soll.

»Also hat Ihr Wagen dem Regen getrotzt?«, rufe ich.

»Aber natürlich!« Hugo lacht. »Ein Elektroauto ist ja nicht aus Zucker.«

Neben ihm steht eine hübsche junge Frau mit langem schwarzem Haar und niedlichen Pausbäckchen.

»Das ist Gallalee«, stellt Hugo sie mir vor. »Ihre Näherin. *Die* Näherin, sollte ich wohl besser sagen. Die beste in ganz Schottland. Also, sind Sie bereit, Ihr wunderschönes Kleid noch einmal anzuziehen?«

86

Beim Anblick meines Brautkleids bekomme ich eine Gänsehaut.

Ich werde morgen heiraten.

Patrick.

Summend und mit Stecknadeln im Mund fummelt Gallalee an mir herum, während ich mich im Spiegel betrachte.

Wahnsinn!

Ich stehe hier, in einem Wahnsinnskleid, weil ich morgen Lord Patrick Mansfield heiraten werde.

»Ein absoluter Traum, Seraphina. Sind Sie bereit, eine Lady zu werden?«, fragt Hugo, als hätte er meine Gedanken gelesen.

»Eine Lady ist sie doch längst«, wirft Gallalee mit einem freundlichen Lächeln ein. »Sehen Sie sie nur mal an. Haben Sie jemals etwas Perfekteres gesehen?«

»Das stimmt, aber ab morgen hat sie offiziell auch einen Titel. Sie wird eine Adlige. Lady Seraphina Mansfield. Stellen Sie sich das bloß vor!«

»Lady wird man, wenn man sich wie eine Lady benimmt, und nicht, weil einem einer den Titel schenkt«, erklärt sie.

»Also, ich hätte nichts dagegen, Lord zu sein. Lord Hugo! Können Sie sich das vorstellen?«

»Absolut.« Gallalee grinst. »So, alles perfekt.«

Ich sehe mich an – ein Traum in Weiß. Das Kleid sieht atemberaubend aus, das muss ich zugeben.

»Eine Augenweide«, ruft Hugo. »Ganz Schottland wird sich auf der Stelle in Sie verlieben, Schätzchen. Warten Sie's ab.«

»Da bin ich mir nicht so sicher.«

»Ihre Schwester kommt heute Abend wieder, stimmt's?«, fragt er.

»Wila? Nein, erst morgen früh.«

»Wie verstehen sich Ihr Vater und Patrick? Zwei Platzhirsche. Gibt es schon zerbrochene Geweihe? Patrick ist ein ziemliches Alphatier, das muss man zugeben.«

»Bisher kommen sie ganz gut zurecht«, antworte ich. »Das Problem sind eher meine Mutter und ich.«

»Oje. Zoff mit Mami?«

»Beinahe.«

»Dann sollten Sie hübsch Ihr Temperament zügeln, Rotschöpfchen«, mahnt Hugo. »Keine Streitereien vor dem großen Tag, verstanden?«

»Ich werde mich bemühen.«

»Sie und Patrick verbringen den heutigen Abend also getrennt?«, fragt er. »Jeder in seinem Schlafzimmer?«

»Schätzungsweise ja. Ist auch so eine Tradition. Er fehlt mir jetzt schon.«

»Aber natürlich, mein Schatz. Dafür haben Sie ihn den Rest Ihres Lebens für sich.«

87

Am späten Nachmittag bricht der Sturm erst richtig los und tobt ohne Unterlass bis zum Abend.

Ich esse mit Bertie zu Abend und bringe ihn dann zu Bett.

Mum, Dad und Danny sind immer noch nicht zurück.

Vermutlich sitzen sie in einem Pub in Edinburgh und haben die Zeit vergessen.

Als ich aus Berties Zimmer trete, steht plötzlich Patrick mit düsterer Miene vor mir. In der Hand hält er eine in Karopapier gewickelte Schachtel.

»Patrick, was ist los?«

»Es gibt schlechte Nachrichten.«

»Was ist passiert?«

»Die Straße von hier nach Edinburgh ist gesperrt. Mehr als fünfzig Bäume sind umgestürzt, und der Zugverkehr ist ebenfalls eingestellt. Deine Familie ist in Sicherheit, aber die Rückfahrt wäre zu gefährlich, deshalb habe ich sie im Edinburgh Regent, dem besten Hotel der Stadt, einquartiert.«

»Oh, verstehe. Aber es geht ihnen doch gut, oder?«

»Absolut.« Patrick fährt sich mit der Hand durchs Haar. »Mir allerdings nicht, wenn ich mir vorstelle, dass ich den Abend ohne dich verbringen muss.«

»Das ist auch eine von euren Traditionen, stimmt's?«

»Ja. Ich schlafe im Turmzimmer, du in unserem gemeinsamen Schlafzimmer. Dein Brautkleid liegt bereits dort. Und ich möchte dir noch etwas schenken.«

»Was denn?«, frage ich lächelnd.

»Das hier.« Er reicht mir die Schachtel.

»Wenn ich mir deine Hände so ansehe, gehe ich davon aus, dass nicht du das eingepackt hast.«

Ein Lächeln spielt um seine Mundwinkel. »Louise hat es für mich übernommen. Aber das Geschenk ist von mir.«

»Danke«, flüstere ich. »Du wirst mir heute Nacht sehr fehlen. Albern, oder? Es ist ja nur eine Nacht.«

»Ich finde es überhaupt nicht albern. Für mich zeigt es nur die wahre Liebe.«

Im Schlafzimmer packe ich das Geschenk aus.

Unter dem Papier kommt eine lila Schatulle zum Vorschein.

Ich nehme den Deckel ab.

Darin liegt ein mit Karoband zusammengehaltenes Sträußchen Glockenblumen.

Für meine wunderschöne Braut – steht auf der beigelegten Karte.

Ich nehme das Sträußchen heraus und rieche daran.

Patrick muss die Blumen selbst gepflückt haben. Ich spüre es förmlich.

O Patrick!

Schon jetzt fehlt er mir schrecklich.

Aber in Wahrheit trennen uns nur ein paar Stunden Schlaf.

Und ab morgen werden wir jede Nacht zusammen sein.

Bis in alle Ewigkeit.

88

Am nächsten Morgen weiß ich im ersten Moment nicht, wo ich bin. Und wo Patrick ist.

Allein aufzuwachen ist ein seltsames Gefühl.

Ich habe gar nicht gut geschlafen, sondern wurde die ganze Nacht von Albträumen über Bertie und seinen Großvater heimgesucht.

Trotzdem. Die Sonne scheint, und es sieht aus, als stünde uns ein herrlicher Tag bevor.

Es klopft an der Tür.

»Patrick, wenn du es bist – du darfst mich nicht sehen«, rufe ich.

Ich höre leises Lachen. Eine Frauenstimme. »Ich bin's, May, nicht Patrick.«

»Oh.« Ich steige aus dem Bett, schnappe einen Morgenrock mit dem eingestickten Mansfield-Wappen vom Haken an der Tür und mache auf. »Komm rein.«

May trägt einen weißen Seidenmorgenrock und hat ihr weißes Haar zu einem Knoten im Nacken frisiert. Sie geht gebückt, trotzdem scheint sie guter Dinge zu sein.

»Alles in Ordnung?«, frage ich. »Eigentlich solltest du doch nicht herummarschieren.«

May lacht leise. »Heute werde ich so lange auf den Beinen sein, wie ich nur kann. Wie viele Jahre habe ich auf diesen Tag gewartet ...«

»Übertreib's aber nicht.« Ich führe sie zum Bett.

»Mach dir um mich keine Sorgen, Liebes. Wie geht es dir? Bist du nervös?«

»Ich habe Angst. Meine Familie ist gestern Abend in Edinburgh hängen geblieben, deshalb bin ich ganz allein mit meinen Sorgen.«

»Du bist nicht allein, Kind. Ich bin bei dir.« Sie sieht aus dem Fenster. »Die Sonne schenkt einer Hochzeit Segen, heißt es immer. Sieht ganz so aus, als bekämen wir heute herrliches Wetter. Gott lächelt auf uns herab.«

»Das möchte ich hoffen.«

»Sollten wir uns auf die Suche nach meinem Urenkel machen?«, schlägt sie vor. »Ich kann es kaum erwarten, ihn in seinem Anzug zu sehen.«

»Gute Idee.«

89

Berties Tür steht einen Spaltbreit offen.

Kurz überlege ich, ob Daphne wohl bei ihm ist, aber sein Zimmer ist leer – mit Ausnahme eines bertieförmigen Hügels unter der Bettdecke.

»Versteckst du dich etwa, Bertie?«, frage ich.

Der Hügel regt sich nicht.

»Bertie?« Ich tätschle ihn.

Er ist teils viel zu weich, teils hart.

Mit einem Ruck schlage ich die Bettdecke zurück, unter der ein Berg Spielzeug, Bücher und sonstiger Kram zum Vorschein kommt.

Mein Herz beginnt zu hämmern.

»Bertie?« Ich laufe ins Badezimmer, sehe im Schrank nach. »Bertie? Versteckst du dich hier drinnen? Bitte lass das. Ich mache mir Sorgen.«

Aber er ist nirgendwo zu finden.

»Könntest du hierbleiben und warten, falls er zurückkommt, May?«, frage ich.

»Natürlich, Liebes.«

»Patrick.« Ich laufe in Richtung Turmzimmer. »PATRICK!«

90

Ich reiße die Tür auf und stoße beinahe mit Louise zusammen, die frisches Bettzeug aufzieht.

»Oh.« Sie presst sich die Hand auf die Brust. »Sie haben mich vielleicht erschreckt. Patrick ist schon weg. Und es bringt doch Unglück, wenn die Braut den Bräutigam vor der Trauung sieht.«

»Ein Unglück ist schon passiert«, sage ich. »Bertie ist verschwunden. Ich kann ihn nirgendwo finden. In seinem Zimmer ist er nicht. Wo ist Patrick hingegangen?«

»Er ist schon mit dem Hubschrauber nach Edinburg geflogen, um in der Kathedrale die Sicherheitsvorkehrungen zu überprüfen und seine Leute zu briefen. Er ist schon über eine Stunde weg.«

»Ich muss ihn anrufen.« Ich ziehe mein Handy aus der Morgenrocktasche und wähle seine Nummer, während ich ruhelos im Zimmer auf und ab gehe, aber der Anruf wird direkt auf die Voicemail weitergeleitet.

»Ich kriege ihn nicht an die Strippe.«

Ich hinterlasse eine hektische Nachricht, dann schicke ich eine SMS hinterher. Dann versuche ich es ein zweites Mal, aber er geht immer noch nicht ran.

»Wissen Sie, wer sonst noch bei ihm ist?«, frage ich.

»Grey«, antwortet Louise.

»Vicky hat seine Nummer. Sagen Sie all den anderen Mitarbeitern, dass sie nach Bertie suchen sollen. Was ist mit Rab? Ist er hier?«

»Ich denke schon.«

»Dann sagen Sie ihm bitte, er soll seine Männer losschicken. Wir können jeden gebrauchen.«

91

Ich laufe in den großen Saal und lasse den Blick über Tische und Bänke schweifen.

Die Thornburn-Brüder sitzen grölend und lachend über ihren Tellern voll Würstchen und Eiern.

Von Anise ist nichts zu sehen.

Und von Bertie ebenso wenig.

Ich laufe zur Küche.

»Vicky! VICKY!«

»Mein Gott, Süße, was ist denn los? Du weckst ja Tote auf.«

»Bertie ist weg.«

»Weg? Was meinst du damit?«

»Sein Bett war leer. Er hat Spielzeug unter die Decke gepackt, damit es so aussieht, als würde er drinliegen. War er hier?«

»Nein.« Sie wischt sich die Hände an ihrer Schürze ab und tritt aus der Küche. »Mal überlegen. Wo könnte er stecken?«

»Ich muss Patrick erreichen, aber er geht nicht an sein Telefon. Grey ist offenbar bei ihm. Kannst du mir seine Nummer geben?«

»Ja.« Vicky zieht ihr Telefon aus der Tasche. »Ich rufe ihn gleich an.« Sie wählt seine Nummer und lauscht stirnrunzelnd. »Komisch. Sonst hebt er immer sofort ab, aber ich kriege auch nur seine Voicemail.«

»Wir müssen in der Kathedrale anrufen.«

Vicky tippt auf dem Display herum. »Seltsam. Das Internet funktioniert auch nicht. Ich fürchte, das liegt am Sturm. Das ganze Netz ist offenbar zusammengebrochen.«

»Okay, kannst du ins Büro gehen und über die Festnetznummer in der Kirche anrufen? Patrick muss erfahren, dass Bertie verschwunden ist.«

»Und was machst du?«

»Ich gehe Bertie suchen.«

»Heute ist dein Hochzeitstag.«

»Das weiß ich. Aber solange Bertie nicht aufgetaucht ist, kann ich nicht heiraten.«

92

Auf dem Weg aus dem großen Saal renne ich um ein Haar Blake Thornburn über den Haufen.

»Holla«, sagt er. »Immer schön langsam, junge Dame.«

»Das geht jetzt nicht. Bertie ist verschwunden.«

»Ich hab's gehört. Inzwischen weiß schon das ganze Schloss Bescheid. Kann ich helfen?«

»Nein. Geh weiter mit deinem Quad spielen.«

»Hey, das ist echt unfair. Ich mag Bertie, und so wie es sich anhört, könnt ihr jede Unterstützung brauchen, die ihr kriegt.«

Ich zögere.

»Was glaubst du, wo er stecken könnte?«, fragt er.

»Vielleicht irgendwo im Wald.«

»Wieso ist er weggelaufen?«

»Ich habe keine Ahnung.«

»Ich helfe dir.«

»Nein, ich schaffe das allein. Ist schon gut.«

»Nein, gar nichts ist gut. Und Patrick würde genau dasselbe sagen, wenn er hier wäre. Jemand muss mit dir kommen. Und dieser Jemand bin ich.«

»Okay«, seufze ich.

»Sucht schon jemand das Schloss ab?«

»Ich habe Louise beauftragt, alles in die Wege zu leiten und Verstärkung zu holen.« Ich runzle die Stirn. »Wo steckt eigentlich Anise? Wir sollten auch ihr Bescheid sagen.«

Blake zuckt die Achseln. »Vielleicht wirft sie sich gerade in Schale.«

»Wir müssen sie informieren.«

»Weswegen? Sie gerät nur in Panik und regt sich auf. Lass uns lieber den Wald durchkämmen. Aber vorher musst du dir etwas Anständiges anziehen. Es ist viel zu kalt draußen.«

93

Wir gehen in den Wald.

»Wenn du so weitermachst, hängt dir die Haut bald in Fetzen herunter«, sage ich, als ich sehe, wie Blake die dornigen Äste beiseiteschiebt. »Du blutest ja schon.«

»Ich stehe auf Narben.«

Ich lasse den Blick über die Bäume schweifen. »Bertie klettert gern. Vielleicht sitzt er auf einem Baum.«

»Das war schon früher so. Noch bevor er gehen konnte, ist er die Treppen herauf- und hinuntergeklettert.«

»Bestimmt vermisst du ihn manchmal. Immerhin hattet ihr ja mal eine Bindung zueinander aufgebaut.«

»Er fehlt mir sogar jeden Tag, aber ich bin nun mal nicht zum Vater geboren. Er ist besser bei jemand anderem aufgehoben. Bei jemandem wie Patrick, zum Beispiel.«

»Ich finde dich eigentlich gar nicht so schlimm. Wie kommt es, dass du so anders bist als deine Brüder?«

»So anders bin ich gar nicht.« Er zieht sich die Kapuze seines Sweatshirts über den Kopf. »Scheiße noch mal ist das kalt.«

»Du hättest eine dicke Jacke mitnehmen sollen.«

»Echte Männer brauchen keine Jacken.«

»Das ist ja wohl das Dämlichste, was ich je gehört habe.« In diesem Moment sticht mir etwas ins Auge. »Moment mal. Sieht das für dich wie ein Fußabdruck aus?«

»Eher wie ein Schlammklumpen.«

»Mit einem kleinen Fußabdruck darauf.«

»Spurenlesen war noch nie meine Stärke. Wir hätten die Bikes nehmen sollen. Damit könnten wir eine größere Fläche absuchen.«

»Und wichtige Details übersehen.«

»Du verbringst zu viel Zeit mit Patrick«, bemerkt er. »Er steht auf diesen ganzen Unsinn, von wegen eins mit der Natur zu sein und so.«

»Das ist kein Unsinn«, widerspreche ich. »Vielleicht könnten du und deine Brüder auch noch was von ihm lernen, statt mit euren blöden Bikes durch den Wald zu pflügen und Jagd auf wehrlose Tiere zu machen.«

»Was ist eigentlich aus diesem kleinen Fuchs geworden?«

»Er muss hier irgendwo sein«, antworte ich. »Wo genau,

weiß ich allerdings nicht. Er ist frei. Zumindest so lange, wie ihr ihn nicht jagt.«

»Regan und Riley sind die Jäger. Ich gehe nur mit, weil ich gern mit dem Quad herumfahre.«

»Kriegst du alleine nichts auf die Reihe?«

»Doch, sogar eine ganze Menge. Die meiste Zeit sage ich, wo es langgeht. Aber wie gesagt, ich fahre gern mit dem Bike herum. Und wenn wir dabei einen Fuchs erwischen, na und? Sind doch sowieso bloß Schädlinge.«

»Du hast keinen Funken Anstand im Leib.«

Blake lacht. »Ich glaube, du verwechselst mich mit Regan und Riley. Ich habe sehr wohl Anstand, das kannst du mir glauben.«

»Ach ja? Deshalb hast du mit Anise geschlafen, obwohl sie damals praktisch noch ein Kind war? Zeitgleich mit deinen beiden Brüdern?«

»Eine Jugendsünde. Eigentlich hätte es nie dazu kommen dürfen. Aber Anise hat sich auch nicht gerade gesträubt.«

»Weil sie zu jung war, um zu begreifen, was sie da tut.«

»Dasselbe gilt auch für mich. Wie gesagt, es war eine Jugendsünde. Nicht jeder kommt vernünftig auf die Welt.« Er grinst. »Du warst bestimmt die Vernunft in Person, hast immer brav deine Hausaufgaben gemacht und warst fleißig. Eine Musterschülerin.«

»Ich? Vernünftig?«

»Ja, dumm und leichtsinnig bist du jedenfalls nicht, das merkt man sofort … Sollte es mit Patrick und dir nicht klappen, würde ich jederzeit einspringen.«

»Danke für das Angebot, aber ich glaube, du bist eher ein Mann für Zara.«

Blake lacht.

»Was ist so witzig?«

»Wenn du wüsstest …«

»Was denn?«

»Zara liegt in dieser Sekunde mit Regan in der Kiste.«

»Was?«

»Ich glaube, sie will Anise zeigen, wie Regan in Wahrheit ist. Anders kapiert sie es ja nicht.«

»Willst du mich auf den Arm nehmen? Zara ist Anises beste Freundin und schläft mit ihrem Ehemann? Im Schloss? Jetzt gerade?«

»Zumindest sah es für mich vorhin ganz danach aus.«

»Ich fasse es nicht. Ich kann nicht glauben, dass Zara so etwas Schreckliches …« Mein Blick fällt auf einen weiteren Abdruck im Schlamm. »Hier. Ist das noch eine Spur?«

»Könnte sein.«

»Und hier drüben auch! Da ist noch eine.«

Wir folgen den winzigen Abdrücken, von denen einige gut erkennbar, andere nur schwach ausgeprägt sind.

Schließlich stehen wir am Fluss.

»Wohin jetzt?«, fragt Blake.

Am Ufer ist der Erdboden völlig aufgeweicht, daher sind keine Spuren mehr zu sehen.

»Keine Ahnung.«

Kreisförmig suchen wir das Ufer nach weiteren Abdrücken ab, finden jedoch keine.

Blake kratzt sich am Kopf. »Du kennst ihn besser als ich. Welche Richtung könnte er eingeschlagen haben?«

»Lass uns hier entlanggehen«, schlage ich vor. »Das ist immer noch besser, als dumm herumzustehen.«

Wir gehen weiter.

»Patrick wartet schon in der Kirche auf dich, das ist dir klar, oder?«

»Bestimmt hat ihm inzwischen jemand Bescheid gesagt.«

»Unwahrscheinlich«, widerspricht Blake. »Das Telefonnetz ist zusammengebrochen.«

»Vicky versucht, ihn über Festnetz zu erreichen.«

»Auch das funktioniert nicht. Außerdem ist die Hauptverbindungsstraße gesperrt, weil noch ein Baum umgekippt ist. Im Moment ist das Dorf von der Außenwelt abgeschnitten. Hörst du kein Radio?«

94

Allmählich schwindet meine Hoffnung. Wir haben seit einer Ewigkeit keine frischen Spuren mehr gefunden.

»Wir suchen hier nach der Stecknadel im Heuhaufen«, sage ich.

»Allerdings. Lass uns eine kleine Pause machen. Wir stolpern schon über eine Stunde durch die Pampa.«

»Aber wir müssen weiter.«

»Es nützt keinem etwas, wenn du total fertig bist. Du solltest dich ausruhen.«

Vor uns liegt ein umgestürzter Baumstamm, auf den wir uns setzen.

»Hier ist nicht mal mehr ein richtiger Weg«, bemerke ich. »Selbst wenn es Spuren gäbe, würden wir sie nicht mehr erkennen.«

Blake setzt sich neben mich. »Wir sollten zurückgehen.

Es ist ja keinem geholfen, wenn wir uns jetzt auch noch verirren.«

»Ich gehe erst zurück, wenn ich ihn gefunden habe.«

»Seraphina, wir sind hier mitten in der Wildnis. Wir brauchen mehr Leute. Das geht so nicht.«

»Dann geh du zurück, ich suche weiter.«

»Ich werde dich hier draußen auf keinen Fall alleine lassen, das habe ich ja schon gesagt.«

Ich stütze den Kopf auf die Hände. »Und ich habe dir gesagt, dass ich erst zurückgehe, wenn ich Bertie gefunden habe.«

In diesem Moment ertönt ein Rascheln.

»Was war das?« Ich lege Blake die Hand auf den Arm. »Hörst du das?«

Reglos sitzen wir da und lauschen.

Vor mir blitzt etwas Rötliches auf.

Ich spüre, wie sich ein Lächeln auf meinem Gesicht ausbreitet.

»Danny-Boy!«

»Was?«, fragt Blake.

Danny-Boy tritt zwischen den Büschen hervor und kommt auf uns zu.

»Holla, Vorsicht.« Blake springt auf. »Der hat bestimmt die Tollwut. Weiß der nicht, dass Menschen gefährlich sind?«

»Wir sind doch nicht gefährlich.« Ich strecke die Hand aus, und Danny-Boy beginnt sie abzulecken.

»Moment mal. Ist das etwa das Vieh, das du meinen Brüdern geklaut hast?«

»Er ist mir geradewegs in die Arme gesprungen.«

»Glückspilz«, bemerkt Blake.

Danny-Boy beschnüffelt mich eingehend, dann trottet er davon, bleibt stehen und dreht sich noch einmal um, als würde er auf etwas warten.

»Er will, dass wir ihm folgen«, rufe ich.

»Woher weißt du das?«

»Keine Ahnung, ich weiß es einfach.«

95

Danny-Boy schlängelt sich zwischen den Bäumen hindurch.

Nach ein paar Minuten beschleicht mich das dumpfe Gefühl, dass wir uns endgültig verirrt haben, aber dann stehen wir plötzlich auf einer Lichtung. Mit einem Zelt.

Ich schlage mir die Hand vor den Mund, während Danny-Boy losrennt und den Reißverschluss beschnuppert.

Ein Rascheln dringt aus dem Zelt, dann wird der Reißverschluss hochgezogen, und ich sehe Bertie, bleich und verängstigt, im Zelt sitzen.

»Bertie!« Ich schlinge die Arme um ihn und drücke ihn an mich. »O Gott! Was um alles in der Welt tust du hier draußen? Wieso bist du weggelaufen?«

Bertie muss sich Vorräte aus Patricks Basislager geholt haben, denn auf dem Boden liegen mehrere Dosen Armeeverpflegung.

»Ich will nicht zurückgehen«, sagt er und löst sich von mir. »Nicht zurückgehen.«

»Wieso nicht?«

»Ich will nicht über Großvater reden.«

»Was ist denn los, Bertie? Wir haben doch alles besprochen. Du schaffst das. Die Aussage vor Gericht wird nicht so schlimm, wie du glaubst. Und du willst doch nicht, dass dein Großvater freigelassen wird, oder?«

Tränen kullern Bertie über die Wangen. »Ich kann aber nichts sagen.«

Wieder will ich ihn in die Arme nehmen, aber er weicht zurück.

»Bertie! Es ist okay.«

»Du willst, dass ich es mache. Aber ich kann nicht.«

»Bertie …«

»Ich will nicht mit denen reden!«

Blake kauert sich vor den Kleinen. »Alles klar, Kumpel. Du musst mit niemandem reden, wenn du nicht willst. Du bleibst einfach bei Regan und mir, und dann kümmern wir uns um alles. Wir mögen deinen Großvater gern. Er hat uns ein Schloss geschenkt.«

»ICH WILL ABER GROSSVATER NICHT!«, brüllt er so laut, dass ein Schwarm Vögel vor Schreck davonfliegt.

»Gut gemacht, Blake«, ätze ich. »Weißt du überhaupt, was sein Großvater ihm angetan hat?«

»Ihm angetan?« Blake sieht mich verwirrt an.

»GROSSVATER HAT MIR WEHGETAN!«, schreit Bertie.

Blake wendet sich mir zu. »Stimmt das?«

»Ja.«

»Das wusste ich nicht. Ich dachte … Alle haben gesagt, er hätte das nur erfunden. Sogar Anise …« Er legt ihm die Hand auf die Schulter. »Hey, Kleiner. Das mit deinem Großvater wusste ich nicht. Aber wenn das stimmt, bin ich nicht länger sein Freund. Vielleicht kann ich dir ja helfen und bei dir bleiben, wenn du vor Gericht aussagst.«

»ICH WILL DA ABER NICHT HIN!«

»Okay, okay«, sage ich und hebe beschwichtigend die Hände. »Wenn du nicht vor Gericht aussagen willst, brauchst du es nicht zu tun, Bertie. Niemand wird dich dazu zwingen. Ich habe eine Idee, was wir tun könnten.«

96

Rab hat sich neben der Eingangstür postiert und sieht uns kommen.

»Sie haben den kleinen Ausreißer also gefunden. Was ist denn passiert?«

»Es geht ihm gut«, antworte ich. »Alles halb so wild, er war nur im Wald unterwegs.«

Rab beäugt Blake argwöhnisch. »Belästigt dieser Thornburn Sie etwa, Miss Seraphina?«

»Nein, er hat mir geholfen. Hat jemand inzwischen Patrick erreicht?«

Rab schüttelt den Kopf. »Er hat keine Ahnung. Die Telefonleitungen sind immer noch lahmgelegt, und die Straße ist auch gesperrt. Patrick hat den Hubschrauber genommen. Aber wir haben seinen alten Panzer losgeschickt, damit er die Straße räumt.«

»Und wann wird das so weit sein?«

»Innerhalb der nächsten Stunde. Miss Seraphina, die Hochzeit …«

»Ich muss mich beeilen. Oben liegt mein Brautkleid.«

»Du glaubst doch nicht ernsthaft, dass die Hochzeit stattfinden kann«, wirft Blake ein. »Du bist seit einer Stunde überfällig. Und Patrick hat keine Ahnung, wieso. Wahrscheinlich glaubt er, du hättest kalte Füße bekommen.«

»Er wird auf mich warten«, erwidere ich. »Das weiß ich. Komm, Bertie.« Wir treten an Rab vorbei. »Machen wir uns fertig.«

»Ich helfe euch.« Blake folgt uns hinein.

97

Auf dem Weg ins Schlafzimmer laufen wir Daphne in die Arme.

»Bertie!«, ruft sie. »Gott sei Dank! Geht es dir gut?«

Bertie nickt.

»Könntest du Bertie beim Anziehen helfen?«, frage ich.

»Wofür?«

»Für die Hochzeit, wofür sonst?«

Daphnes Lächeln verfliegt. »Aber es ist viel zu spät, Seraphina. Die Kirche war für elf Uhr reserviert, jetzt ist es fast zwölf.«

»Patrick wird auf mich warten, das weiß ich.«

»Dann solltest du dich beeilen. Die Mädchen fürs Makeup und die Frisur wollten schon zusammenpacken.«

»Aber eines muss ich noch vorher erledigen.«

»Was?«

»Ich muss mit Anise sprechen.«

»Hat das etwas mit deinem Plan zu tun?«, will Blake wissen.

»Welcher Plan?«, fragt Daphne.

»Seraphina hat irgendeinen Plan, damit Bertie nicht auszusagen braucht«, erklärt er.

»Da bin ich ja gespannt«, sagt Daphne.

»Noch weiß ich nicht, ob er auch funktioniert.«

98

Die Flure im Westflügel sind kalt und grau. Hier und da hängen zwar Wandteppiche, die jedoch allesamt zerschlissen und unansehnlich sind.

»Hier ist Regans Zimmer«, sagt Blake und deutet auf eine offene Tür.

Ich spähe hinein. Heavy-Metal-CDs liegen überall herum, dazwischen Chipstüten, leere Bierdosen und übervolle Aschenbecher.

»Wo ist Anise?«, frage ich.

»Wahrscheinlich in ihrem Zimmer, ein Stück den Korridor hinunter.«

»Schlafen sie nicht im selben Zimmer?«

»Regan steht auf so was nicht. Er lässt Anise antanzen, wenn er sie sehen will. Auf diese Weise kann er selbst bestimmen, wen er wann bei sich haben will.«

»Zum Beispiel Zara.«

»Genau.«

»Aber weiß Anise nicht, was er da treibt?«

»Keiner ist blinder als der, der nichts sehen will.« Blake führt mich ein Stück weiter den Korridor hinunter. »Hier ist Anises Zimmer.«

Er klopft.

»Regan?«, höre ich eine leise, verängstigte Stimme.

»Ich bin's, Anise, Blake. Darf ich reinkommen?«

Die Tür geht auf.

Anise trägt ein blaues Kleid, unter dessen dünnem Stoff sich ihre Hüftknochen und Rippen deutlich abzeichnen. Ihr blondes Haar ist zu einem kunstvollen, mit Glockenblumen verzierten Zopf frisiert.

Bei meinem Anblick reißt sie die Augen auf. »Was machst du denn hier?«

»Lange Geschichte. Darf ich reinkommen?«

Sie wirft Blake einen panischen Blick zu.

»Regan ist nicht hier«, sagt er beschwichtigend. »Es ist niemand in seinem Zimmer. Du solltest Seraphina reinlassen, Anise. Es ist wichtig. Es geht um Bertie.«

»Bertie?« Anise öffnet die Tür ein Stück weiter.

Der Raum ist klein und schlicht möbliert, allerdings sehe ich raffinierte Dessous aus rotem Netzstoff aus einer Kommodenschublade blitzen.

»Wo ist Regan?«, flüstert sie.

»Vermutlich treibt er sich irgendwo herum und lässt sich volllaufen«, antwortet Blake.

»Anise, ich sollte dir etwas sagen«, erkläre ich. »Über Regan. Und Zara.«

Blake sieht mich stirnrunzelnd an. »Ich dachte, du wolltest Bertie helfen.«

»Das will ich auch. Vertrau mir einfach.«

Anise hebt eine zertretene Blüte vom Boden auf. »Ich mag Glockenblumen so gern, aber Regan nicht. Er hat sie zertrampelt.«

»Anise, du musst mir jetzt genau zuhören. Das ist wichtig. Regan und Zara … sie haben Sex.«

»Weiß ich doch«, sagt sie. »Das ist kalter Kaffee. Ich habe Regan seine Vergangenheit verziehen und er mir meine.«

»Aber das ist kein kalter Kaffee, Anise. Die beiden schlafen miteinander, obwohl ihr verheiratet seid. In seinem Zimmer, ein Stück den Flur hinunter.« Ich wende mich Blake zu. »Sag du ihr, dass es wahr ist.«

Blake schluckt. »Sie hat recht, Anise. Zara war auch gestern Abend hier.«

Anise sieht zuerst Blake an, dann mich. Dann bricht sie in Tränen aus. »Nein. Nein, nein, nein! Das würde er nie tun. Er liebt mich.«

Ich lege ihr den Arm um die Schultern. »Anise, du weißt es doch. Tief im Innern. Du weißt, wozu er fähig ist.«

»Aber er liebt mich doch«, flüstert sie. »Er ist der Einzige, dem ich je etwas bedeutet habe. Für jeden anderen bin ich Luft. Sie sehen alle durch mich hindurch und sehen bloß Zara. Ich bin so blöd. In Wahrheit wollte er die ganze Zeit nur sie. So wie alle anderen.«

»Für meinen Bruder bist du nicht Luft, das steht schon mal fest«, erkläre ich.

»Aber ich werde es sein, sobald er Zara das erste Mal sieht.«

»Nein. Sie ist nicht sein Typ, glaub mir. Er mag authentische Mädchen. Hör zu, Anise, ich brauche deine Hilfe.«

»Meine Hilfe? Wie sollte ich denn eine Hilfe sein?«

»Bertie ist heute weggelaufen.«

»O Gott.«

»Es ist nichts passiert. Wir haben ihn schon wieder gefunden. Aber er hat zu große Angst, um vor Gericht gegen deinen Vater auszusagen. Er schafft es nicht, Anise. Das heißt, dass Dirk freikommt, wenn niemand anderes vor Gericht als Zeuge auftritt.«

»Aber was soll ich tun? Bertie hört doch nicht auf mich.«

»Du musst aussagen, Anise.«

»Aber ich habe doch nie gesehen …«

»Vielleicht hast du nicht direkt beobachtet, wie dein Vater Bertie geschlagen hat, aber du musst doch genug mitbekommen haben, um Verdacht zu schöpfen.«

Anise blickt zu Boden. »Mehr als genug.«

»Wärst du bereit, vor Gericht auszusagen? Um Berties willen?«

Anise runzelt die Stirn, dann nickt sie. »Ich … ich versuche es. Für Bertie. Ich will nicht, dass er noch mehr leiden muss.«

»Ich weiß. Aber es wird sehr schwer werden.«

»Nur wenn ich bei Regan bleibe.« Sie schluckt. »Ich muss ihn verlassen. Das ist mir klar. Ich habe nur solche Angst. Hilfst du mir?

»Natürlich.«

Anise sieht sich im Spiegel an. »Willst du … trotzdem heute heiraten? Oder ist es längst zu spät?«

»Ich weiß es nicht. Aber ich will es unter allen Umständen versuchen.«

In diesem Moment ertönen laute Schritte auf dem Korridor. »Was zum Teufel ist hier schon wieder los?«, knurrt Regan.

99

Regan!«, ruft Anise erschrocken.

»Ist schon gut, Anise, ich erledige das.« Blake kreuzt die Arme vor der Brust.

»Was erledigst du?« Regan trägt seine schwarze Lederkluft und stinkt nach Bier. Im fahlen Schein der Beleuchtung wirken sein rasierter Schädel und seine dichten Augenbrauen noch finsterer als sonst.

»Hör zu, Anise hat Zweifel wegen eurer Ehe. Weil du ihre beste Freundin vögelst«, sagt Blake.

Regan fällt die Kinnlade herunter. »Was? Das ist doch alles kompletter Schwachsinn, Anise. Lügen. Die sind bloß neidisch auf das, was wir haben. Die versuchen, einen Keil zwischen uns zu treiben.«

»Spar dir die Lügerei.« Schützend stellt Blake sich vor Anise. »Ich habe ihr erzählt, was hier läuft.«

»Du?« Regan lacht. »Ich glaube dir kein Wort. Aber unsere kleine Lady Mansfield hier …« Er deutet auf mich. »Dass sie Lügen verbreitet, glaube ich sofort. Und du deckst sie.« Er starrt mich finster an. »Dafür wirst du büßen.«

Blake versperrt ihm den Weg. »Vergiss es.«

Regan verpasst Blake einen Kinnhaken, der ihn rückwärts aufs Bett schleudert. Er stöhnt, seine Lider flattern.

Drohend tritt Regan auf mich zu und schiebt seine Jackenärmel hoch. »Und jetzt bist du dran.«

Aber dazu kommt es nicht, denn in diesem Moment saust eine riesige Vase voll Glockenblumen auf seinen Schädel nieder.

Regan kippt um wie ein gefällter Baum.

Schwer atmend steht Anise mit der halb zerbrochenen Vase in der Hand da und starrt fassungslos auf die reglose Gestalt zu ihren Füßen.

Blake setzt sich auf und reibt sich das Kinn. »Heilige Scheiße, ich hab völlig vergessen, was für einen Haken mein Bruder hat.« Er sieht Regans reglose Gestalt. »Anise. Warst … warst du das?«

Sie nickt.

»Du musst dich fertig machen, Seraphina«, sagt sie mit geradezu unheimlicher Ruhe. »Sonst verpasst du noch deine eigene Hochzeit.«

100

Da sind Sie ja endlich.« Natalie hat die Arme vor der Brust verschränkt. »Noch zwei Minuten, dann wären wir endgültig weg gewesen.«

Tracy runzelt die Stirn. »Wir hatten schon Angst, Sie hätten kalte Füße bekommen.«

»Wenn Patrick auf mich wartet? Niemals.«

Natalie kümmert sich um mein Make-up, während Tracy in mein Zimmer läuft, um das Kleid zu holen.

Die beiden helfen mir beim Anziehen, dann macht Tracy sich an meine Frisur.

»Sind Sie sicher, dass Patrick nicht längst weg ist?«, fragt Natalie. »Immerhin wartet er schon schrecklich lange auf Sie.«

»Ich weiß es nicht, und mit jeder Minute werde ich unsicherer. Der Ärmste, er muss sich ja Gott weiß was denken.«

»Aber für den Moment bleibt uns nichts anderes übrig, als uns zu beeilen, damit Sie so schnell wie möglich in die Kirche kommen«, sagt Tracy.

Natalie hält mir die Schuhe hin.

»Bereit?«, fragt sie.

»Bereit.«

101

Natalie und Tracy verfrachten mich in den Wagen, wo Anise und Bertie mich bereits erwarten, ebenso wie Daphne und May.

Daphne trägt ein zitronengelbes Kleid und sieht wie gewohnt hinreißend aus.

Anise wirkt zwar sehr zerbrechlich in ihrem Brautjungfernkleid, trotzdem ist auch sie bildhübsch. Und Bertie sieht wie ein perfekter kleiner Gentleman in seinem grauen Frack aus.

May hat sich eine Karodecke um die Schultern gelegt und hält sich die Sauerstoffmaske auf Mund und Nase.

»Geht es dir gut?«, frage ich.

Sie nimmt die Maske ab. »Sobald die Zeremonie anfängt, geht es mir besser. Aber noch wissen wir nicht einmal, ob die Straße überhaupt befahrbar ist.«

Bertie scheint sich in der Gegenwart seiner Mutter wohlzufühlen; vielleicht ein wenig steif, aber er ist sichtlich froh, bei ihr zu sein.

»Es ist schön, Mummy wieder mal zu sehen, stimmt's?«, frage ich.

Er nickt.

»Ich muss mich bei dir entschuldigen«, sagt Anise. »Und ich kann auch nicht erwarten, dass Bertie mir gleich wieder vertraut. Ich war so dumm. Schwach. Aber vielleicht kann er mir im Lauf der Zeit ja verzeihen.«

Wir fahren durch das Dorf auf die Landstraße in Richtung Autobahn, wo ein riesiger Panzer steht.

Die Straße ist geräumt. Links und rechts türmen sich Äste und die Teile eines Baumstamms.

Ich drücke Berties Hand. »Vielleicht kann die Hochzeit ja doch noch stattfinden.«

102

Je näher wir der Kathedrale kommen, umso mehr steigt meine Anspannung. Ich halte die Luft an.

Mit schottischen Fähnchen bewaffnete Schaulustige säumen die Straße.

»Die sind nur deinetwegen gekommen, der neuen Lady Mansfield wegen«, sagt May.

Mein Herz beginnt zu hämmern. »Aber ich kenne diese Leute doch gar nicht.«

May lacht. »Das spielt keine Rolle.«

»Das sind ja Tausende«, bemerke ich.

»Und sie warten immer noch«, sagt sie. »Was bedeutet, dass auch Patrick noch hier ist.«

Vor dem Kirchenportal kommt die Limousine zum Stehen. Mein Herzschlag setzt aus.

O Gott. O Gott.

Ich habe schreckliche Angst.

»Du schaffst das schon«, flüstert Daphne mir zu. »Keine Sorge.«

Ich schlucke.

»Sieh mal, dein Vater wartet schon darauf, dich zum Altar führen zu dürfen.« Sie zeigt aus dem Fenster.

Dad steht lächelnd vor der Kathedrale – im schwarzen Anzug mit blütenweißem Hemd und roter Fliege. Er ist frisch rasiert und steht mit durchgedrückten Schultern und stolz geschwellter Brust da.

Ich nicke. »Okay. Okay, los geht's.«

103

Ohrenbetäubender Applaus und Jubelrufe schallen mir entgegen, als ich aus der Limousine steige, so laut, dass ich beinahe rückwärtstaumle.

Ich spüre eine Hand um meinen Ellbogen und bekomme einen Moment lang Panik, bis mir bewusst wird, dass die Leute mir nur helfen wollen.

»Viel Glück für heute, Schätzchen!«, ruft jemand.

»Die schönste Braut, die wir je gesehen haben!«, schreit jemand anderes.

Daphne hilft mir, mein Kleid zu arrangieren, und sorgt dafür, dass sich alle in der richtigen Reihenfolge aufstellen.

Anise ergreift Berties Hand.

Dad tritt auf mich zu.

»Ich dachte schon, du hättest kalte Füße bekommen«, sagt er zwinkernd. »Aber dein Mann war felsenfest überzeugt, dass du kommen würdest. Er hat keine Sekunde an dir gezweifelt.«

104

Wila und Sharon warten bereits vor dem Altar auf mich.

Beide tragen blaue Kleider; Sharon hat ihres mit roten High Heels kombiniert, die perfekt zu ihrem knallroten Lippenstift und ihrem hellblonden Haar passen.

Wilas Haar ergießt sich in weichen Wellen über ihre Schultern. Sie sieht absolut hinreißend aus.

»Wila! Sharon!« Ich umarme die beiden überschwänglich. »Ich dachte schon, der Sturm … ich hatte Angst, ihr schafft es nicht.«

»Und wir hatten Angst, dass du nicht kommst«, erwidert Sharon grinsend.

»Ich fürchte, das dachten alle hier«, flüstere ich.

»Du siehst hammermäßig aus, Pheeny!« Wilas blaue Augen leuchten.

»Du auch. Ihr beide seht toll aus. Und jetzt kommt, ich bin spät dran.«

105

Ich hake mich bei Dad unter, der mich mit langsamen, gemessenen Schritten zum Altar führt, dicht gefolgt von Wila, Sharon und Anise.

Patrick trägt einen formellen schwarzen Anzug. Sein blondes Haar ist aus dem Gesicht gekämmt, und er hat die Hände auf dem Rücken verschränkt.

Er dreht sich nicht um. Vielleicht ist er böse auf mich.

Ich an seiner Stelle wäre es jedenfalls.

»Wie geht's Patrick?«, flüstere ich Dad zu.

»Nicht gut«, antwortet er leise. »Er ist wie ein Tiger im Käfig auf und ab gegangen, hat seine Leute angeschnauzt und versucht herauszufinden, was passiert ist. Sharon konnte ihn schließlich überzeugen, dass du immer ein bisschen länger brauchst, bis du fertig bist. Das hat ihn für eine Weile beruhigt, aber diese letzte Stunde … In dieser Stimmung möchte ich mich lieber nicht mit ihm anlegen, um es mal so auszudrücken. Er wollte unbedingt zurück ins Schloss.«

Oje.

Dad drückt meinen Arm, als wir an den lächelnden Gästen vorbeigehen.

In der ersten Reihe sehe ich Mum, Vicky und Grey.

Vor dem Altar tritt Dad beiseite, während Patrick sich zu mir umdreht.

»Wo warst du?«, knurrt er.

»Lange Geschichte.«

Er schüttelt wütend den Kopf. »Was ist passiert? Ist mit dir alles in Ordnung?«

»Alles bestens. Vor allem bei Anise. Regan ist nicht hier, und er wird auch nicht mehr kommen.«

»Das sind mal gute Nachrichten.«

Der Pfarrer tritt vor und räuspert sich.

»Können wir anfangen?«

106

Ich bemühe mich nach Kräften, der Trauzeremonie zu lauschen, aber es gelingt mir beim besten Willen nicht.

Sobald ich Patrick ansehe, wird alles andere rings um mich herum bedeutungslos.

Der Pfarrer hustet laut.

»Seraphina?«

»Oh. Äh. Entschuldigung. Habe ich ... etwas verpasst?«

Die Hochzeitsgäste brechen in Gelächter aus, ebenso wie der Pfarrer. »Ah, Frischverliebte! Sollen wir es noch einmal versuchen? Wollen Sie, Seraphina Harper, diesen Mann als Ihren Ehemann nehmen, ihm die Treue versprechen, in guten wie in schlechten Tagen, in Krankheit und Gesundheit, ihn zu lieben und zu ehren, bis dass der Tod Sie scheidet?«

Ich sehe Patrick an.

»Absolut. Ich meine ... ja, ich will.«

»Und wollen Sie, Lord Patrick Mansfield, diese Frau zu Ihrer Ehefrau nehmen, sie lieben, beschützen und ehren, in guten wie in schlechten Tagen, in Krankheit und Gesundheit, bis dass der Tod Sie scheidet?«

Patrick lächelt. »Das will ich auch absolut.«

Wieder lachen alle.

Grey tritt mit den Ringen vor, dann sagt der Pfarrer noch ein paar Worte, die wir nachsprechen sollen.

Patrick schiebt mir den Ring an den Finger. »Mit diesem Ring nehme ich dich zu meiner Ehefrau«, sagt er. Mir werden die Knie weich.

Dann bin ich an der Reihe, aber als ich ihm den Ring anstecken will, ist mein Gehirn auf einmal wie leer gefegt, und ich kann mich nicht erinnern, was ich sagen sollte.

Endlich fällt es mir wieder ein. »Trage diesen Ring als Zeichen unserer Liebe und Treue bis zum Ende unserer Tage.«

Der Pfarrer fordert uns nicht auf, uns zu küssen, aber das ist auch nicht nötig – Patrick beugt sich vor und presst seine Lippen auf meinen Mund, so lang und fest, dass meine Knie abermals weich werden, ehe er mich in die Arme nimmt und mich herumwirbelt.

Die Gäste applaudieren und jubeln.

Er hebt mich hoch und trägt mich den Gang entlang zum Portal.

»Willst du mir jetzt endlich sagen, wieso du so spät gekommen bist?«, fragt er.

»Nicht jetzt«, antworte ich. »Das ist im Augenblick nicht wichtig. Es zählt nur, dass alles in Ordnung ist … sogar fantastisch.«

»Das freut mich zu hören, Lady Mansfield. Also, wollen wir uns nun der Öffentlichkeit präsentieren?«

107

Vor der Kirche haben sich die Massen versammelt und jubeln uns, begleitet vom Läuten der Glocken, begeistert zu.

Alle Leute schwenken ihre Fähnchen, werfen Konfetti und rufen uns Glückwünsche zu, während Patrick mich zu der wartenden Limousine trägt und mich behutsam auf den Rücksitz setzt.

»Zurück in Ihr Schloss, Mrs Mansfield?«

»Mein Schloss?«

»Ihr Schloss.«

Bei unserer Rückkehr ist Mansfield Castle hell erleuchtet und mit zahllosen Glockenblumen geschmückt.

Es sieht aus wie das Schloss einer Prinzessin – ein Schloss, das bereit ist für eine Riesensause.

Als Erstes wird ein fünfgängiges Menü mit schottischen Spezialitäten serviert, darunter Haggis, wilder Lachs, Rebhuhn und Treacle Toffee.

Dann wird eine siebenstöckige Hochzeitstorte hereingerollt und Champagner ausgeschenkt.

Nach dem Essen richten Gregory und seine Freunde sich in der Saalecke ein und spielen Jigs und schottische Volkslieder.

Wir trinken Whisky und tanzen ausgelassen auf den Tischen.

Um neun Uhr abends flüstert Patrick mir zu, mich von den Gästen zu verabschieden.

»Aber warum? Wohin gehen wir denn?«, frage ich.

»Zum Wagen.«

»Das ist keine Antwort.«

»Vertrau deinem frischgebackenen Ehemann einfach und sag Auf Wiedersehen zu den Gästen.«

Ich verdrehe die Augen. »So läuft das also künftig? Du erteilst Anweisungen, und ich habe sie zu befolgen?«

»Genau.«

»Dazu habe ich womöglich noch ein Wörtchen zu sagen.«

»Wie üblich.«

Trotzdem verabschiede ich mich. Ich drücke Bertie ganz besonders lange an mich und beteuere ihm, dass ich bald zurück sein werde.

»Also, wohin geht's?«, frage ich, als Patrick mich zum Wagen führt.

»In die Flitterwochen.«

Ich lache. »Aber ich habe ja gar nichts dabei. Und ich trage immer noch mein Brautkleid. Und was ist mit Bertie? Wir können ihn doch nicht einfach allein lassen.«

»Anise und Daphne kümmern sich um ihn. Außerdem habe ich arrangiert, dass wir jederzeit übers Internet mit ihm reden können. Deine Sachen sind gepackt, und was dein Brautkleid betrifft … keine Angst, das hattest du die längste Zeit an.«

»Charmant wie immer.«

»Das vielleicht nicht, aber ehrlich. Nur ehrlich.«

»Kann ich dann auch ehrlich mit dir sein?«

»Aber natürlich.«

»Ich liebe dich, Lord Patrick Mansfield.«

»Und ich liebe dich, Lady Seraphina Mansfield.«

Epilog

Nach dem Hochzeitswahnsinn ist recht schnell Ruhe in Mansfield Castle eingekehrt.

Anise lässt sich von Regan Thornburn scheiden und sorgt dafür, dass er nie wieder einen Fuß ins Schloss setzen darf.

Und sie sagt auch gegen ihren Vater vor Gericht aus; ihre Aussage ist überzeugend genug, um ihn für lange, lange Zeit hinter Gitter zu bringen. Bertie braucht also nie wieder Angst zu haben.

Anise widmet sich inzwischen mit all ihrer Hingabe ihrem kleinen Sohn und ist rund um die Uhr für ihn da. Sie leben gemeinsam mit Patrick und mir in Mansfield Castle, sodass ich ihn jeden Tag sehen kann. Und Anise und ich bringen ihn jeden Abend gemeinsam zu Bett.

Zara und Anise sind immer noch befreundet; auf ihre eigene, etwas schräge Art wollte Zara Anise vor Augen führen, was für ein Mann Regan in Wahrheit ist. Was ihr auf eine Art und Weise gelungen ist, die nur sie zuwege bringt.

Ab und zu kommt sie vorbei, um Anise zu besuchen. Aber nicht allzu häufig. Und ihre Flirtoffensiven bei Patrick hat sie eingestellt. Schätzungsweise hat sie der Schubs ins Wasser kuriert.

Wila ist wieder in London und macht ihre Sache ganz hervorragend. Die Frau des suspendierten Lehrers hat inzwischen die Scheidung eingereicht, und seine Verfehlung ist bei der Polizei aktenkundig. Aber Wila hat ihn im Grunde längst vergessen. Sie hat ihr Leben gut im Griff, ist beliebt und eine großartige Tänzerin.

Dad ist wieder zu seinem Job als Lastwagenfahrer zurückgekehrt, allerdings hat er versprochen, uns so oft wie möglich zu besuchen. Er wird in Zukunft häufiger Touren nach Schottland machen und die Gelegenheit nutzen.

Mum geht es einigermaßen gut. Sie blieb noch eine Weile bei uns, ist aber inzwischen wieder in London, um »weiterzumachen«, wie sie es nennt. Sie hat sich auf mehreren Datingseiten angemeldet, und ich helfe ihr dabei, zur Abwechslung einmal ein paar anständige, ehrliche Kandidaten auszuwählen.

Seit der Hochzeit sind Danny und Anise ein Paar und mittlerweile unzertrennlich. Danny ist sogar mit seinem Sohn nach Schottland gezogen, hat sich hier einen Job gesucht und meinen Neffen in der Dorfschule angemeldet.

Grey und Vicky werden noch in diesem Jahr heiraten. Grey versucht sie die ganze Zeit zu einer Blitzhochzeit in Vegas zu überreden, aber sie will lieber ein rauschendes Fest im Schloss, um bei der Planung und Zubereitung des Menüs Hand anlegen zu können.

Regan und Riley Thornburn sind immer noch in der Gegend, halten sich aber zurück, um keinen Ärger mit uns zu bekommen. Vor einem Monat gab es einen Brand auf der Farm – ein Unglücksfall, wie sie behaupten. Allerdings ist die Polizei sicher, dass es sich um Versicherungsbetrug handelt, deshalb werden die beiden womöglich demnächst hinter Gitter wandern.

Blake Thornburn ist weggezogen, hält jedoch noch Kontakt zu Zara. Die beiden treffen sich regelmäßig in Manchester, und ich könnte mir vorstellen, dass sie sich eines Tages endgültig dort einrichten – nachdem sie sich die Hörner vollends abgestoßen haben.

Danny-Boy taucht immer noch manchmal auf, auch wenn er sich nicht ans Schloss herantraut. Aber wenn ich hinausgehe, hüpft er herum und kläfft fröhlich.

Und Patrick und ich? Tja, wir sind überglücklich zusammen. Er versucht nach wie vor, mir zu sagen, was ich tun und lassen soll, und ich huste ihm etwas dafür. Aber wir sind rasend glücklich zusammen und verlieben uns mit jedem Tag mehr ineinander.

Dieses Jahr will ich mir das Schloss vornehmen: Ich habe angefangen, die Innenausstattung auf Vordermann zu bringen und alles ein bisschen heller und freundlicher zu gestalten. Schließlich kommen ab und zu Besucher vorbei, die sehen wollen, wie wir leben. Und dann soll unser Baby zur Welt kommen – und, wenn es nach Patrick geht, noch fünf weitere. Denn – ratet mal, Leute. Patrick hat mich tatsächlich überzeugt, gleich in der Hochzeitsnacht mit der Produktion zu beginnen. Und, ja, ich bin mit unserem ersten Kind schwanger. Und soll ich euch noch etwas sagen? Ich bin überglücklich darüber.

Seraphina XX

S. Quinn

hat als Journalistin und Ghostwriterin gearbeitet, bevor sie sich dem Schreiben von Romanen widmete. Unter ihrem vollen Namen Susanna Quinn veröffentlicht sie Mystery-Thriller. Sie lebt mit ihrem Mann und ihrer kleinen Tochter in Brighton.
Ihre bisher größten Erfolge feierte sie mit der »Devoted«-Trilogie und der »Passion«-Trilogie.

Mehr von S. Quinn:

Devoted. Geheime Begierde. Band 1. Erotischer Roman
Devoted. Verbotene Leidenschaft. Band 2. Erotischer Roman
Devoted. Gefährliches Verlangen. Band 3. Erotischer Roman

Passion. Leidenschaftlich begehrt. Band 1. Erotischer Roman
Passion. Leidenschaftlich verführt. Band 2. Erotischer Roman

(alle Romane sind auch als E-Book erhältlich)

GOLDMANN
Lesen erleben

E L James
Fifty Shades of Grey

608 Seiten
ISBN 978-3-442-47895-8
auch als E-Book und
Hörbuch erhältlich

608 Seiten
ISBN 978-3-442-47896-5
auch als E-Book und
Hörbuch erhältlich

672 Seiten
ISBN 978-3-442-47897-2
auch als E-Book und
Hörbuch erhältlich

Sie ist 21, Literaturstudentin und in der Liebe nicht allzu erfahren. Doch dann lernt Ana Steele den reichen und ebenso unverschämt selbstbewussten wie attraktiven Unternehmer Christian Grey bei einem Interview für ihre Uni-Zeitung kennen. Und möchte ihn eigentlich schnellstmöglich wieder vergessen, denn die Begegnung mit ihm hat sie zutiefst verwirrt. Sosehr sie sich aber darum bemüht: Sie kommt von ihm nicht los. Denn Christian hat etwas in ihr berührt, das sich seitdem nicht mehr verdrängen lässt. Und als Christian einige Zeit später wieder vor ihr steht, kann sie nicht anders, als ihren Gefühlen nachzugeben und sich mit ihm in seiner Wohnung zu treffen. Von da an ist nichts mehr wie zuvor. Denn Christian führt Ana ein in eine dunkle, gefährliche Welt der Liebe – in eine Welt, vor der sie zurückschreckt und die sie doch mit unwiderstehlicher Kraft anzieht …

www.goldmann-verlag.de
www.facebook.com/goldmannverlag

GOLDMANN
Lesen erleben

Unsere Leseempfehlung

550 Seiten
Auch als E-Book
und Hörbuch
erhältlich
Erstverkaufstag:
21.08.2015

Sehen Sie die Welt von Fifty Shades of Grey auf ganz neue Weise – durch die Augen von Christian Grey: Erzählt in Christians eigenen Worten, erfüllt mit seinen Gedanken, Vorstellungen und Träumen. Christian Grey hat in seiner Welt alles perfekt unter Kontrolle. Sein Leben ist geordnet, diszipliniert und völlig leer – bis zu jenem Tag, als Anastasia Steele in sein Büro stürzt. Die schüchterne Ana scheint direkt in sein Innerstes zu blicken – mitten in sein zutiefst verletztes Herz. Kann Christian mit Ana an seiner Seite die Schrecken seiner Kindheit überwinden, die ihn noch immer jede Nacht verfolgen? Oder werden seine dunklen Begierden und sein Kontrollzwang die junge Frau vertreiben und damit die zerbrechliche Hoffnung auf Erlösung zerstören, die sie ihm bietet?

www.goldmann-verlag.de
www.facebook.com/goldmannverlag

GOLDMANN
Lesen erleben

Unsere Leseempfehlung

544 Seiten
Auch als E-Book erhältlich

608 Seiten
Auch als E-Book erhältlich

608 Seiten
Auch als E-Book erhältlich

Die 26-jährige Innendesignerin Ava O'Shea ist nicht gerade begeistert von ihrem neuesten Auftrag. Das Herrenhaus, dessen Räume sie gestalten soll, stellt sie sich langweilig vor und den Besitzer als älteren, untersetzten Gentleman. Doch Jesse Ward entpuppt sich als jung, attraktiv und selbstbewusst. Zwischen den beiden herrscht sofort eine prickelnde Spannung. Ava allerdings schreckt vor einer Affäre zurück, denn Jesse ist nicht nur ein Playboy, sondern hütet auch ein dunkles Geheimnis. Doch so sehr sie sich auch gegen ihre Gefühle wehrt – Jesse zieht sie einfach unglaublich an ...

www.goldmann-verlag.de
www.facebook.com/goldmannverlag

GOLDMANN
Lesen erleben

Eine wunderschöne Liebesgeschichte mit leidenschaftlicher Erotik.

352 Seiten
ISBN 978-3-442-48035-7
auch als E-Book erhältlich
Band 1

304 Seiten
ISBN 978-3-442-48040-1
auch als E-Book erhältlich
Band 2

304 Seiten
ISBN 978-3-442-48041-8
auch als E-Book erhältlich
Band 3
Erscheint im April

Sophia ist 22 und ein braves Mädchen. Doch als sie die Schülerin des faszinierenden Schauspielers Marc Blackwell wird, begibt sie sich auf eine gefährliche sexuelle Entdeckungsreise. Er ist jung, er ist erfolgreich, er ist sexy. Aber er ist ihr Lehrer. Und ihre Liebe ist verboten.

www.goldmann-verlag.de
www.facebook.com/goldmannverlag

GOLDMANN
Lesen erleben

Um die ganze Welt des
GOLDMANN Verlages
kennenzulernen, besuchen Sie uns doch
im Internet unter:

www.goldmann-verlag.de

Dort können Sie
nach weiteren interessanten Büchern ***stöbern***,
Näheres über unsere ***Autoren*** erfahren,
in ***Leseproben*** blättern, alle ***Termine*** zu Lesungen und
Events finden und den ***Newsletter*** mit interessanten
Neuigkeiten, Gewinnspielen etc. abonnieren.

Ein ***Gesamtverzeichnis*** aller Goldmann Bücher finden
Sie dort ebenfalls.

Sehen Sie sich auch unsere ***Videos*** auf YouTube an und
werden Sie ein ***Facebook***-Fan des Goldmann Verlags!

www.goldmann-verlag.de
www.facebook.com/goldmannverlag

GOLDMANN
Lesen erleben